오레스테이아

오레스테이아
Ὀρέστεια

아이스킬로스 비극　두행숙 옮김

ORESTEIA
by AESCHYLUS (B.C. 458)

이 책은 실로 꿰매어 제본하는 정통적인 사철 방식으로 만들어졌습니다.
사철 방식으로 제본된 책은 오랫동안 보관해도 손상되지 않습니다.

제1부
아가멤논
7

제2부
제주를 바치는 여인들
131

제3부
자비로운 여신들
217

역자 해설
원죄의 사슬로 얽힌 한 왕가의 비극
299

아이스킬로스 연보
319

제1부
아가멤논

등장인물

파수병
코러스 아르고스의 원로들로 이루어짐
클리타임네스트라 아가멤논의 아내. 아르고스의 왕비
전령
아가멤논 아르고스의 왕
카산드라 트로이의 왕 프리아모스의 딸. 아가멤논의 포로가 됨
아이기스토스 아가멤논의 사촌 동생. 클리타임네스트라의 정부

극은 아르고스[1]에 있는 왕궁 앞에서 진행된다.
오케스트라[2]는 궁전의 마당으로 간주된다.
건물 중앙에 거대한 문이 있고, 한쪽에 작은 출입문이 나 있다.
궁전 앞에는 제단이 몇 개 마련되어 있다.
문 옆에는 아폴론[3]의 석주상(石柱像)이 있다. 일종의 방충석(防衝石)이다. 궁전의 평평한 지붕 위에 파수병이 누워 있다.
극이 시작하는 때는 밤이다.

파수병

신들이시여, 제발 이 고역이 끝나게 해주소서.

1 그리스 남부의 펠로폰네소스 반도 북동부에 있는 도시. 이 지역은 아카이아 문명, 또는 미케네 문명의 중심지 가운데 하나이며 그리스 신화에서 중요한 역할을 한다. 비극에서는 흔히 미케네와 동의어로 쓰인다. 펠로폰네소스 반도에는 코린토스, 아르고스, 티린스, 스파르타 같은 그리스의 주요 도시들이 자리 잡고 있다.
2 *orchestra*. 오늘날에는 〈관현악 곡을 연주하는 단체〉라는 의미를 갖고 있으나, 원래는 고대 그리스의 연극에서 쓰이던 말로, 무대 앞의 〈춤추는 마당〉이라는 뜻이다.
3 Apollon. 그리스 신화에 나오는 음악, 궁술, 치유, 예언, 광명의 신.

긴긴 한 해 동안 저는 망을 보는 개처럼
여기 이 아트레우스[4] 가문의 궁전 지붕 위에
팔베개를 하고 누워
밤하늘에서 별들이 밀회하는 것을,
인간들에게 번갈아 겨울과 여름을 가져다주는
저 찬란한 왕자들이 창공에서 빛나는 것을
잘 보아 왔습니다.
오늘도 저는 횃불의 신호가
일리온[5]에 대해서 알려 주고
승리의 소식을 전해 줄 찬란한 불빛이
솟아오르기를 지켜보고 있나이다. 왜냐하면
사내대장부 같은 마음을 지닌 저의 여주인[6]이
확실한 기대를 갖고 이렇게 하도록 시켰기 때문입니다.
그래서 밤에도 휴식을 모르고 망을 봐야 합니다.
밤이슬은 꿈조차 찾아와서는 안 되는 야영의 잠자리를
적시고, 잠 대신 두려움이 제 곁을 지키고 있습니다.
피로 때문에 눈꺼풀이 굳게 닫힐 것 같아,
노래를 흥얼거리거나 휘파람을 세게 불어
잠을 쫓아 버릴라치면,
그것은 예전에는 찬사를 받았지만

---

4 Atreus. 그리스 신화에 등장하는 펠롭스Pelops의 아들이며, 아가멤논 Agamemnon과 메넬라오스Menelaos의 아버지. 이 극에서 아가멤논과 메넬라오스는 아르고스의 궁전에서 함께 살고 있다. 그러나 호메로스와 다른 시인들의 작품에서는 메넬라오스가 스파르타의 왕으로 나온다.
5 Ilion. 트로이의 다른 이름. 트로이의 왕 일로스Ilos의 이름에서 유래한 것이다.
6 클리타임네스트라Klytaimnestra를 가리킨다.

지금은 그렇지 못한 이 왕궁의 운명에 대한
탄식의 노래가 되고 맙니다.
아, 오늘은 제발 이 고역이
끝나는 행운이 있기를!
반가운 소식을 전하는 어두운 밤의
찬란한 불빛이 보였으면!

(잠시 사이를 두었다가, 멀리서 불빛이 솟아오른다.)

오, 반갑다, 불빛이여!
어둠 속에서 대낮같이 밝혀 주니,
이 행운을 기뻐하며 감사하고자 아르고스에는
수많은 축하의 노래가 널리 울려 퍼지겠구나.
와아! 와아!
(벌떡 일어나 기뻐하면서 기이하고 우습게 깡충깡충 뛰며)
아가멤논의 아내[7]에게 이 소식을 큰 소리로 알려야겠다.
그녀가 당장 잠자리를 벗어나, 궁전에서
이 찬란한 횃불을 보고 기쁨에 찬 환성을 지르도록 말이야.
트로이[8]의 성채가 이제 함락되었으니까.

7 역시 클리타임네스트라를 가리킨다.
8 에게 해에서 흑해로 들어가는 다르다넬스 해협의 초입에 있던 도시. 현재 터키의 동쪽 해안 지역이다. 프리아모스Priamos 왕의 아들 파리스Paris가 그리스에 사절로 갔다가 스파르타의 왕비 헬레네Helene를 꾀어 데려가자, 이에 분개한 그리스 연합군이 10년 동안의 긴 포위 끝에, 결국 목마(木馬)를 이용한 계략으로 성채 페르가몬을 함락하고 도시 전체를 폐허로 만든다. 1874년에 독일의 아마추어 고고학자인 하인리히 슐리만Heinrich Schliemann(1822~1890)이 이곳에서 유적을 발굴함으로써, 트로이라는 도시가 실제로 존재했을 가능성이 더 높아졌다.

저 횃불의 신호가 그것을 알려 주고 있다!
내가 축하 행사 때 제일 먼저 춤을 추어야겠어.
주인께서 던지신 주사위가 잘 나왔으니까,
나 역시 순조롭게 잘 풀리겠지.
저 횃불이 나를 위해
세 번 거푸 여섯 점[9]을 던져 준 셈이니까!
아, 고향으로 돌아오시는 주인님의 다정한 손을
내 손으로 꼭 잡아 볼 수 있게 해주소서!
하지만 다른 일들은 입 다물어야겠어.
내 입에는 커다란 황소가 놓여 있으니까.[10]
이 집이 말을 할 수 있다면
그간의 내막을 가장 잘 말해 주겠지.
왜냐하면 나야 알아듣는 사람에게나
기꺼이 그 일을 말하고,
알아듣지 못하는 자에게는 모른 체할 테니까!

(파수병은 퇴장한다. 한동안 시간이 흐른다. 그런 다음에 아르고스의 원로들로 구성된 코러스[11]가 시내에서 걸어오며 등장한

---

9 고대 그리스에서는 주사위로 운수를 점치곤 했는데, 세 번 연속 여섯 점이 나오면 가장 좋은 것으로 여겼다. 여기서 파수병은 횃불의 신호를 보고 주인인 아가멤논이 트로이를 함락했으니 자신도 이제 지루한 망보기에서 곧 벗어나리라고 기뻐하고 있다.
10 쓸데없이 입을 놀리지 않고 비밀을 지킨다는 것을 비유적으로 표현한 것.
11 khoros. 원래 그리스어로, 고대 그리스의 연극에서 무대 위에 등장하여 노래하거나 춤을 추거나, 극의 진행 상황을 설명하거나, 등장인물들과 직접 대화를 나누거나 평(評)을 하는 등 다양한 기능을 수행하며, 극의 진행에서 중요한 역할을 하던 집단이다. 처음에는 그 수가 50여 명에 이를 정도로 규모가 컸으나 후세에 가면서 점차 줄어들었다.

다. 각자 손에 지팡이를 들고 옆구리에는 칼을 차고 있다.)

코러스장[12]

어느덧 10년이란 세월이 흘렀구나,
프리아모스[13]의 강력한 적대자인
메넬라오스와 아가멤논,
두 개 왕좌의 권력과 두 개 왕홀(王笏)이 지닌 위력을
크로노스의 아들[14]에게서 함께 물려받은
아트레우스의 늠름한 두 아들이
무장 병력을 이끌고 전쟁을 하러
아르고스인들[15]의 함선 1천 척을 이끌고
우리 나라를 떠난 지도.

노여움에 불타 그들은 무서운 기세로
전쟁의 함성을 외쳤다.
그 모습은 마치 산 속의 독수리가 새끼를 빼앗기자
외로움과 고통을 못 이겨 보금자리 위를 높이
지칠 줄 모르고 날개를 파닥거리며
빙빙 떠도는 것과도 같았다.

12 코러스의 우두머리.
13 트로이의 마지막 왕. 파리스, 카산드라Cassandra 그리고 헥토르Hector 의 아버지이다.
14 제우스Zeus를 가리킨다. 그리스 신화에서 원래 최고신은 올림포스에 군림하고 있던, 제우스의 아버지 크로노스였다. 제우스는 반란을 일으켜 아버지를 비롯한 옛 신들을 몰아내고 헤라Hera, 아폴론, 아테나Athena 등을 포함한 새로운 신들을 이끌고 하늘을 지배한다. 가정과 이방인을 보호하는 신이기도 하다.
15 전쟁에 나간 그리스인들을 말한다.

새끼에 대한 걱정 때문에
더 이상 둥지로 돌아가지 못한 채 말이다.

그러나 하늘에 계신 어느 신께서,
판[16] 또는 제우스께서,
아니면 아폴론께서,
새끼를 잃고서 슬퍼하는 그 새의
날카로운 비명 소리가 널리 퍼지는 것을 들으시고,
뒤늦게나마 그 무도한 자에게 벌을 내릴
복수의 여신들[17]을 보내셨도다!
그리하여 주인의 권리[18]를 보호하시는
제우스께서는 알렉산드로스[19]를 심판하기 위해
아트레우스 가문의 사람들을 보내셨도다.
그리하여 여러 남자를 거느린 한 여인[20]을 사이에 두고
끝없이, 사지를 무너뜨리고
싸움에 지친 무릎을 진흙탕 속에 처박은 채
최전선에서 싸우며

16 Pan. 머리에 뿔이 있고 가슴과 팔은 인간의 모습이지만, 양의 다리를 갖고 있는 신. 산과 숲, 산양을 보호한다. 원래는 펠로폰네소스 반도의 중부 내륙 지방인 아르카디아의 산신(山神)이었으나, 나중에 그 권한이 확대되어 모든 숲과 산의 수호신이 되었다.

17 Erinyes. 세 명이 무리를 지어 다닌다. 특히 혈족 간에 싸움이 일어나 살해된 자의 영혼이 부르면 가해자를 끝까지 뒤쫓아 다니며 미치게 만든다.

18 제우스는 또 한편으로 가정의 주인인 남성의 권리를 보호하는 역할도 맡고 있다. 따라서 여기서는 손님으로 온 파리스 왕자가 나라의 주인인 메넬라오스 왕의 아내 헬레네를 유혹하여 트로이로 데려간 것에 대해 노하고 주인인 메넬라오스의 편을 든 것을 말한다.

19 Alexandros. 파리스 왕자의 또 다른 이름.

20 헬레네를 가리킨다.

창 자루를 부러뜨리는 전투가 벌어지게 하셨으니,
그렇게 그분은 헬라스인들[21]과 트로이인들 사이에
힘겨운 싸움이 끊임없이 이어지도록 했다네.

지금 일이 이렇게 되어 있으니,
이미 운명 지어진 일은 결국 이루어질 것이다.
제단 위에 타오르는 불길도, 헌주(獻酒)도,
피를 흘리지 않은 순수한 제물도
운명의 가혹한 의지를 누그러뜨리지 못하리라.

그러나 이미 나이가 든 우리는
그 당시의 영예로운 원정에서 제외되어,
집에 남은 채 힘없는 어린아이처럼
지팡이에 의지하고 있다네.
어린아이의 몸에서는 아무리 힘이 솟더라도
그 가녀린 몸속에 아직은 아레스[22]가 들어 있지 않으니,
힘없는 노인과 같을 수밖에 없구나.
그리고 이미 머리는 백발이 되어, 가을날의 이파리처럼

---

21 Hellenes. 헬라스는 그리스인들이 자신의 나라를 부르던 명칭이다. 그리스인은 〈헬레네스〉라고 한다. 헬렌Hellen은 그리스 신화에 나오는 데우칼리온Deucalion과 피라Pyrrha의 아들이다. 황금시대와 은의 시대, 청동시대를 거쳐 철의 시대에 이르러 인간의 사악함이 극에 달하자, 제우스는 큰 홍수를 일으켜 인류를 멸망시켰는데, 살아난 두 사람 데우칼리온과 그의 아내 피라 사이에서 헬렌이 태어났다. 고대 그리스인들은 자신들을 이 헬렌의 후손이라고 생각하여 스스로 〈헬레네스〉라고 불렀다. 그리고 실제로 그들을 〈그리스인〉이라고 부른 것은 훨씬 뒤의 로마인들이다.
22 Ares. 전쟁의 신. 제우스와 헤라 사이에서 태어났다. 로마 신화의 마르스Mars와 동일시되었다.

이마에서 시들어 가고 세 발로 비틀거리며 걸으니,
힘없는 어린아이보다 더 나을 것도 없으며,
대낮에도 꿈속을 비틀거리며 걷는 것 같구나!

(그사이 궁전에서 시녀들이 제기와 단지, 제물을 들고 무대에 등장한다. 그 뒤에 클리타임네스트라가 나타나 제물을 바치기 시작한다.)

그런데, 그대 틴다레오스[23]의 따님이신
클리타임네스트라 왕비님이여,
말씀해 주십시오. 무슨 일입니까?
새로운 일이라도 생겼습니까?
무슨 소문을 들으셨고 누구의 보고를 받으셨기에
이렇게 제물을 차리십니까?
하늘에 계신 신들로부터 지하의 신들에 이르기까지
이 도시를 지켜 주시는 신들에게,
그리고 시장을 지키고 들판을 다스리는 신들에게 바친
모든 제단의 불길이
타오르고 있습니다.
잘 준비되어 부드럽게 흔들리는
신성한 기름의
악의 없는 힘 덕택에,

---

23 Tyndareos. 스파르타의 왕으로 레아의 남편이며, 클리타임네스트라와 헬레네의 아버지이다. 따라서 헬레네와 클리타임네스트라는 자매가 된다. 이 두 자매가 결국 2대 그리스 비극인 트로이 전쟁과 아가멤논 가문의 비극의 원인이 되는 셈이다.

훌륭한 제물의 음식을 익히는
불꽃이 깜박이며 이미
여기저기 하늘로 치솟고 있사옵니다.
그러니 벌써 무슨 소식이 있는지,
그대가 말씀하시고 싶은 것, 하실 수 있는 것을
부디 말씀해 주십시오.
제 불안의 치유자가 되어 주십시오.
그리하여 지금 이 마음을 불길하게 뒤덮고 있는
근심을 씻어 주십시오.
그리하면 곧 제단에서 환하게 밝혀진
희망의 웃음이 되어, 풀리지 않는 이 마음을 좀먹는
고통을 쫓아 주리라.

(코러스가 다음 노래를 부르는 동안, 클리타임네스트라는 제단에서 제물을 바치는 의식을 행한 후에, 다시 궁전 안으로 퇴장한다.)

좌측 코러스 1[24]

우리 주군들의 상서롭고 훌륭한 원정을 노래하는 것은
내가 할 일이니, 비록 몸은 늙었어도

---

24 그리스의 극에서 코러스는 주로 〈스트로페strophe〉와 〈안티스트로페antistrophe〉로 나뉜다. 스트로페는 고대 그리스의 합창 무용단인 코러스가 그들의 위치인 오케스트라에 자리 잡고 서서 좌측으로 움직이면서 부르는 노래이며, 그 반대인 안티스트로페는 가무 합창대인 코러스가 왼쪽에서 오른쪽으로 돌면서 좌측 스트로페에 화답하여 부르는 노래를 말한다. 따라서 여기서는 편의상 스트로페를 〈좌측 코러스〉로, 안티스트로페를 〈우측 코러스〉로 번역했다.

신께서 부여한 노래로써 마음을 움직이는
힘이 살아 숨쉬기 때문이라오.
예전에 아카이오이족[25]의 자랑이던
두 개의 왕좌를 가지고,
한마음으로 헬라스의 젊은이들을 이끌던
군주들이 복수의 창을 손에 쥐고
트로이로 향한 것은
한 마리 새[26]가 나타나 그들을 이끌었기 때문이다.
하늘을 나는 새들의 왕인 용맹스러운 그 새가
바다의 왕들 앞에 나타났을 때,
꼬리의 털이 한 마리는 까맣고,
한 마리는 흰 것이
왕궁 근처에 모습을 나타내어,
더욱이 창을 쥔 오른쪽 사람들 가까이[27]
사람들 눈에 잘 띄는 곳에 내려앉아,
새끼를 밴 어미 토끼를 잡아 뜯어 먹고 있었다.
도망치던 토끼를 마지막 순간에 낚아채 죽인 것이다.
가엾고도 가엾어라. 그러나 결국에는 선이 이기기를!

우측 코러스 1
이에 진중의 현명한 예언자[28]는

---

25 펠로폰네소스 반도의 북쪽 지방 아카이아에 살던 부족. 트로이 전쟁 당시 그리스에서 가장 강력했던 부족이다. 여기서는 〈그리스인들〉이란 뜻으로 쓰이고 있다.
26 독수리.
27 고대 그리스인들은 새가 나는 방향을 보고 점을 쳤는데, 새가 왼쪽에서 오른쪽으로 움직이며 나타나면 이를 길조로 여겼다고 한다.

아트레우스의 두 아들이
한마음이 아닌 것을 보았으니,
토끼를 먹어 치운 용맹한 독수리들이
원정대의 사령관들을 뜻함을 알고서
그 전조를 이렇게 풀이해서 말하였다.
〈장차 프리아모스의 도시는 원정대에게 함락되리라.
성 안에 있는 모든 것들을, 백성들이 모은 모든 재물을
언젠가 운명의 여신들[29]이
폭력으로 강탈하고 말 것이다.
다만, 한 분의 신께서 시기하여
강력한 군대의 힘으로 트로이에 재갈을 물릴
원정대를 무너뜨리지 않기를 바라노라!
사실인즉슨 정결한 아르테미스[30]는
아버지[31]가 거느리는 그 날개 달린 개들[32]에게
원한을 품고 있나니,
그 새들이 가련한 어미 토끼와 함께

28 바로 뒤의 코로스 종결부에서 언급되는 예언자 칼카스Kalchas를 가리킨다.
29 그리스 신화에서 복수의 여신들이 우주의 질서를 교란하는 자들을 벌주거나 교정하는 역할을 한다면, 〈운명의 여신Moira〉은 영원불변한 우주의 질서를 지키는 역할을 한다.
30 Artemis. 제우스와 레토Leto의 딸로 아폴론의 쌍둥이 누이이며, 올림포스의 열두 신 가운데 한 명. 순결, 출산, 사냥을 돕는 여신이며, 야생 동물들의 보호자이다. 따라서 여신은 새끼를 밴 토끼를 잡아먹은 독수리를 미워한다는 뜻이다.
31 제우스.
32 독수리들을 말함. 독수리는 제우스의 전령을 맡은 새로, 늘 제우스와 동행한다. 여기서 아르테미스가 자기 아버지의 상징인 독수리를 미워한다는 설정이 재미있다.

태어나지도 않은 배 안의 새끼마저 찢어 먹어 치워,
여신께서는 독수리들의 잔치를 좋아하지
않으시기 때문이다.〉
슬프고도 슬프도다.
그러나 바라노라, 결국에는 선이 이기기를!

코러스 종결부[33]

〈아름다운 여신께서는 우리, 거칠고 사나운 사자들의
의지할 데 없는 새끼들에게 상냥하시고,
또 들판에 사는 모든 짐승들의
애타게 젖을 찾는 어린 새끼들을 사랑하신다오!
이 전조를 받아들이라고 나는 그대들에게 말하겠소.
새들이 보여 준 징조는 기쁜 소식이면서
또 한편 불길한 소식이기도 하니.[34]
그러니 우리를 도우실 치유의 신 아폴론이여,
당신에게 비오니,
행여나 여신께서 다나오스인들[35]의 군대가

---

33 이 부분은 그리스어로 〈에포데 *epode*〉라고 하며, 고대 그리스의 비극 합창가에서 좌측 코러스와 우측 코러스에 이어지는 제3단 후절을 말한다. 여기서는 〈코러스 종결부〉로 번역하였다.

34 새들이 보여 준 징조는 한편으로는 제우스의 뜻대로 트로이 원정이 성공적으로 이루어지리라는 의미지만, 다른 한편으로는 아르테미스가 살육을 일삼게 될 아버지의 이러한 원정을 마음속으로 별로 좋아하지 않는다는 뜻이기도 하다.

35 넓은 의미로 그리스인들을 가리킨다. 다나오스 Danaos는 아르고스의 전설적인 왕이다. 신화에서 그는 이오 Io의 증손이자, 벨로스 Belos의 아들이며 아이깁토스 Aigyptos의 쌍둥이 아우로 등장한다. 아시리아, 아라비아, 이집트, 리비아를 포함하는 왕국의 왕인 벨로스는 다나오스에게 리비아를, 아이깁토스에게는 아라비아를 주었다. 그러나 아이깁토스가 이집트를 정복하

법도에 어긋나는 또 다른 가혹한 제물[36]을
마련하도록 하기 위해, 끊임없이 뱃길을 막는
거센 역풍을 보내지 못하게 하소서.
그런 제물은 왕가에서 고통스럽기 그지없는 증오의,
남편에게 저항하는 깊은 원한의 시작이 될 테니까요.
집안에는 원한을 품고 분노에 휩싸인
음험한 안주인의, 자식의 원수를 갚으려는
복수심이 기다리고 있기 때문이라오!〉
이같이 칼카스 님[37]은 출발할 때
전조를 보인 새점으로 우리 주인의 집안에 다가올
크나큰 행운에 덧붙여
불길한 것에 대해 예언을 하였으니,
슬프고도 슬프도다.
그러나 바라노라, 결국에는 선이 이기기를!

여 다나오스를 위협하자, 다나오스는 아테나의 도움을 받아 큰 배를 만들어 아르고스로 도주했다. 아르고스는 그의 조상인 이오의 출신지이다. 그는 도중에 로도스 섬의 린도스에 들러 아테나에 대한 감사의 표시로 아테나 신전을 봉헌하였다. 이후 그는 왕으로 추대되었고, 그 후로 그리스인들의 조상으로 간주된다.

36 그리스 신화에서 아르테미스의 노여움은 트로이 전쟁 때 그리스군이 이곳에 집결하여 트로이로 출항하려 했으나 그리스군 함대가 출항을 하지 못하도록 그녀가 역풍을 보내 배들을 아울리스 항에 묶어 놓는 것으로 나타난다. 아울리스는 그리스 중동부 지역인 보이오티아 지방의 북동쪽에 있는 항구이다. 그러자 아가멤논 왕은 여신의 노여움을 풀기 위하여 자신의 사랑하는 딸 이피게네이아Iphigeneia를 제물로 바친다. 이 때문에 아내 클리타임네스트라는 남편에게 원한을 품게 된다.

37 트로이 전쟁 때의 그리스군 예언자. 아가멤논의 딸 이피게네이아를 제물로 바치지 않으면 그리스 함대가 출항할 수 없을 것이며, 아킬레우스Achilleus가 참전하지 않으면 트로이가 함락되지 않을 것이라고 예언했다.

좌측 코러스 2

제우스, 그분께서 어떤 분이시든,
이 이름으로 부르는 것을 가상히 여기신다면,
내 기꺼이 그분을 이 이름으로 부르리라.
모든 점을 미루어 생각해 보아도
나는 그분께 견줄 만한 것이 아무것도 없으니,
그분 말고 근심 어린 헛된 상념의 짐을
진실로 내게서 덜어 줄 이는 아무도 없다네.

우측 코러스 2

그 옛날, 크나큰 힘을 가지고
모든 것을 이기고 교만했던 자[38]도 옛이야기가 되어
그런 자가 있었다는 것을 아무도 더 이상 알지 못하노라!
그 뒤를 이어 나타난 자[39]도,
모든 것에 승리를 거둔
그분에게 정복되어 사라졌도다.[40]
제우스에게 노래로
승리의 영광을 찬양해 올린다면
모든 생각에 평화가 깃들게 되리라.

좌측 코러스 3

고뇌를 통하여 깨달음에 이르도록

---

38 우라노스Uranus를 말한다. 〈하늘〉이라는 뜻이다. 그는 〈시간〉을 뜻하는 막내아들인 크로노스Chronus에게 왕위를 빼앗기고 밀려난다.
39 크로노스를 가리킨다.
40 크로노스가 다시 아들 제우스에 의해 밀려난 것을 말한다.

우리를 깊은 생각으로 인도하시는 그분께서는
우리의 머리 위에 이 법칙을 세우셨다네!
잠 못 이루는 불안한 마음은
괴로운 기억으로 끊임없이 고통스럽기에,
완고한 생각을 가진 자에게도
분별심이 다가오게 되니,
이것이야말로 신들이 내려 주신 은총이리라!
거룩한 그분들은 엄숙한 키잡이의 손으로
이 세상을 조종하신다네.

우측 코러스 3

그리하여 저 그리스 원정대의
가장 나이 많은 사령관[41]도 근심에 싸여
예언자를 책망하지 않고,
불어닥친 가혹한 운명에
용감하게 맞섰다네.
그리스 병사들이 칼키스[42] 건너편 해안,
파도가 철썩이며 밀려왔다 밀려가는
아울리스 해안에 발이 묶여 배를 띄우지 못하고
군량이 떨어져 힘들어하고 있을 때.

좌측 코러스 4

스트리몬 강[43]으로부터 고약한 강풍이 불어와

---

41 아가멤논을 가리킨다.
42 그리스 에우보이아 섬의 도시. 에우리포스 해협을 사이에 두고 아울리스 항구와 마주 보고 있다.

발이 묶인 병사들을 괴롭히면서
굶주림에 떨게 하고, 거친 파도를 일으켜
밧줄과 배를 망가뜨렸다네.
이렇듯 하릴없이 출항이 오랫동안 지연되자
아르고스의 꽃 같은 용사들은 급격히 시들어 갔다네.
바로 그 무렵 진중의 예언자는
사령관들에게 이는 아르테미스 여신의
분노 탓이라고 밝히며,
폭풍을 진정시킬 수단으로
그보다 더 쓰디쓴 약을 알려 주니,
아트레우스의 아들들은
손에 든 왕홀로 모래땅을 치면서
흐르는 눈물을 멈추지 못하였다네.

우측 코러스 4

그러자 형님인 왕이 이렇게 말했다네.
〈그 명령에 따르지 않는다면,
운명의 신이 나에게 노하실 것이다.
그러나 우리 집안의 기쁨인 내 자식을
죽임으로써
제단 앞에서 이 손을,
아비의 손을 제물이 된 딸의 피로 더럽혀야 한다면,
이 또한 가혹한 일이로다!
그 어느 쪽인들 불행이 아니겠는가!

43 발칸 반도 남동부의 트라키아 지방을 흐르는 강. 스트리몬에서 불어오는 강풍이란 그리스인들의 항해를 방해하는 거센 북동풍을 말한다.

나는 동맹의 서약을 저버리고 권력도 잃은 채
함대를 떠나야 한단 말인가?
바람을 잠재울 속죄의 제물을 바치라는
엄청난 열망이 나를 재촉한다면,
그 또한 정당하리라!
그것이 우리에게 행운을 가져다주기를!〉

좌측 코러스 5
그리하여 그가 완고한 운명의 멍에에 굴복하자,
그의 마음도 끔찍한 결심에 부서져
불경해지고 수습할 수가 없게 되었다네.
이제부터는 무슨 일이든
해치우겠다는 생각이 그를 사로잡았으니.
그렇게 처음에 잘못 갖게 된 미망(迷妄)은
사람의 마음을 비뚤어지게 하고,
마구 덤비게 만들어
무참한 재앙의 시작이 되는 것이다!
이제 그는 아내[44]의 원수를 갚으려는
전쟁을 돕기 위해,
바다로의 경건한 출항을 하기 위해,
함대를 위해 제사를 지내려고
자기 자식을 손수 제물로 바칠 계획을 품었다네.

우측 코러스 5
그녀의 간청도, 아버지를 부르는 울부짖음도

---

44 헬레네를 가리킨다.

그녀의 청순하고 아름다운 청춘도
사령관들의 호전적인 마음을 녹이지는 못하였으니.
그녀의 아버지는 기도를 드리고 나서
제물을 바치는 시종에게 명하여
자기 딸을 그녀가 걸친 숄로 거칠게 휘감아
어린 양처럼 제단에 올려놓게 하고,
완고한 마음으로
머리를 아래로 젖히게 하였으며,
그 입술에서 가문을 저주하는 말이 나오지 못하도록
그녀의 아름다운 입을 틀어막게 하였다네.

좌측 코러스 6

완고한 주먹으로 재갈을 물려서 노끈으로 묶었다네.
그녀의 사프란색 화려한 옷은 땅에 끌렸다네.
그러자 그녀는 자신을 제물로 바치려는 자들에게
일일이 동정을 구하는 눈빛의 화살을 쏘아 보냈으니,
그림으로 그린 듯 아름다운 그녀는 침묵한 채,
예전에는 아버지의 풍성한 잔치가 벌어지던 연회장에서
자주 인사를 건넸던 그들에게 말을 건네고 싶었던 것이네.
그리하여 청순하고 경건한 처녀의 목소리로
연회에서 사랑하는 아버지를 축복하기 위해
헌주식(獻奏式)[45]에 찬가를 불러 드렸다네.

45 고대 그리스에서는 연회가 열릴 때 주연이 시작되기 전 주인이 먼저 신들에게 헌주를 세 번 올리고 난 다음에, 찬신가(讚神歌)인 〈파이안*paian*〉을 부르는 관례가 있었다. 여기서는 왕인 아가멤논이 헌주를 올린 뒤에 딸인 이피게네이아가 자신을 제물로 바치려는 의식에 스스로 나서서 찬신가를 불렀다는 뜻이다.

우측 코러스 6

그 뒤에 일어난 일을 나는 보지 못했으니
말하지 않으리라.
그러나 칼카스의 예언은 이루어지지 않는 법이 없도다!
고난을 겪은 자에게는
디케[46]께서
깨우침을 얻도록 해주신다.
미래에 일어나는 일도 때가 되면
곧 듣게 되리라.
이를 나는 미리 반기지도 않거니와
미리 슬퍼하지도 않으리.
언젠가는 아침의 찬란한 햇살 속에서
분명하게 드러날 테니까.
그러니 이제, 이미 시작된 일은
우리에게 승리와 행운을 가져다주며 마무리되었으면!
홀로 성스러운 고향 땅을 지키고 있는
저 여인[47]도 우선은 그렇게 되기를 바라고 있다네.

(시간은 낮이 된다. 클리타임네스트라가 두 명의 시녀를 거느리고 궁전의 문 앞에 나타난다.)

코러스장

클리타임네스트라 왕비님,
저는 왕비님의 권위를 존중하는 마음으로

---

46 Dike. 정의의 여신.
47 클리타임네스트라를 가리킨다.

이렇게 찾아왔습니다.
주군의 왕좌가 비어 있을 때도
그분의 아내를 공경하는 것이 마땅한 일이니까요.
그런데 왕비님께서 기쁜 소식을 들으셨는지,
기쁜 소식을 바라기 때문에 제식을 올리시는지
진심으로 듣고 싶습니다.
그러나 말씀을 안 하시더라도 원망은 않겠습니다.

클리타임네스트라

속담에도 있듯이, 반가운 소식을 우리에게
가져다주는 전령인 아침은
어머니인 밤으로부터 온다고 했소!
그렇소. 그대들은 기대 이상으로
기쁜 소식을 듣게 될 것이오.
프리아모스의 도시를 우리의 군대가 함락했다 하오.

코러스장

뭐라고 말씀하셨습니까? 용서하십시오!
제 귀를 믿을 수가 없습니다!

클리타임네스트라

아카이오이족의 군대가 트로이를 수중에 넣었단 말이오!
이제 분명히 알아들었소?

코러스장

기쁨에 온몸이 흔들리고, 눈물이 쏟아져 나오는군요!

클리타임네스트라

과연, 그대의 마음을 그대의 눈이 드러내 주고 있소.

코러스장

그런데, 확실하게 밝혀진 것이 있습니까?
확실한 증인과 증거가 있는지요?

클리타임네스트라

확실하오. 아닐 리가 있겠소?
신께서 나를 속이신 게 아니라면.

코러스장

그렇다면 혹시 꿈에서 보신 환영을
그냥 굳게 믿으신단 말씀인지요?

클리타임네스트라

잠에 취해서 보는 환상 따위는 결코 믿지 않을 것이오.

코러스장

그렇다면 혹시 뜬소문을 듣고
그리 기뻐하시는 것은 아닌지요?

클리타임네스트라

마치 내가 어린 소녀라도 되는 것처럼
그대는 나를 비웃는구려.

코러스장

그러면, 언제 그 도시가 함락되었습니까?

클리타임네스트라

바로 이 아침이 오기 전, 지난밤이오.

코러스장

하지만 어떤 전령이 그토록 빨리 올 수 있을까요?

클리타임네스트라

헤파이스토스[48]요. 그가 이다 산[49]에서
불을 밝혀 보낸 것이오!
횃불을 연이어 보내 그 불이 파발꾼이 되어
여기까지 온 것이오. 이다 산에서 림노스 섬[50]에 있는
헤르메스 바위로 횃불을 보냈소.
그 섬에서 보낸 커다란 불빛은
아토스[51] 해변에 있는 제우스 산의 봉우리가
세 번째로 이어받았다오.
그곳으로부터 전해지는 횃불의 거센 불빛은
넓은 바다의 등허리도

---

48 Hephaestos. 불과 대장간의 신.
49 소아시아 북서부, 트로이 근처에 있는 프리기아 지방의 산. 태어나자마자 버려진 트로이의 왕자 파리스가 목자들의 손에 구출되어 자란 곳이라고 한다. 파리스 왕자가 세 여신, 헤라, 아테네, 아프로디테Aphrodite의 아름다움을 판정했던 곳이기도 하다.
50 트로이의 서쪽에 있는 큰 화산섬.
51 그리스 북동부 칼키디키 반도 동쪽 끝에 있는 높은 산.

단숨에 뛰어넘을 듯한 무서운 기세로 나아가니,
그 기쁨의 불빛은 마치 태양과 같이
화광을 내뿜으며 마키스토스[52]의 망대로
소식을 보냈다오.
그 망대도 잠에 빠져 전령의 임무를
저버리는 일이 없이 줄곧 지키고 있다가,
지체 없이 받은 소식을 계속해서 전했소.
그리하여 봉화의 불길은 계속해서 멀리
에우리포스 해협[53]을 건너
메사피온[54]에 있는 봉화대의 파수병들에게까지 알려졌다오.
그러자 이번에는 그들이 황무지에 쌓아 올린
건초더미에 새로 불을 붙여 이 소식을 보냈소.
이렇게 민첩하게 타오른 불빛은 지칠 줄도 모르고
기세가 꺾이는 일도 없이
환한 달빛처럼 아소포스 강[55] 유역의 들판을
계속 가로질러, 키타이론 산[56]의 낭떠러지에 이르러
봉화를 전달해 줄 다른 교대자를 깨워 일으켰다오.
그곳의 파수병은 멀리서 새로이 온 불빛을 알아보고,
다른 어느 곳보다 더 높이 봉화를 피워 올려,
그 불빛을 고르고피스 호수[57] 너머로
멀리 보냈소.

52 에게 해 북서쪽에 있는 산.
53 에우보이아 섬 북쪽에 있는 해협.
54 보이오티아 지방에 있는 산.
55 보이오티아 지방의 남쪽을 흘러서 에우보이아 만으로 흘러드는 강.
56 그리스 남동부에 있는 산.
57 그리스 중남부 코린토스 만의 남서쪽에 있는 호수.

아이기플랑크토스 산봉우리에 이르자
등화의 신호를 방해하지 말라고 재촉했고 말이오.
일은 신속하게 진행되었소.
그곳 파수병들은 힘껏 불을 질러
강력하게 구름처럼 높이 피어오르는 불길을
계속해서 보냈고, 그것은 활활 타오르며 계속 나아가
사로니코스 만[58]이 내려다보이는
널따란 해안의 들판을 지나
마침내 아라크나이온 봉우리에 이르렀으니,
바로 우리의 도시 가까이 파수대가 있는 곳이었소.
거기서부터 이 봉화의 불빛,
이다 산에서 처음 타올랐던 이 불빛은
이곳 아트레우스의 아들들의 궁성까지 전해졌다오.
이렇게 봉화를 계속 전달하도록 미리 지시해 두었다오.
그리하여 봉화가 다른 봉화로 계속 바뀌면서,
임무가 신속히 수행된 것이라오.
첫 번째 봉화도 승리자이지만, 마지막 봉화도 승리자요.
이것이 트로이에서 내 남편이
미리 보내 준 증거라는 것,
그 징표라는 것을 나는 그대에게 말해 주는 것이오.

코러스장

신들께 드리는 기도는 나중에 바치기로 하지요!
하지만 그 이야기를 다시 한 번 듣고 감탄하고 싶습니다.
또다시, 왕비님, 새로 그 이야기를 해주셨으면 합니다.

[58] 아테네의 남서쪽에 있는 만.

클리타임네스트라

트로이가 바로 오늘
아카이오이인들에게 점령되었다오!
도시 안에서는 마구 뒤섞인 외침 소리가
울려 퍼지고 있을 거라고 나는 믿소.
식초와 기름을 한 그릇에 부으면,
섞이지 않고 따로 놀면서
서로 낯설게 머무는 것을 그대는 보았을 것이오.
그처럼 그곳에서도 정복자들의 목소리와
정복된 자들의 목소리는 구별될 것이니,
이는 그들의 운명이 상반된다는 징표라오.
한쪽에서는 살해당한 남편과 형제들의
시신 위에 쓰러지고,
늙은 아비 곁에는 어린 자식이 매달린 채,
이미 자유를 잃은 그들의 목청은
사랑하는 사람들의 운명을 슬퍼하겠지.
또 한쪽에서는 밤새 전투하느라 지치고 굶주려서
도시 안에 있는 것이면 무엇이든
약탈해 배를 채울 것이오.
주위는 폐허가 되고, 질서는 무너졌으니,
사방으로 흩어져 누구든 각자 운수대로
제비를 뽑아 제 몫을 챙겼겠지.
지금쯤 그들은 정복한
왕궁 안에서 숙소를 정했을 것이오.
그리하여 노천의 찬 서리가
좋은 잠자리로 바뀌었겠지.

축복받은 이들이여!
그리고 보초도 세우지 않고 그들은
밤새 깊이 잠들었겠지.
그리고 이제 만약 그들이 점령한 그 땅의,
그 도시의 수호신들과 신전들을 잘 모신다면,
아마 정복자들이 이번에는 반대로 자신들의 승리에
굴복하는 일은 없을 것이오.
우리의 병사들이 탐욕에 빠지고
약탈물에 도취되어
신성한 물건에 손을 대는 일은 없어야 할 텐데!
그들이 고향으로 무사히 돌아오려면
갔던 길을 또다시 항해해서
되돌아와야 하니까 말이오.
군대가 신들에게
죄를 짓지 않고 돌아오면 좋으련만.
그리고 새로운 재앙이 그들을 덮치지 않았으면!
이것이 여자인 나에게서 그대가 듣는 이야기요.
부디, 이리저리 흔들리는 일이 없이
선이 승리하기를 바란다오.
왜냐하면 이제는 나 역시 그 행운을
즐기고 싶으니까 말이오.

코러스장

왕비님, 남정네처럼 분별 있게 말씀하시는군요.
친절하십니다.
이제 왕비님의 확실한 증거가

저에게 확신을 주었으니,
신들에게 감사의 노래를 바칠까 합니다.
그분들이 내려 주신 은혜에 그만한 수고는
충분히 가치가 있으니까요!

(클리타임네스트라, 궁전 안으로 퇴장한다.)

코러스

전능하신 제우스여, 그리고 그대,
화려한 장식으로 빛나는 은혜로운 밤이여.
그대는 일리온의 성채에 당신의 그물을
덮어씌웠습니다.
그리하여 어린이든 어른이든
누구 한 사람 그 강력한 포박의 망을,
모든 것을 사로잡는 파멸의 그물을
벗어나지 못하였나이다!
제우스여, 당신에게 감사드리옵니다.
가장의 권리를 보호하시는 당신께서는
프리아모스의 아들[59]에게 앙갚음을 하도록
오래전부터 복수의 화살을 당기시어,
화살이 과녁에 미치지 못하거나
푸른 구름 속으로
헛되이 날아가지 않게 하셨습니다.

---

59 파리스를 가리킨다.

좌측 코러스 1

제우스께서 어떻게 일격을 가하셨는지는
여기서도 알아차릴 수 있도다!
그리고 그 발자취를 더듬어 올라가는 자는
볼 수 있도다.
그들의 운명은 그분이 정하신 것이니,
가령 어떤 인간이 외경심을 잃고
가장 신성한 것을 짓밟더라도,
신들께서는 그런 일에 개의치 않는다고
부인하는 사람이 있다면,
이는 경건하지 못한 자들의 말이라네!
탐욕이 넘쳐서 그들은 감히
법도를 벗어나 최악의 짓을 저질렀으니,
자만심에 차서 자신들의 궁정을 지나치게
호사스럽게 꾸며 자랑하였도다.
지혜로운 마음이 주어진 자는
그것으로 만족하기를 바라며,
불행이 그를 지나쳐 가는 것만으로도 기쁘리니.
행복에 싫증이 나서
파렴치하게 정의의 여신의 제단을 짓밟은 자의
파멸은 부유함도 막아 주지 못하는 법이다.

우측 코러스 1

그렇게 하는 자는 광기를 부추기는
재앙의 얄미운 자식이 내미는
사악한 유혹에 이끌린 것이니.

치료는 불가능하리로다! 그의 죄악은 감춰지지 않고,
무서운 불길처럼 더욱 이글거리며 드러날 뿐이네.
불순한 놋쇠가 긁히고 찌그러지면
그 은빛이 사라지듯이,
시험을 당하면 곧
새까맣게 변색하고 무뎌지고 마비되고 마는 법이다!
한 젊은이가 빠르게 나는 새에
마음이 빼앗겨 쫓아가다가
자기 고향 도시에 견딜 수 없는 고통을 안겨 주었네!
그런 자의 애타는 기도 소리에
귀를 기울이는 신은 아무도 없구나!
오히려 신은 불의한 자들을 감시하고
그들을 치신다!
저 파리스가 바로 그런 자였으니, 그 당시
그는 아트레우스 집안의 궁전에 들어가
파렴치하게도 환대하는 주인의 식탁을
짓밟고 모욕했도다.
남의 아내를 훔친 것이다.

좌측 코러스 2

그 여인[60]이 고향의 동족에게 남긴 것은
전쟁을 준비하는 소란과 해안가에
요란하게 창과 방패가 부딪치는 소리,
그리고 전함들의 시끄러운 뱃고동 소리였다.
트로이를 위해서는 멸망이라는 지참금을 갖고

60 파리스와 함께 트로이로 가버린 헬레네를 가리킨다.

발걸음도 가벼이 그 여인은
해서는 안 될 일을 하면서 성문을 빠져나갔도다.
그러자 왕궁의 예언자들은 크게 탄식하며
이렇게 큰 소리로 말했다.
〈아, 왕궁이여! 왕궁이여! 슬프고 슬프도다,
그대 영주의 가문이여!
슬프다, 아내의 침대여! 슬프도다,
음란한 사랑의 도주가 남긴 흔적이여!〉
버림받은 자는 분노도 드러내지 않고,
비난도 하지 않고 침묵만을 지킨 채,
잃어버린 여인을 달콤한 꿈에 젖어
바라볼 뿐이로다.
그는 너무나 큰 그리움에 젖어 있으니,
바다 건너 도주한 그녀의 유령이
아직도 집안을 지배하고 있는 듯하구나.
아름답게 조각된 입상(立像)들의 우아함도
남편에게는 역겨울 뿐이니,
공허해진 그의 눈에는
모든 사랑의 기쁨이 사라졌도다!

우측 코러스 2

꿈속에서도 슬픔에 가득 찬 모습으로
환영들이 그의 주위를 맴돌 때면,
그것은 그의 상심을 위로하는
아름다우면서도 허망한 유희일 뿐이더라.
너무나 그럴듯하여 사랑하는 이를 본다고

생각하는 순간,
그대가 꿈속에서 본 환영은
재빨리 그대의 손을 벗어나
조용히 날개를 타고 꿈속 먼 곳으로
떠나가 버린다.
이렇듯 왕가의 화롯가에 깃든 슬픔만도
이미 크나큰 것이었으나
또 다른 슬픔은 이보다 더 컸으니,
군대를 따라 헬라스 땅을 떠나 함께
전장으로 나간 백성들의 집에는
끊임없는 비탄이 감돌았기 때문이라.
그런 집에는 밤낮으로 침묵이 파고들어,
비통한 마음만 커져 갔더라.
까닭인즉슨 떠나보낸 이들이
누구인지 다 알건만,
집집마다 돌아오는 것은 사람 대신에
창검과 유골의 재뿐이었기 때문이라.

좌측 코러스 3

시신을 황금과 바꾸며[61] 전쟁을 좌우하는 군신 아레스.
창칼이 난무하는 거친 싸움터에서
종종 죽음을 저울질하는 잔인한 그는
트로이로부터 애처로운 유골만을
가족들에게 돌려보내니,

---

61 고대에는 전사한 자들의 시신을 돌려받기 위해 그 가족들이 몸값으로 황금을 지불하는 일이 잦았다.

사람을 대신한 재로
유골 단지 하나를 적당히 채운 것이었다!
그리하여 가족들은 그들이 전투에 능했다고
찬양하고, 남의 아내 때문에 벌어진 혈전에서
용감히 쓰러져 갔다고 칭송하였다.
백성들은 남몰래 이런 불평을 속삭였고,
슬픔에 젖은 사람들은
군대의 지휘관인 아트레우스의 아들 형제에게
증오심을 품게 되었다.
또 다른 영웅적인 사람들은
트로이의 성벽 아래,
언덕 위에 무덤을 차지하고 누웠으니,
적지의 흙이 그 정복자들의 몸을 덮어 주고 있다네.

우측 코러스 3

원한을 품은 백성들이 말하는 소문은
중대한 것이니, 민중의 입에서 나온
저주는 반드시 속죄를 요구하기 때문이다.
기나긴 밤의 어둠이 끝나고 나면 듣게 될 것에
내 마음은 그지없이 불안하구나!
많은 목숨을 해친 자들을
신들의 눈길은 결코 놓치지 않기 때문이다.
그리하여 복수의 여신들의
검은 무리가 부당하게 행복을 누리는 자의
운명을 언젠가는 역전시켜
그의 찬란한 행복을 빼앗고 말리라.

그렇게 파멸해 사그라지는 그에게
구원은 남아 있지 않으리라!
또한 명성도 지나치면 위험하니,
천둥의 신 제우스의 질투하는 눈빛이
벼락을 내리기 때문이다.
내가 바라는 것은 그저 평범한 행복이니,
나는 성을 파괴하는 자가 되고 싶지도 않거니와
적의 손에 잡혀서
종노릇하며 살아가고 싶지도 않노라.

코러스 종결부

반가운 소식을 전하는 화염이 일자
우리 도시의 온 거리에 곧 소문이 퍼졌다.
그러나 그것이 과연 진실인지 누가 알겠는가?
혹 신들의 속임수는 아닐지?
어린아이처럼 쉽게 믿고 분별을 잃어버려,
새로운 소식을 전하는 화염을 보고
처음에는 마음이 후끈 달아올랐다가,
이야기가 바뀌면 낙담하여 얼이 빠질 자 누구인가?
사실을 확인하기도 전에
행운을 기뻐하며 칭송하는 것은
여인들에게나 어울리는 일!
남의 말을 쉽게 믿는 여인의 생각은
바람처럼 쉽게 소문으로 퍼져 나가지만,
여인이 퍼뜨리는 소문이란 또한
바람처럼 쉽게 시들어 자취를 감추고 만다.

코러스장

소식을 전해 주는 잇닿은 봉화와,
파수대의 신호와 바뀌는 불빛들이
과연 사실인지,
아니면 그 반가웠던 불빛의 도착이
마치 꿈처럼 단지 정신을 흐리게 한 것인지는
곧 밝혀질 것이다.
저기 전령이 벌써 해안으로부터
다가오고 있는 것이 보이는구나.
머리는 올리브 가지로 가리고,
진흙의 동족인 마른 먼지를
일으키는 것을 보면 알 수 있다.
그것은 말없는 억측이나 멀리 산 위에
갑자기 높이 솟아오르는 봉화가 아니다.
분명히 그 전령은 더 반가운 소식을 가져다주리라.
만약 그러지 않는다면,
그 일에 대해서는 말하고 싶지 않구나.
이제까지의 행운에 한층 더 좋은 결과를 가져왔으면.
그 누구라도 이 나라에 다른 것을 주거나
바라는 자가 있다면, 그런 자는 스스로
마음이 저지른 죄과의 보답을 받게 되리로다!

(전령이 등장한다.)

전령

오, 그리운 고향 땅이여, 아르고스의 나라여!

10년이 지나서야 오늘 새벽 햇살 속에
고향으로 돌아왔노라.
비록 수없이 많은 희망이 깨졌지만
한 가지는 이루어졌구나.
이제까지는 이 아르고스 땅에서
일생을 마치고 가장 좋은 무덤에
묻히리라고는 생각지 못했으니까.
이제, 만세, 대지여! 만세, 그대 태양 빛이여!
그리고 당신, 이 땅을 통치하시는 제우스여!
그리고 당신, 피톤[62]의 주인이시여,
다시는 활을 들어 우리에게 화살을 쏘아 보내지 마소서.
스카만드로스[63] 강변에서 당신은 우리에게
충분히 적대하셨으니,
이제는 다시 우리를 구원하시고 치유의 신이 되어 주소서,
아폴론이시여!
또한 전투를 도우시는 모든 신들이시여,
특히 나의 소중한 수호신이여,
전령들의 자랑이신 헤르메스[64]여!
그리고 우리 군대를 지휘하신

---

[62] 그리스 중부 포키스의 고대 도시인 델포이의 옛 이름. 피톤은 원래 아폴론보다 전에 그곳을 지키던 피토Pytho라는 용을 아폴론이 죽인 데서 붙은 이름이다. 아폴론은 그 후 〈피토의 왕〉이라는 별명을 얻었으며, 그곳에 아폴론 신전이 세워졌다.

[63] 트로이의 남서쪽 평야를 흐르는 큰 강. 그 강을 지키는 신의 이름이기도 하다.

[64] Hermes. 제우스의 아들이며 신들의 전령. 전령신으로 불리기도 한다. 또 죽은 자들의 영혼을 저승으로 인도하는 역할도 하며, 상인과 도둑의 수호신이기도 하다.

영웅들이여, 부디 창검을 면할 수 있었던
군사들을 너그러이 받아 주소서!
우리 왕들의 궁전이여, 그리운 저택이여!
거룩한 자리여!
떠오르는 태양을 향하고 있는 신상들이여!
그토록 많은 세월이 지나 돌아오시는 우리의 왕을
이제, 환히 빛나는 눈으로 성대히 맞아 주소서.
아가멤논 왕께서 어두운 밤을 지나
당신들과 여기 있는 모든 이들에게
빛을 가져다주기 위해 돌아오셨으니까요!
그분을 정성껏 환영해 주소서.
그래야 마땅하옵니다.
그분께서는 정의를 세우는 제우스의 도끼로
트로이를 무너뜨렸습니다.
그리하여 들판은 완전히 파헤쳐지고,
온 나라의 새싹들도 시들어 죽었습니다.
그와 같은 멍에를 프리아모스의
오만한 도시에 씌워 놓고
아트레우스의 장남이신 우리의 대왕,
축복받은 영웅께서는 돌아오십니다.
그분이야말로 지금 이 세상에서
살아 있는 사람들 가운데
가장 존경받아 마땅한 분이시지요.
파리스도, 그자와 함께 벌을 받은 그 도시도
당한 일보다 행한 일이 많다고 자랑하지 못할 것이오.
그자는 강도와 유괴의 죄를 지은 끝에

자신의 약탈물을 빼앗겼을뿐더러,
왕가의 혈통마저 멸망시켜 버렸으니까요!
이렇게 프리아모스의 일족은
자신들의 죄과에 대해 이중으로 대가를 치렀습니다.

코러스장

아카이오이족의 전령이여, 그대에게 기쁨이 있기를!
반갑게 인사드립니다!

전령

예, 기쁩니다. 이제 죽더라도 불평하지 않으리다!

코러스장

그리도 조국을 그리워하며 마음 아파했다는 말이오?

전령

너무나 기쁜 나머지 눈에서 눈물이 넘쳐흐릅니다!

코러스장

그대들도 역시 이 달콤한 고통의 병에 걸렸단 말이오?

전령

〈그대들도〉라니요? 당신의 말은 설명을 해줘야
비로소 알아들을 수 있겠군요.

코러스장

그대들을 그리워하는 우리를
그대들도 그리워했다는 말이오?

전령

그대의 말씀은 이 나라와 군대가
서로를 그리워했다는 말인가요?

코러스장

나는 이따금 침울한 기분에 깊이 한숨을 내쉬곤 했다오!

전령

이유가 무엇이었습니까?

코러스장

오래전부터 나는 침묵하는 것을
모든 재난을 막는 유일한 약으로 삼아 왔다오![65]

전령

왕들께서 안 계신데 누군가를 두려워하고 있었단 말입니까?

코러스장

그대가 말한 〈이제 죽더라도〉를 나 역시 바라고 있을 정

---

65 코러스장은 앞으로 아가멤논 왕의 궁전에 재앙이 닥칠 것 같은 불길한 예감이 들어서 말하고 있지만, 전쟁을 치르러 오랫동안 고향을 떠나 있던 전령은 그 말뜻을 잘 이해하지 못하고 있다.

도라오.

전령

그런가요? 어쨌든 이젠 일이 잘 되었습니다!
물론 이렇게 오랜 세월이 지나다 보면,
이런 저런 일들이 잘 되다가도
다시 일의 결과가 나쁘게 될 수도 있죠.
하지만 신이 아닌 이상
평생 동안 늘 행복하기만 한 사람이 누가 있겠어요?
우리가 겪은 여러 가지 힘든 일에 관해 말하자면,
항해하는 동안 불편한 잠자리와
진지에서 지내는 고통이 컸지요.
갑판 아래 덮을 것도 없는 배의 바닥이
우리의 침상이었으니까요. 그리고 낮 동안에는
부역과 노고에서 벗어날 틈이 조금도 없었습니다.
게다가 특히 육지에서 새로 찾아온 고생은 더 심했지요.
진지가 바로 적의 성벽 앞에 있었으니까요!
하늘에서는 비가 내리고, 풀이 난 땅에서는
축축한 이슬이 올라왔지요.
한시도 몸이 마를 때가 없었으며,
털옷에는 늘 이가 들끓었습니다.
겨울에 대해 말하자면, 새도 얼어 죽을 정도였지요.
이다 산에서 내리는 눈보라도 참으로 견딜 수 없었어요.
여름철 한낮에는 바다에 바람 한 점 불지 않고,
파도도 잠들 듯 가라앉아 노곤할 때면,
그 더위는 말도 못합니다.

하지만 무엇 때문에 그것을 원망하며 슬퍼하겠습니까?
그 고생도 다 지나갔는걸요.
전사한 사람들도 이제는 모든 걱정이 사라지고,
결코 다시 일어나기를 바라지 않을 것입니다.
그런데 살아남은 우리가 죽은 이들에게
무슨 이야기를 해주겠습니까.
그리고 죽은 자들의 운명 때문에
살아 있는 나를 괴롭힐 필요가 있겠습니까?
아니요. 극복한 모든 고난과는 작별을 고하렵니다!
왜냐하면 우리들 살아남은 아르고스 군사들로서는
저울에 달아 보면 이익을 얻은 쪽이 우세하고,
괴로움은 그에 필적하지 못하니까요.
그러니 육지와 바다를 건너 집으로 달려온 자는
저 성스러운 햇빛을 향해 스스로 이렇게 자랑을 해도 되지요.
〈트로이를 정복한 우리, 다나오스인들의 군대는
여러 신들을 위하여 헬라스의 신전마다
전리품을 귀중한 장식으로 걸어 두었노라!〉
이 말을 들으면 백성들은 그 군대와 장군들을
찬양하지 않을 수 없을 것입니다.
이 일을 성취시키신 제우스의 은총도 높이 찬양받겠지요!
이 모든 것을 이제는 그대도 알게 되었습니다.

(클리타임네스트라가 시녀를 동반하고 등장한다.)

코러스장

그대의 말을 들으니 확신이 가는구려.

노인이라도 배움에 있어서는 항상 젊은 법이지요.
누구보다도 이 왕가와 클리타임네스트라 왕비께서
물론 그 일에 기뻐하시겠지만,
나한테도 반가운 일이오.

클리타임네스트라

나는 벌써 아까부터 기쁨의 만세를 불렀다오.
봉화의 첫 사자가 트로이의 함락과 파괴를
우리에게 알리던 날 밤에 말이오.
그때 어떤 사람들은 나를 비웃으며 말했지요.
〈그런 봉화를 보고 트로이가 함락됐다고 믿으십니까?
여인들은 뜬소문을 듣고 쉽사리
제정신을 잃지요!〉라고.
그런 말대로라면 나는 마치 어리석은 여자처럼 보였소.
하지만 나는 제물을 바쳤고, 내 명령에 따라
다른 여자들도 도처에서 기쁨의 환호성을 올렸어요.
은총에 대한 징후로 신들이 머무르시는 곳에서
향을 살라 향기로운 불꽃을 피워 올리면서.
그러니 그대가 내게 더 자세한 이야기를
할 필요가 있겠소?
사건의 전말은 곧 왕께서 오시면 직접 듣게 될 것이오.
그러니 나는 그리운 낭군이 여기에 도착하시면
가장 성대히 맞이할 준비나 서둘러야겠소.
아내 된 사람에게 전장에서 승리하고 귀국하는
남편을 위해 성문을 열어 주게 될 날을 기다리는 것보다
더 달콤한 일이 있겠소?

그러니 그대는 내 남편에게 전하시오,
온 도시가 학수고대하니 서둘러 돌아오시라고 말이오!
돌아오시면, 그이의 아내는 그가 예전에
집을 지키도록 남겨 두고 갔을 때와 마찬가지로,
집 안에서 정절을 지키고 있음을 발견하시게 될 것이오.
당신에게는 충실해도
나쁜 마음을 먹은 모든 자들에게는 매우 엄했으며,
그 기나긴 세월 동안 그밖에 다른 일들도 역시
아내의 손으로 봉인 하나 뜯지 않고 그대로 지켰다고 말이오.
아직도 나에 대한 중상이 떠돌고 있소. 그러나
다른 남자와 향락을 구한다고 하는 추문 따위는
쇠를 담금질하는 일처럼[66] 나와는 관계없는 일이라오.
이것이 나의 자랑이고, 진정 사실이므로,
입에 올려도 지체 높은 숙녀에게 부끄럽지 않을 것이오!

(클리타임네스트라 퇴장한다.)

코러스장

그녀는 그대에게 그렇게 말하고,
그대도 그녀에게 직접 그렇게 들었소.
최고의 통역관인 바로 그녀의
분명한 말을 통해서 말이오!
그러나 내게 말해 주시오, 전령이여.

---

[66] 쇠를 담금질하는 일은 보통 여인이 하는 일이 아니라 전문 기술을 지닌 대장장이가 하는 일이다. 클리타임네스트라는 여기서 자신은 쇠를 담금질하는 법을 모르는 것처럼 다른 남자와 향락을 즐기는 법도 모른다고 주장하고 있다.

우리 나라의 소중한 통치자이신 메넬라오스께서도
그대들과 함께 항해하셨나요, 그분도 역시 무사히
고향으로 돌아오셨나요?

전령

저에게 그대가 오랫동안 기뻐할 반가운 소식을
거짓말로 꾸며서 이야기할 능력은 없습니다.

코러스장

만약 그대가 좋은 말을 꾸며서 한다면
어찌 진실을 밝힐 수 있으리오?
진실과 다른 것이라면 금세 드러날 것이오.

전령

그 군주께서는 헬라스인의 군대에서 실종되었습니다.
그분도, 그분의 함선들도 함께.
그대가 듣는 이 말은 사실입니다.

코러스장

그분이 그대들보다 앞서
트로이를 출발하는 것을 보았소?
아니면 폭풍이 불어와 그분을 함대에서
떨어져 나가게 한 것이오?

전령

그대는 유능한 궁수처럼 과녁을 적중하셨군요.

오랜 고통을 짤막한 말로 표현하시다니!

코러스장

그러면 그 왕께서는 아직 살아 계시오?
아니면 돌아가셨소?
낯선 항해자들의 소식을 통해 알려진 것이 있습니까?

전령

누구 한 사람 그것을 확실히 이야기할 수 있을 만큼
아는 이는 없습니다.
지상의 생명을 기르시는 저분[67] 말고는.

코러스장

신들의 노여움으로 보내진 그 폭풍이
어떻게 바다를 건너는 함대를 습격했는지 말해 보시오.

전령

나쁜 소식으로 기쁜 날을 더럽히는 일은
결코 해서는 안 되겠지요. 그런 식의 감사를 신들에게
드리는 것은 어울리지 않으니까요.
그러나 궤멸한 군대의 말할 수 없는 재앙을 전하러
사자가 어두운 표정으로 고국에 돌아왔을 때
온 백성들은 골고루 상처를 입었는데,
또 다른 많은 사람들, 집에서 나간 남자들이
아레스가 좋아하는 저 이중의 채찍

---

67 태양신, 즉 헬리오스Helios를 가리킨다.

— 양날의 칼끝을 지닌 재난,[68] 피의 비탄에 젖은 재앙 —
에 의해 저승으로 추방되었다고 전한다면,
그래요, 그런 비탄스러운 소식을 가지고 돌아온다면
그것은 마치 복수의 여신들이 부르는
찬가처럼 들리겠지요.
성공을 기뻐하는 도시에 승리를 알리는
기쁜 소식을 갖고 온 제가
어찌 반가운 일과 나쁜 일을 섞어서 말하겠습니까?
그러나 신들의 노여움 때문에 우리를 엄습한
폭풍에 대해 말하자면,
예전에는 그토록 서로 상극이던
바다의 파도와 불길이 이번에는 동맹을 맺어,
서약을 지키는 증거로 아르고스인들의
불운한 군대를 몰살시켰습니다.
밤 시간에 격렬한 파도의 재앙이 일어났고,
트라키아에서 폭풍이 불어와 함선들을
서로 부딪치게 하였으며,
태풍에 뒤흔들린 거센 파도 속에서
함선들은 선체가 산산조각 나고,
돌풍에 휘말려 떠밀리다가
흔적도 없이 사라져 버렸습니다.
그러다가 이른 아침의 태양 빛이 마침내
다시 떠올랐을 때,
우리는 아이가이온[69] 바다의 고요한 수면 위에

68 국가와 개인을 동시에 덮치는 재난이라는 뜻.
69 에게 해의 그리스어 명칭.

그리스인들의 시신과 난파선의 파편들이
여기저기 떠 있는 것을 보았습니다.
그러나 우리의 함선이 파손되지 않은 것은
제 생각에, 어떤 신께서 — 인간은 아닙니다 —
배의 방향을 돌리셨거나,
아니면 기도를 통해 재난을 피하도록
해주신 덕분인 듯합니다.
그때 뱃머리에는 구원을 가져다주시는
자비로운 티케[70]께서 올라 앉아 계시어,
무서운 기세로 밀려드는 파도가 우리를
전복시키지 못하게 하고,
암초에 걸려 침몰하지 않게 해주셨던 것입니다.
그리하여 격노한 바다의 저승길을
가까스로 빠져나온 우리는
밝은 대낮에도 우리의 행운이 믿기지 않아,
고통을 겪고 비참하게 산산이 흩어진 우리 함대의 재앙을
마음속으로 새로이 슬퍼하며 되새기고 있었습니다.
그리고 그 동료들 중에 아직도 살아 숨 쉬는 자가 있다면,
우리를 이미 죽은 자로 이야기하겠지요.
당연하지 않을까요?
우리도 역시 그들에게 이런 일이 일어났으리라고
생각하니까요.
아, 일이 잘되었으면 좋으련만!
무엇보다도 메넬라오스 왕께서
맨 먼저 안전한 항구에 도달하시기를!

70 Tyche. 행운의 여신.

만약 지금 헬리오스의 태양빛이
어디선가 그분을 찾아낸다면,
아직은 그의 혈통을 완전히 끊어 놓으실
의향이 없는 제우스의 배려로
햇빛을 보고 살아 있음을 기뻐하리라.
그러니 언젠가 그분께서 다시 돌아오시리란 희망이 있지요.
이 정도 말했으니, 그대는 들은 말이
모두 사실임을 알아 두십시오!

(전령 퇴장한다.)

좌측 코러스 1

일찍이 누가 그 이름을 지었을까?
그런 의미심장한 이름을.
우리가 보지 못하는 누군가가
운명이 가져다줄 것을 미리 내다보고
과녁을 향해 분명히 입을 연 것이 아니라면?
싸움에 휘말리게 될 저 창검의 신부를
헬레네라고 이름 지은 이는 누구인가?
부드럽고 곱게 짠 휘장에서 빠져나와
거인의 입김[71]에 밀려
그녀가 바다를 건너 도주했을 때,
배들은 전멸하고, 남자들과 도시 또한 파멸했도다.
그녀가 탄 배의 노가

---

71 서풍. 그리스 신화에서는 서풍을 제피로스Zephyros라는 신으로 묘사하며 여기서는 거인으로 의인화하고 있다.

파도에 남긴 흔적을 따라
수많은 용사들이 무기를 번뜩이며 뒤쫓아,
멀리 시모에이스[72]의 해안을 향해 갔으니,
머지않아 피비린내 나는
싸움이 벌어질 곳이었다네.

우측 코러스 1

분노에 찬 원한이 트로이를 위해
비극적인 결혼식[73]을 주선하였으니,
이는 환대해 준 주인의 식탁을 모욕하고
가정의 보호자인 제우스를
파렴치하게 모독한 것에 대한 속죄를,
그 당시 결혼식 때 친척들이 축제를 벌이며
오만하게 노래한 것에 대한 속죄를 요구하는,
예견된 비참한 종말이었네.
그리하여 오래된 프리아모스의 도시는
곧 그러한 축혼가를 잊게 되었다네.
그리고 비탄의 노래로 자신들이 당한
고난을 탄식하였다네.
파리스의 만행을 그들은 소리지르며 비난하였다네.
그때가 아직은 그 나라 백성들이 흘린
참담한 피 속에서 고통스럽기 그지없는
운명이 닥칠 것을 보기 이전이었으니!

---

72 트로이 북부의 평야를 가로질러 흐르는 강.
73 파리스와 헬레네의 결혼식을 말한다.

좌측 코러스 2

일찍이 어떤 이가 집에서
새끼 사자를 한 마리 길렀다네.
양의 새끼와 함께 젖을 나눠 먹던
그 새끼 사자는 젖꼭지에 매달렸다네.
어릴 때에는 물론 아이들과 잘 어울려
유순해 보였고,
노인들에게는 그야말로 기쁨이었네.
종종 그들의 품에 안겨
순진한 젖먹이처럼 사람의 손을 보면
탐스러운 눈빛을 반짝이며 올려다보았지만,
사실은 배가 고파서 매달리는 것이었다네.

우측 코러스 2

세월이 흘러 장성하자 그는
부모에게서 타고난 기질을 빠르게 드러냈다네.
길러 준 은혜에 보답한답시고
마구 거칠게 양들을 죽여서
스스로 잔치를 벌이니,
집 주위는 온통 피로 물들었다네.
공포와 비탄을 막을 수 없었고,
숨 막히는 분노도 이루 헤아릴 수가 없었다네.
그렇듯 신의 뜻에 따라 그 집안에는
장차 재난의 도구가 될 자가 자라고 있었다네.

좌측 코러스 3

그와 비슷한 방식으로
일리온의 도시에도
마치 찬란하게 빛나는 잔잔한 바다와
같은 의미를 지닌 것이 찾아 왔으니,
그것은 오랫동안 쌓인 왕궁의 부유함에
더해진 보석이었고
눈에서는 부드러운 화살을 쏘아 대어
가슴을 찌르는 애련의 꽃이었다네.
그러나 이 얼마나 착각이었던가!
그녀는 결혼식에 얼마나 빨리
비참한 종말을 초래했던가.
가정의 보호자이신 제우스께서
프리아모스의 집안에 적대적이고
불행을 일으킬 자를 끌어들였으니,
그것은 바로 눈물의 신부인
복수의 여신이었다네![74]

우측 코러스 3

옛부터 인간 세상에 잘 알려진 속담이 있으니,
〈사람의 행복이 커지고 부유해지면
자식을 낳게 되니,
자식 없이 죽는 일은 결코 없으리라.
그러나 행복의 뜰 안에는

---

74 여기서 헬레네는 오랫동안 부를 누려 온 프리아모스 왕의 집안과 나라에 파멸을 가져올 복수의 여신으로 묘사되고 있다.

만족할 줄 모르는 불행이 싹터 자란다!〉
그러나 내게는 전혀 다르게 보이네.
왜냐하면 악한 짓을 하면, 그 뒤에
그 아비를 닮아 같은 짓을 하는
사악한 자식들을 많이 낳지만,
경건한 집에서는 축복을 받아
행복한 자식들이 번성하기 때문이라네.

좌측 코러스 4

해묵은 죄악은 계속해서 죄악을 낳고
새로운 죄악으로 더욱 번성하게 되니,
오늘이든 내일이든 때가 되면
그 열매의 저주는 또다시 죄악을 낳는다네.
결코 피할 수도 견딜 수도 없으며,
그렇다고 없앨 수도 없는 일.
어두운 저주의 불경하기 그지없는 오만함은
그 집안의 아비를 닮았구나.

우측 코러스 4

그러나 그을음투성이가 된 오두막에서도
정의의 여신은 환히 빛나니,
경건한 생활을 높이 존중하기 때문이라네.
비록 온통 황금으로 칠한 저택이라도
죄로 더럽혀진 손의 흔적을 보면,
그 여신은 눈길을 돌려
사람들의 그릇된 칭찬으로 헛된 내용이

부유함으로 더러워지는 것을 피하고자 하시며,
반드시 그것에 종말을 가하신다.

(아가멤논이 수행자 없이 마차를 타고 등장한다. 그의 뒤에는 사제의 표식인 머리띠 장식을 하고 손에는 월계수 가지를 든 카산드라가 앉아 있다.)

코러스장

대왕이시여, 주인님이시여,
아트레우스의 아드님이시여,
트로이를 제압하신 그대에게
뭐라고 인사를 드려야 하나요?
어떻게 존경을 표해야
지나침도 부족함도 없이 예절에 맞고
이 순간에 맞는 기쁨을 표현할 수 있을까요?
그러나 많은 사람들은 정도를 벗어나
실속보다는 겉으로 보이는 것을 더 좋아하곤 합니다!

불행한 사람을 위해 함께 탄식하는 것은
누구나 쉽게 할 수 있지만,
그렇다고 해서 그의 마음까지도
그 비탄의 아픔에 상처를 입고
피를 흘리지는 않지요.
그리고 기뻐하는 자들 앞에 그가 다시
기쁜 모습으로 나타나더라도
얼굴에 억지로 웃음을 지어 함께 웃지는 않지요.

그러나 백성에 대해서 잘 아는
목자가 주목해 보면,
충성스러운 마음에서 동정하는 듯하나
사실은 싱거운 충심에서 아첨하는 눈빛을
간파할 것입니다.

그 당시 대왕께서
헬레네를 위해 전쟁에 나가셨을 때만 해도
— 숨기지 않겠습니다 —
마음속으로는 그대에 대해
좋은 인상을 갖고 있지 않았으며,
또 그대가 제물을 바쳐서
죽음의 희생물이 될 사람들에게
용기를 불어넣으려 했을 때,
그 당시 나에게 그대는 마음의 키를 현명하게
조종하시는 것으로 보이지 않았습니다.
그러나 지금은 강렬하게 대왕에게
마음이 끌리는군요!
더 이상 원망은 없습니다!
그대는 위대한 일을 성취하셨나이다!
그러나 잘 살펴보시면 시민들 가운데
누가 칭찬받을 만하고 누가 그렇지 않은지,
누가 그대의 도시를 잘 지켰고,
또 누가 형편에 맞지 않게 지켰는지는
언젠가 아시게 될 것입니다.

아가멤논

먼저 아르고스와 고향의 여러 신들께
경건하게 인사를 드리는 것이 도리일 것이다.
그분들께서는 내가 다시 귀국하고,
프리아모스의 도시로부터
내가 요구한 정당한 권리를 찾도록
도와주셨도다.
단지 말과 항변에 의해서만 다툼을 중재하여
심판하지 않는 신들께서는
트로이의 남자들을 죽음으로 몰아넣을
죽음의 투표를 피의 항아리에 분명하게
던져 넣으셨다.
그리고 반대 측 항아리에는
혹시나 하는 희망이 있었을 뿐
그 안에 표를 던져 넣는 손은 하나도 없었다.
함락된 트로이가 어디에 있는지는
아직도 피어오르는 연기가 보여 주고 있도다.
죽음의 불길이 아직도 타오르고 있으니.
얼마 안 있어 그 불길과 더불어
과거의 부유함은
뜨겁게 타버리고, 남은 잿더미만이 죽어 가며
마지막 숨을 내쉬게 될 것이다.
그 보답으로 신들께 가슴 깊이 새긴
감사를 드려야 할 것이니라.
특히 우리는 아주 충분할 만큼
보복을 하였으니 말이다.

타락한 한 여자 때문에
아르고스의 괴물[75]에게 그 도시를 짓밟게 하여
초토화시키고 말았다. 그것은 바로 젊은 준마로,
플레이아데스[76]가 질 무렵
창칼로 무장한 병사들이
탐욕에 날뛰는 사자들처럼
성벽을 뛰어넘어 굶주린 듯이
군신들의 피를 실컷 빨아먹은 것이다.
그 때문에 나는 맨 먼저 신들께 인사를 드리노라.
그리고 그대가 하는 말은 나도 마음속에
잘 새겨 둘 것이다.
나도 그대와 같은 생각이니 말이다.
커다란 행운을 누리는 친구를 시기하지 않고
존중해 줄 수 있는 기질을 타고난 사람은 드물다.
악한 마음의 독기는 사람의 마음에 파고들어
시기로 병든 자를 이중의 원한으로 괴롭히는 법이다.
자신의 불쾌함으로 마음이 무겁게 짓눌리는 데다
또 남이 잘되는 것을 바라보며 한숨을 내쉬는 것이다.
내가 이렇게 말할 수 있는 것은
수많은 사람들과의 교류란
거울에 스쳐가는 그림자처럼
허황된 것에 불과한 것을 과거에 보았기 때문이다.

75 트로이 전쟁 때 그리스군이 트로이 성 앞에 세워 두었던 목마를 말한다.
76 Pleiades. 황소자리에서 가장 눈에 띄는 성군(星群). 디오니소스 축제가 열리던 3월 말의 아테네에서는 이 별자리가 저녁 10시경에 지는 것을 감안할 때, 〈플레이아데스가 질 무렵〉은 대체로 늦은 저녁이나 한밤중으로 볼 수 있다.

나에게 충성스러운 듯 보였던
사람들의 충성이란 것 말이다.
그러나 오직 한 사람 오디세우스[77]만은,
본래 내키지 않은 마음으로 나를 따랐으나
일단 전투에 임하자 내 곁에서 충성을 다했다.
그가 죽은 자들 가운데 한 명이 되었는지
아니면 아직도 살아 있는지는
오직 신만이 아시리라!
신들과 도시에 관한 그 밖의 다른 일들은
원로들이 모인 회의에서 관습대로 의논하게 되리라.
그리하여 좋고 쓸모 있어 보이는 것은
계속 유지하기 위해 배려할 것이니라.
그러나 의사와 약이 필요한 것이 있으면,
칼로 자르거나 불로 지지고, 신중히 고려하여
그러한 병을 뿌리 뽑도록 노력할 것이다.
이제는 궁 안으로 들어가 내 집 안의 화롯가로 가서,
나를 멀리 떠나보내셨다가
다시 귀환하게 인도해 주신
신들에게 먼저 감사를 드려야겠다.
니케[78]께서 이제까지 내 뒤를 따라오셨듯이

---

77 Odysseus. 이타카Ithaca의 왕으로 트로이 전쟁 때 그리스 군대의 사령관 가운데 한 명으로 참전했다. 그는 처음에는 아내와 어린 아들을 두고 고향을 떠나 트로이로 가기가 싫어 미친 척했지만, 결국 참전하여 용감하게 싸웠다. 그러나 전쟁 후에 고향으로 바로 돌아가지 못하고 바다 위를 떠돌며 10년 동안이나 모험을 겪어야 했다. 이 과정은 그리스의 시인 호메로스가 지은 서사시 『오디세이아*Odysseia*』에 기록되어 있다. 위의 본문에서는 아가멤논이 실종된 그의 행방을 아직 모르는 상황을 묘사하고 있다.

앞으로도 언제나 그렇게 변함없이 머물러 주시기를!

(클리타임네스트라가 궁전에서 시녀들을 거느리고 등장한다.)

클리타임네스트라

시민들이여,
우리 아르고스의 백성들 가운데 원로들이여,
사랑에 가득 찬 내 마음을 그대들에게 보여 주는 것을
나는 더 이상 부끄러워하지 않아요.
세월은 사람들에 대한 수줍음도 사라지게 만드니까요.
남에게 들은 이야기가 아니라
나의 괴로움을 말씀드리려는 거예요.
남편이 트로이에 가 계셨던 동안
내가 얼마나 쓸쓸한 삶을 살아왔는지를.
여자의 몸으로 남편과 떨어져
홀로 쓸쓸히 집에 들어앉아 있는 것은
말할 수 없이 힘든 일이지요.
소문을 들었습니다. 많은 이야기들이
서로 상반되는 것이었지요.
누군가 와서 불행한 일이 생겼다고
전하고 나면,
이번에는 또 다른, 가장 나쁜 소식보다도
더 나쁜 소식이 와서 위협했어요.
만약 들려온 소문만큼
그분이 많은 상처를 입으셨다면, 그분의 몸은

78 Nike. 승리의 여신.

무수한 구멍투성이의 그물처럼 되고 말았을 것입니다.
그리고 만약 들려온 소문처럼 계속 전사하셨더라면,
그분은 지금쯤 몸뚱이가 셋인 거인
게리온[79]처럼 되어 세 겹의 흙 옷을
시신 위에 덮고 있을 것입니다.
각 몸뚱이가 한 번씩 죽는다고 치면 말입니다.
이처럼 수도 없이 많은 나쁜 소문을 듣고 나서
죽으려고 들보에 높이 밧줄을 맬 때마다
놀랍게도 다른 사람들이 내 목에서 그것을
억지로 풀어 주곤 했답니다.
(아가멤논 쪽으로 몸을 돌리며)
그러다 보니 당연히 우리 곁에 있어야 할 아이,
나와 당신의 사랑의 담보인 그 아이
오레스테스[80]는 내 곁에 없습니다.
그러나 이상히 여기지는 마세요!
당신의 충직한 친구인 포키스의 스트로피오스[81]가
그 애를 맡아 잘 보살펴 주고 있으니까요.
그분은 내 눈앞에 많은 우려할 만한 일들을
보여 주었어요. 당신이 트로이에서

---

79 Geryon. 그리스 신화에 나오는 몸뚱이 또는 머리가 셋인 거대한 괴물. 영웅 헤라클레스에게 죽임을 당한다.
80 Orestes. 아가멤논과 클리타임네스트라 사이에서 난 아들. 뒤의 「제주를 바치는 여인들Choephoroi」에서 아버지의 복수를 위해 어머니를 살해한다. 그러나 여기서는 아버지가 없는 사이 어머니와 그녀의 정부의 간계에 의해 궁에 머물지 못하고 다른 곳으로 보내진 상태이다.
81 Strophios. 고대 그리스의 코린토스 만 북안에 있는 포키스의 왕. 오레스테스의 친구인 필라데스의 아버지다.

큰 위험에 처해 있으며,
통치자가 없다고 백성들이 쉽게 거칠어져서
위험한 계획을 꾸밀지도 모른다는 것이었지요.
쓰러진 이를 더욱 짓밟으려는 것이
사람들의 본성이니까요.
이 같은 저의 변명에는 결코 거짓이
있을 수 없으니, 내 말을 믿어 주세요.
끊임없이 솟구쳐 오르던
눈물의 샘은 이미 말라 버려서,
더 이상 한 방울의 눈물도 남아 있지 않습니다.
한밤중에도 눈물로 지새우며 당신에게서 올
봉화의 신호를 기다리다 보니 눈도 아파 왔습니다.
그러나 봉화의 불길은 결코 나타나지 않았어요.
그러고 나면 꿈속에서 모기가 나직하게 날갯짓을
하는 소리만 들어도 깜짝 놀라 잠에서 깨곤 했지요.
잠으로 보낸 시간보다 당신에 대한 근심으로
보낸 시간이 더 많았답니다.
이 모든 것을 참았습니다.
이제 내 마음에서 근심이 사라졌어요.
그러니 나는 주인을,
우리의 집안을 지키는 개요,
우리의 배를 무사히 지켜 주는 밧줄이요,
우리의 높은 지붕을 버티는 튼튼한 기둥이요,
연로한 부친의 외아들이요,
항해자에게 나타나는 육지요,
태풍이 지난 뒤 쾌청한 날씨를 띤 봄날 아침이요,

지치고 목마른 방랑자의 앞에 나타난
맑은 샘물이라고 부르겠어요!
오, 온갖 고난에서 벗어났으니 기쁘기 한이 없습니다!
그래요. 그러한 찬사를 당신은
마땅히 받을 만하다고 나는 생각해요.
시기 따위는 멀리 사라지기를! 우리는 이제까지도
많은 고난을 견뎠으니까요!
오, 나의 충실한 님이시여,
당신의 마차에서 내리세요. 하지만 왕이시여,
트로이를 짓밟으신 당신의 그 발로
흙을 밟지는 마세요.
(시녀들을 향하여)
너희는 뭘 꾸물대느냐.
이분이 가시는 길에다 융단을 깔라고 일렀건만!
어서 이분이 집으로 가시는 길을
자줏빛으로 만들어 드려라.
정의의 여신께서 돌아오시게 해주리라고
거의 생각지도 못했던 그분에게!
그 밖의 일은 결코 휴식을 가진 적이 없던
내 마음이, 신이 원하시는 대로
적절히 정해진 바대로 처리하리라.[82]

(시녀들이 궁전의 성문 앞에서 마차가 있는 곳까지 넓은 자줏빛 융단을 깔기 시작한다.)

82 여기에서 그녀가 남편을 살해할 의도가 있음을 넌지시 암시하고 있다.

아가멤논

(여전히 마차 위에 선 채로)
레다의 따님[83]이여, 내 집의 수호자여,
내가 오랫동안 집을 떠나 있던 시간에 걸맞게
당신도 어지간히 말을 길게 하는구려!
하지만 진정한 칭찬은 마땅히
남들의 입을 통해 우리에게 전해져야 할
선물이 아니겠소! 그 밖에도 나에게
아낙네처럼 나약하게 굴지도 말고,
동방의 야만인들이 인사하듯이
노예처럼 땅에 엎드려 경배를 올리며
큰 소리로 칭찬하지도 마시오.
또 내가 가는 길에 자줏빛 천을 깔아
사람들의 미움을 사지 않도록 하시오!
그러한 영예는 오직 신들에게만
바치는 것이 옳으니까!
나 같은 인간이 다채롭고 화려한 천을
밟고 걸어간다는 것은 내게는 두려운 일이오.
말하노니, 신으로서가 아니라
인간으로서 나를 존경해 주시오!
당신의 융단이 아니라도,
당신의 자줏빛 긍지가 아니라도

---

83 클리타임네스트라를 가리킨다. 클리타임네스트라는 헬레네와 함께 스파르타의 왕비인 레다Leda의 딸이다. 레다는 그리스 신화에서 두 명의 남편을 가진 것으로 나오는데, 백조로 변해 그녀에게 접근한 제우스와의 사이에서 헬레네와 폴리데우케스Polydeukes를 낳았고, 스파르타의 왕 틴다레오스와의 사이에서는 클리타임네스트라와 카스토르Kastor를 낳았다.

명성은 나를 드높여 주고 있으며,
교만하지 않은 마음이야말로 신들이 주신
가장 위대한 선물이니 말이오. 바람직한 행복 속에서
삶을 마감하는 자야말로
축복받은 자라고 칭송할 것이오.
이로써 나는 마음이 편하기 위해
스스로 어떻게 행동하는지 이야기했소.

클리타임네스트라

그렇다고 해도
제 소원을 거부하지 말아 주시기 바랍니다.

아가멤논

알아 두시오, 내가 바라는 것과
의도하는 것은 바꿀 수 없다는 것을.

클리타임네스트라

당신은 오직 두려움 때문에 신들께
그렇게 서약하셨을 거예요.

아가멤논

단호하게 말하건대, 나는 여느 사람들처럼
내가 무엇을 원하는지 잘 알고 있소.

클리타임네스트라

프리아모스 왕이 이런 공훈을 세웠다면

어떻게 했으리라고 생각하세요?

아가멤논

그야 틀림없이
아름다운 천을 밟으며 걸었겠지.

클리타임네스트라

그렇다면 당신도 사람들이 나무랄까
두려워하지는 마세요!

아가멤논

그러나 백성들의 목소리는 실로 큰 힘을 지니고 있다오.

클리타임네스트라

남에게서 질투를 받지 않는 자는
결코 부러움의 대상도 될 수 없지요.

아가멤논

시비를 거는 것은 여인에게 어울리는 일이 아니오!

클리타임네스트라

하지만 행복에 빛나는 분은
좀 져주는 것도 좋지요!

아가멤논

대체, 이 입씨름에서 꼭 이기려는 것이오?

클리타임네스트라

제 말에 따라 주세요!
당신은 여전히 승리자예요.
하지만 이렇게 하는 것만은 허락해 주세요!

아가멤논

좋소, 당신이 꼭 그렇게 바란다면!
누가 내 발을 위해 종처럼 봉사해 온
이 신발의 끈을 풀어 다오.
신발을 신은 채로 이 자줏빛 천을
밟는다면 멀리서 신이
질시의 눈길을 보낼지 모르니까.
비싼 은을 주고 산 이 화려한 천을 밟고 걸어가
귀중한 재산을 낭비하는 자가 되는 것은
삼가야 될 일이로다.
내 일은 우선 이만해 두고, 이 이방의 여인[84]을
다정하게 궁 안으로 맞이하도록 하시오.
주인으로서 온화하게 사람을 대한다면,
신께서도 멀리서 온화하고
은총이 넘치는 눈길로 내려다보실 거요.
기쁜 마음으로 노예의 멍에를 짊어지려 하는
사람은 아무도 없을 것이오.
이 여인은 노획한 수많은 재물 중에서
군대가 특별히 나를 위해 뽑은
가장 아름다운 꽃으로서 나를 따라온 것이오.

[84] 트로이의 공주로서 포로로 잡혀 온 카산드라를 가리킨다.

나는 당신이 바라는 대로 따르기로 하였으니,
이 자줏빛 천을 밟으며 궁 안으로 들어가겠소.

(시녀가 다가와 아가멤논의 신발 끈을 풀어 신발을 벗겨 주자, 그는 마차에서 내려 양탄자 위를 걸어서 궁 안으로 들어간다.)

클리타임네스트라
저기 드넓은 바다가 있지요. 바다 말이에요.
누가 그것을 다 말려 버릴 수 있겠어요?
그 속에서는 화려한 옷감을 물들일 듯한
은처럼 귀한 자줏빛 액체가
끊임없이 새로이 솟아오르고 있어요.
당신의 궁 안에는 신들의 은총으로
그러한 것들이 풍족하게 있답니다.
우리들의 궁전은 가난이란 것을 겪은 적이 없지요.
만약 신들의 계시가 저에게 앞서 알려 주었더라면,
당신의 귀중한 목숨을 구해 주신 데 대한
기쁨에 감사를 드리기 위해
나는 더 많은 천을
깔개로 쓰겠다고 약속했을 거예요.
왜냐하면 뿌리가 살아남아 있으면,
지붕 위를 다시 푸른 이파리들이 둘러싸고
넓게 그늘을 지어
세이리오스[85]의 열기를 막아 줄 테니까요.

85 Seirios. 천랑성(天狼星). 영어로는 〈시리우스〉라고 한다. 한여름, 특히 7~8월이 되면 해가 질 때에 뜬다.

당신이 고향 집의 화롯가로 돌아오시니
저에게는 추운 겨울에 봄날의
온기를 알리는 것 같아요.
그리고 다시 제우스께서 아직 떫은
포도송이를 익게 만드실 때면,
집 안에는 서늘함이 감돌게 되니,
그때에도 집안의 가장이 돌아다니며 다스리기 때문이지요.

(아가멤논이 궁전 안으로 들어간다.)

제우스여, 기원을 이루어 주시는 제우스여,
이제 저의 기도를 이루어 주소서!
당신이 이루고자 하시는 일을 자비롭게 이끌어 주소서!

(클리타임네스트라 퇴장한다.)

좌측 코러스 1

어찌하여 예감으로 가득 찬 내 마음에
끊임없이 불안이 떠나지 않고 감도는 것일까?
나는 예언자의 노래를
요청하지 않아도 보수도 받지 않고 부르건만,
왜 두려움을 혼란스러운 꿈처럼 떨쳐 버리고
내 마음속의 왕좌에 의기양양하게
용기가 머물도록 하지 못하는 것일까?
우리의 함대가 일리온을 향해 떠나기 전에
갑판 위에서 매어 둔 밧줄을 풀어

물속에 던져 넣을 때
바닷가의 모래가 날아오르던 것도
오래전에 있었던 일인데.

우측 코러스 1

나는 직접 증인이 되어 이제 내 눈으로
그들이 돌아온 것을 보았다.
그럼에도 내 마음속 깊은 곳에서는
희망이 주는 즐거운 심정도 갖지 못하고
하프의 반주도 없이 여전히
복수의 여신들의 슬픈 노래가 흘러나오는구나!
그렇다. 분별심으로 막으려 해보지만
소용없는 이 두려움은 감정을 속이지 않는다.
성취의 소용돌이 속에서 내 심장은 뛰고 있다!
나의 두려움이 예감한 것과는 다르기를,
부디 영원히 성취되지 말고
헛되이 사라져 버리기를!

좌측 코러스 2

아무리 건강한 몸일지라도
만족을 하지 못하면 결국은 상하고 마니,
담을 사이에 두고 음험한 이웃인
질병이 덮쳐 오는 까닭이라네.
인간의 행운도
너무나 순조롭게 항해를 하다 보면
숨겨진 암초에 걸리게 되는 법.

그러나 미리 조심하여
쌓아 올린 재물의 일부를 적당히,
그것도 때를 잘 맞춰 물속에 던져 버린다면,
지나치게 풍요로운 재물로 말미암아
집안 전체의 몰락을 맞이하고
그 배를 바닷물 속에 가라앉히는 일도 없으리라.
진실로, 제우스로부터 오는 선물은 풍성하고도 넉넉하여
해마다 수확을 가져오는 푸른 들판에서
기아의 고통을 쫓아 주시노라!

우측 코러스 2

그러나 죽어 가는 자의 피가
일단 흘러내려 땅을 적시면,
어느 누가 주문을 외워 그를 다시
살아날 수 있게 하리오?
죽은 자를 일으키는 법을 유일하게 알고 있던
그[86]조차도 제우스께서 죽음을 내려
이를 막았도다.
만약에 이미 신들에 의해 정해진 운명이
나에게 결정된 몫을 넘어서서
지나친 일을 하는 것을 막지만 않았더라면
나는 내 마음을 벌써

---

86 아폴론과 님프 코로니스Coronis 사이에서 태어난 아들로 의술이 뛰어났던 아스클레피오스Asclepios를 가리킨다. 그는 아르테미스의 부탁을 받고 죽은 히폴리토스Hippolytos를 다시 살리기도 했다. 그러나 제우스는 그가 신의 영역까지 침범하고 우주의 질서를 무너뜨려 모든 인간을 불멸의 존재로 만들까 두려워 벼락을 내려 그를 죽였다.

모두 털어놓았으련만.
하지만 지금은 어둠 속에서 우울한 마음이
용기를 잃은 채, 생각의 실타래를 풀지도 못한 채
소리 없이 두근거리고 있구나.
근심은 장작불처럼 타오르고 있다네.

클리타임네스트라

(혼자서 급히 왕궁에서 나와 카산드라 쪽으로 걸어가며)
안으로 들라.
카산드라라고 했던가?
제우스께서는 그대에게 노여워하지 않으시어
이 집안에서 다른 시녀들과 함께
제물을 바치는 데 참여해
성스러운 제단 앞으로 나아가도록 허락해 주셨노라.
그러니 마차에서 내려오라!
그렇게 거만하게 앉아 있지 말라!
저 알크메네의 아들[87]도 한때는 노예로 팔려가
종들이 먹는 보잘것없는 음식을 먹었다고 하지 않더냐?
그러한 피할 수 없는 운명이 일단 덮쳤을 때,
오랫동안 부귀영화를 누려 온 가문을 만나
시중들게 된 것은 그나마 다행이리라.
뜻하지 않게 부를 손에 넣은 자들은

---

87 제우스와 미케네의 왕 엘렉트리온Electryon의 딸 알크메네Alcmene 사이에서 태어난 헤라클레스를 가리킨다. 그는 헤라의 분노를 사서 미치게 되자 자신의 처와 자식을 적으로 오인하여 죽인다. 그 죄를 정화하기 위하여 그는 이후 아폴론의 신탁에 따라 티린스의 왕 에우리스테우스Eurystheus 밑에서 12년간 종살이를 하면서 열두 가지 힘든 일을 하게 된다.

언제나 종들을 가혹하고 부당하게 대하지.
그러나 이 집에서 그대는 올바르고 적절하게
대우를 받으리라.

코러스장

지금 말씀은 그대에게 하신 것이오.
충분히 분명하게 말이오.
일단 운명의 그물에 걸려 붙잡히게 된 이상
그분에게 복종하지 않을 수 없다면,
그분 말씀을 따르시오.
아니면 복종하지 않으려는 것이오?

클리타임네스트라

설마 제비처럼 알아들을 수 없는
다른 나라 말로 지껄이는 것은 아니겠지?
아니면 맑은 정신으로 사람이 하는 말을 듣고
분명한 말에 복종을 할는지?

코러스장

따라가시오. 저분은 당신이 선택할 수 있는 것 중
가장 좋은 충고를 해주시고 있다오.
복종하시오!
당신이 타고 있는 마차에서 내려오시오!

클리타임네스트라

여기 문밖에서 오래 꾸물거리고 있을 만큼

나는 한가하지 않다.
집 안에는 제단의 한가운데 벌써 제물로 바칠
양들이 준비되어 있도다.
그 자리에 함께하고 싶거든
더 이상 오래 주저하지 말라!
만약 그대가 내 말을 못 알아듣겠다면
야만인들의 방식대로 손짓으로라도 말해 보라!

코러스장

저 가련한 여인에게는 똑똑한 통역이 필요할 듯합니다.
하는 짓이 마치 갓 잡혀 온 야수와 같습니다.

클리타임네스트라

저 여자는 제정신이 아니오.
오직 자신의 못된 자만심에만 귀를 기울이고 있소.
포로로 붙잡힌 도시를 떠나
이곳으로 왔으면서도
재갈을 물 줄을 모르는 것 같소,
채찍의 맛을 보고 피거품을 바닥에 토해 내기 전에는!
더 이상 쓸데없이 말을 하지 않겠다.
결국 나 자신을 모욕하게 되니까!

(클리타임네스트라 퇴장한다.)

코러스장

그러나 나는, 그대가 불쌍해서

화를 내지는 않겠소!
자, 가시오, 가련한 여인이여.
그대의 수레에서 내려오시오.
억지 부리지 말고 그대에게 주어진
이 새로운 멍에를 지도록 하시오!

카산드라

(일어서며)
아! 아! 아아!
아폴론이시여, 아폴론이시여!

코러스장

어찌하여 그토록 비통하게 록시아스[88]를 부르는 것이오?
애통해하는 노래로 맞이하기에는
어울리지 않는 분인데.

카산드라

아! 아! 아아!
아폴론이시여, 아폴론이시여!

코러스장

저 여인은 불길한 목소리로 또다시
외쳐 대는구나.
비탄의 소리 가까이에 있는 것은
그분에게 결코

---

88 Loxias. 아폴론의 또 다른 이름.

어울리지 않는 일이거늘.

카산드라

(마차에서 내린다. 아폴론의 석주상이 있는 것을 발견하자 놀라서 몸을 움츠리며)

아폴론이시여, 아폴론이시여.
길을 인도하시는 신이여!
오, 나를 미워하시는 분이여![89]

그대는 나를 미워하여 두 번이나
완전히 파괴하시는군요!

코러스장

저 여인은 자신의 불행을 예언하려는 모양이다.
노예가 된 마음에도 아직 한 가닥
신이 내리신 힘[90]은 남아 있구나.

카산드라

아! 아! 아아!

---

[89] 그리스 신화에서 아폴론은 카산드라를 사랑하게 되자 그녀를 유혹하려고 예언 능력을 주었다. 그러나 카산드라는 예언 능력을 받고 나서 아폴론의 유혹을 거절한다. 이에 화가 난 아폴론이 그녀를 저주하여 비록 미래를 예견하지만 아무도 그녀의 말을 믿지 않게 된다. 트로이 전쟁 때 그녀는 성 앞에 서 있는 목마를 도시 안으로 들여올 경우 재앙이 닥칠 거라고 경고했지만 트로이 사람들이 그녀의 말을 믿지 않아 결국 전쟁에서 패했고, 이후 카산드라는 그리스군의 사령관인 아가멤논의 차지가 되어 그와 함께 아르고스의 궁성으로까지 끌려온 것이다.

[90] 카산드라의 예언 능력.

아폴론이시여, 아폴론이시여!
길을 인도하시는 신이여!
오, 나를 미워하시는 분이여!
그대는 나를 어디로 데려오셨나요, 아, 어떤 집으로?

코러스장

아트레우스의 아들들의 집이오!
그대가 모르고 있다면 내 그대에게 말해 주리라.
그것까지 거짓이라고 하지는 않겠지!

카산드라

아아! 아아!
그야말로 신들의 미움을 받은 집이로구나!
친족에게 복수를 하고, 목을 자르고
무수한 죄를 저지른 곳이로다!
사람들을 도살하고
땅에 피를 뿌린 악명이 넘치는 곳이다![91]

코러스장

이 이방의 여인은 사냥개처럼
냄새를 잘 맡는 것 같구나.
죽음의 피 냄새를 맡고 있도다!

91 예언 능력을 가진 카산드라는 자신이 본 적이 없는 아가멤논 가문에서 과거에 벌어진 악행들을 환상으로 보고 있다. 과거에 아가멤논과 메넬라오스의 아버지 아트레우스는 자기 아우인 티에스테스Thyestes를 초청한 자리에서 그의 자식들을 죽여 그들의 살점을 잔치 음식으로 내놓는 만행을 저질렀다.

카산드라

하! 여기 있는 것들이 가르쳐 주는구나.
분명한 증거들이다.
울고 있는 어린아이들, 잔인한 살인,
아비가 그들의 살을 구워서 먹어 치웠구나!

코러스장

우리는 이미
그대가 예언을 잘한다는 소문을
들어서 알고 있지만,
지금 우리가 구하는 것은 예언자가 아니오!

카산드라

오, 그대 신들이시여! 슬프도다,
저 여인은 지금 무슨 일을 꾸미고 있는가?
일찍이 들어 보지 못한 어떤
새로운 불행이 찾아오려는가.
하, 이 집안에서 저 잔인한 여인은 지금
엄청난 짓을 저지르려 하고 있구나.
사랑하는 이들에게는 참을 수 없고
구제할 길이 없는 일을.
이를 막을 수 있는 손길은
멀리 떨어져 있는데!

코러스장

지금 그대가 말하는 예언은

나로서는 전혀 이해할 수가 없구려.
하지만 아까 한 그 말은
나도 알고 있소.
그건 온 도시에 퍼져 있는 말이니까.

카산드라

그대 지독한 여인이여!
슬프도다, 그런 짓을 하다니!
네 곁에서 잠자리를 함께 하는 분을
욕조로 유인해서, 그대의 남편을……
내 어찌 그것을 전부 다 말하리오?
곧 일어나게 될 일을!
파렴치하게 이미 서둘러
팔을 뻗치고 있구나, 아!

코러스장

전혀 알아듣지 못하겠군.
미래의 일을 품고 있는
이 말의 어두운 의미가 내게는 분명하지 않은
수수께끼처럼 들릴 뿐이오!

카산드라

아! 아! 오, 무섭도다! 무섭도다!
또다시 무슨 일이 벌어지고 있는가?
이것은 죽음의 그물[92]인가?
덫에 걸린 사자가 아닌가!

잠자리를 같이한 여인이 살인을
감행하기 시작하는구나! 환호하라,
이 가문에 깃든 너, 잔인한 증오여.
이제 이 피의 제물을 보고 환성을 지르려무나!

코러스장

슬프도다! 그대는 이 집안으로
어떤 신령을 불러들여
잔인하게 환호성을 지르라고 하는 거요?
그대의 말은 달갑지 않구려.

코러스

아, 너무나 무섭게도 내 심장 속에
창백하게 변한 핏줄기가 다시 밀려드는군요.
창에 찔려 쓰러지게 되면
꺼져 가는 마지막 눈빛과 함께 생명이 끝날 때처럼,
재난은 너무나 순식간에 다가오는 것이라!

카산드라

아! 아! 오, 보라! 오, 보라!
저 암소에게서 황소를 떼어 놓아라!
그녀가 넓은 옷자락으로
그를 싸잡아, 흉악하게도
검은 뿔이 달린 흉기로 찌르는구나.

92 클리타임네스트라는 남편 아가멤논이 목욕을 하는 사이에 그가 벗어 둔 겉옷을 그물처럼 그의 몸에 덮어씌우고 손도끼로 쳐서 죽인다.

보라,
그가 욕조에 담긴 물속으로 쓰러진다!
그 흉기로 인해 목숨을 잃고 말았다.
내가 그대에게 말하는 것은
음흉하게 살인을 하는 욕조다!

코러스장

내가 신탁을 잘 푸는 예지력을 갖고 있다고
자랑할 수는 없으나,
지금은 무언가 불행한 일이 일어날 듯한
예감이 드는구나!

코러스

예언자가 하는 말이 우리 같은 인간들에게
언제 반가운 소식을 전한 적이 있던가요?
고통 속에서도 그들이 말하는
애매모호한 예언은
신의 전조가 담긴 두려움을 가르쳐 줄 뿐인데!

카산드라

오, 나, 가련한 여인이 겪는 불행한 운명이여!
너는 네 자신의 고통을 너와 함께 뒤섞었구나!
어찌하여 너는 가엾은 나를 이리로 데려왔는가?
끝내 나를 너와 함께 죽게 하려는 것인가?
그것이 아니라면 무엇 때문인가?

코러스

그대의 운명을 헝클어 놓고,
마음을 혼란하게 만든 분은 신이시니,
그대는 제정신을 잃고 아무리 울어도
만족하지 못하고 〈이티스, 이티스!〉라고 탄식하는
밤꾀꼬리[93]처럼 자신에 대하여
불행한 노래를 부르고 있군요.
그녀의 서글픈 삶을
영원한 비탄이 둘러싸고 있구나!

카산드라

오, 노래하는 밤꾀꼬리의 행복한 운명이여!
신들께서는 그들의 날개 달린 몸에
즐겁고 눈물 없는 날들을 선물해 주셨지.
그러나 나를 기다리고 있는 것은
쌍날의 도끼에 의한 살인이구나.

코러스

무엇에 쫓겨,

---

93 〈이티스〉는 밤꾀꼬리의 울음소리를 의성어로 표현한 것이다. 그리스 신화에 의하면 트라키아의 왕 테레우스Tereus는 자신의 아내인 프로크네 Procne의 여동생인 필로멜라Philomela를 겁탈하고 나서 그녀가 발설하지 못하도록 혀를 자르고 감금한다. 그러나 결국 이 사실을 알게 된 아내 프로크네는 남편에게 동생의 원수를 갚기 위해 그와의 사이에서 난 아들, 이티스를 죽이고 남편으로 하여금 그 살점을 먹게 한다. 테레우스가 나중에 이 사실을 알고 분노해서 아내와 처제를 모두 죽이려 하자 제우스가 이들을 동물로 변하게 만든다. 이 중 프로크네는 밤꾀꼬리로 변신시켜 아들의 이름을 부르면서 영원히 그의 죽음을 슬퍼하게 만들었다.

어느 신의 힘에 의해
무익한 불안의 광기가 그대를 찾아왔기에
마치 이미 일이 벌어진 듯이
깊이 탄식하며,
다시금 그토록 비탄에 젖어
극심한 고통을 호소하며 날카롭게 울부짖나요?
누가 그대에게 예언을 말하며 탄식하도록,
저주하도록 했나요?

카산드라

오, 결혼이여, 파리스여, 그대의 결혼이
사랑하는 이들에게 죽음을 안겨 주었구나!
오, 내 선조들의 땅을 흐르는 스카만드로스 강물이여!
한때는 너의 강기슭에서
이 가련한 여인에게도
행복한 날들이 꽃피었건만!
이제 나는 믿는다,
곧 코키토스 강변과 아케론[94]의
바위 기슭에서
내 예언을 노래하게 되리라는 것을!

---

94 코키토스와 아케론은 둘 다 그리스 신화에서 저승을 흐르는 강이다. 〈비탄의 강〉이란 뜻을 가진 코키토스는 스틱스 강의 한 지류로 아케론 강으로 흘러들어 간다. 죽은 자는 이 강을 건너 저승으로 가게 되는데, 이 강물을 떠서 마시면 자신이 지상에서의 삶을 잃은 것을 깨닫게 되어 슬퍼한다고 한다.

코러스

그 말은 우리도
알아들을 수 있겠군요!
어린애라도 그 말은 알아들을 수 있으려니.
그대의 쓰디쓴 운명을 슬퍼하는
탄식의 외침을 들으니
마치 피로 물든 상처를 입은 뒤처럼
내 가슴은 떨립니다!

카산드라

오, 고통이여, 완전히 멸망해 버린
내 고향 도시가 겪는 고통이여!
아, 아버지께서 우리 도시를 구하기 위해 바치셨던
온갖 제물이여,
풀을 뜯던 수많은 양들의 피여!
우리의 도시가 지금 일어난 일을 겪지 않도록
도와준 구원은 어디에도 없었으니!
내 영혼도 불에 타
죽음의 투쟁 속에서 사라지리라!

코러스

앞서의 말과 같이 그대는 그 말을
분명하게 우리에게 전해 주는군요!
말해 봐요, 어떤 신이 무섭게 분노하여
이토록 그대를 강력하게 내리치기에
그대는 탄식의 노래를,

죽음의 고통을 노래하는가요?
무슨 일이 일어날지, 나는 이해하지 못하겠습니다!

카산드라

이제부터 나의 예언은 갓 결혼한 신부처럼
면사포 사이로 슬며시 내다보는
그런 것이 아니라,
분명한 아침 바람처럼 깨어나
떠오르는 태양을 향해 불어 갈 것이오.
그러면 그것은 최초의 빛을 향해
마치 바다의 파도처럼
더욱 기세 좋게 드러나겠지요!
더 이상 수수께끼 같은 말로 알리지 않겠어요!
그리고 내가 먼 옛날 저질러진 악행의 흔적을
탐지해 내는 데
그대들이 증인이 되어 주시오.
왜냐하면 음울한 노래를 부를 합창단이
이 집안을 떠나는 일이 결코 없을 테니까요.
그들은 듣기 싫은 큰 소리로 노래할 뿐,
기쁜 일을 노래하는 일은 결코 없을 테니까요.
왜냐하면 이 집안에는 인간의 피를 마음껏 빨아 먹고
아주 대담해질 정도로 취한,
혈족들에게 복수를 하는
복수의 여신의 무리가 벌이는
주연이 펼쳐지고 있기 때문이지요.
이들의 무리는 내쫓기도 힘들 거예요.

그들은 죽은 자들의 시신 곁에 앉아서
주연의 노래로 옛날에 저지른 피의 만행을 노래하지요.
이따금 자신의 형의 결혼 침상을
짓밟은 자[95]를 저주하면서.
내가 잘못 맞혔나요, 아니면
사냥꾼이 짐승을 맞힌 것처럼 제대로 맞혔나요?
아니면 가짜 예언자, 걸식하는 예언자인가요.
말해요, 내가 그런 사람인가요?
그러니 먼저 내게 맹세하세요,
내가 이 집안에 오래전부터 전해 내려온
악행의 죄에 대해
분명히 알고 있다는 것의 증인이 되겠다고!

코러스장

아무리 그토록 굳게 맹세를 한다 하더라도
그게 또 무슨 도움이 된단 말이오?
그러나 바다 건너 저편
다른 말을 쓰는 나라에서 태어난
그대가 마치 이곳에서 직접 본 듯이

---

[95] 아가멤논의 조상들이 저지른 원죄를 말하고 있다. 아가멤논의 아버지인 아트레우스의 동생 티에스테스는 형의 아내인 아에로페Aerope를 유혹하여 간통하고, 형의 왕위를 빼앗으려고 하다가 추방된다. 티에스테스는 이를 복수하기 위해서 음모를 꾸며 자기 아들로 키운 아트레우스의 아들을 아버지인 아트레우스에게 보내 그의 손에 죽게 만든다. 이 사실을 나중에 알게 된 아트레우스는 다시 이를 복수하기 위해 티에스테스와 그의 두 아들을 초청하여, 아들들을 몰래 죽인 다음 요리하여 아버지인 티에스테스의 식탁에 내놓았다. 이처럼 죄악과 저주가 반복되었고, 아가멤논의 세대에까지 이어지게 된 것이다.

모든 것을 알고 있다니 감탄하지 않을 수 없구려.

카산드라

예언의 신 아폴론께서 이러한 임무를 내게 주셨답니다.

코러스장

설마 연모의 화살이 신인 그분도 맞혔다는 말인가요?

카산드라

지금까지 나는 이런 말을 고백하는 것을 부끄러워했지요.

코러스장

그래요. 누구나 형편이 좋을 때는
지나치게 새침하게 구는 법이니까요.

카산드라

그분은 저를 얻으려고 필사적이셨어요.
뜨거운 은총을 보내셨지요.

코러스장

그러면 그 성스러운 사랑으로
그대들은 결합을 했나요?

카산드라

나는 일단 승낙했지만, 록시아스를 속였답니다!

코러스장

이미 그때는 신으로부터 예언의 능력을
부여받았기 때문이었나요?

카산드라

그래요. 이미 우리 나라 백성들에게 닥쳐올
모든 고난을 예언했으니까요.

코러스장

그런데 어떻게 신의 노여움을 피해 무사할 수 있었지요?

카산드라

그 죄를 범한 뒤로는
아무도 내 말을 믿으려 하지 않았어요.

코러스장

그러나 우리에게는 그대의 예언이
너무나 진실처럼 들린다오!

카산드라

오, 신이시여! 슬프도다! 이 고통이여!
또다시 예언적 영감의 극심한 고통이 나를
엄습하는구나!
신탁의 말이 거센 소용돌이를 일으키며
혼란스럽게 솟아오르는구나!
하, 그대들은 보이나요, 저기 문 앞에

꿈속의 환영처럼 희미하게, 아주 조용히,
아주 어린 두 사내아이가 앉아 있는 것이?
친족의 손에 목이 졸려 죽어 있어요.
손에는 먹이가 되었던 자신의 살점을 들고 있어요.
그들의 아버지가 먹어 치운 처참한
내장도 들고 있어요!
그리고 그대에게 말하건대,
지금 누군가 복수를 계획하고 있군요.
어떤 비겁한 사자[96]가
남의 침대를 차지한 채 집 안에 도사리고 앉아서,
고향으로 돌아오는 내 주인에게
— 그래요, 나는 노예의 멍에를 져야 하니
그분은 내 주인이시죠 —
복수할 음모를 꾸미고 있어요!
그분은 함대를 지휘하는 왕이세요.
트로이를 정복하신 분,
그분은 그 위선자의 환영 인사가,
그 음흉한 암캐가 늘어놓는 아첨의 말들이
어떤 흉한 짓거리로
끝나게 될지 모르고 있어요.
그녀는 대담하군요! 자기 남편을 살해하려는 여자예요!
정말이지 어떤 끔찍한 괴물의 이름이
그 여자에게 어울릴까요?
뱀이라고 할까요, 아니면
바위 동굴 깊은 곳에 살면서

---

[96] 클리타임네스트라의 정부인 아이기스토스Aegisthos를 가리킨다.

지나가는 모든 선원을 죽이는 스킬라[97]라고 할까요?
사랑하는 이들에게 저주를 걸어오는,
미쳐 날뛰는 지옥의 어머니 같아요!
마치 적을 무찌르기라도 하듯이
크게 환호성을 지르고 있어요,
뻔뻔스러운 여자가. 그러면서 그가 무사히
고향에 돌아온 것을 기뻐하는 척하고 있어요!
그러니 비록 아무도 내 말을 믿지 않더라도,
이제 상관없어요. 어쩌겠어요?
올 것은 꼭 오고야 말 테니까요.
그대들이 목격자가 되어
슬피 눈물을 흘리며
내가 너무나 진실한 예언자였다고 말하게 되겠지요.

코러스장

자기 자식들의 살점을 먹은
티에스테스의 향연에 대해 들으니
온몸이 오싹해지는구려.
사실과 너무 흡사한 이야기를 듣고 나니
정말 두려워지는구려.
그러나 그 밖에 다른 이야기는 도무지 종잡을 수가 없소!

---

97 Skylla. 여성의 머리를 가진 발이 열두 개인 괴물. 그녀는 원래 굉장한 미인이었으나, 바다의 신인 글라우코스Glaucos의 사랑을 거부하자 저주를 받아 공포스러운 바다 괴물로 변했다고 한다. 좁은 해협에 숨어 살면서 항해자들이 지나가면 그들을 위협했다.

카산드라

아가멤논의 죽음에 대해 말한 겁니다.
그대는 오늘 그것을 보게 될 거예요!

코러스장

불길한 말은 삼가시오, 가련한 여인이여! 입을 다무시오!

카산드라

내가 하는 말을 막을 사람은 아무도 없어요!

코러스장

만약에 그 일이 일어났다면 그렇겠지.
그러나 결코 그런 일이 일어나지 않기를!

카산드라

그대는 물론 기도하겠지요! 그들은 죽이려 할 것이고요!

코러스장

말하시오, 어떤 자의 손이 그런
끔찍한 짓을 저지를 거란 말이오?

카산드라

내가 예언한 것을 그대는 그렇게 전혀 못 알아듣나요?

코러스장

그런 계획을 실행하려는 자라고만 하지 않았소?

나는 그대의 말을 못 알아듣겠소!

카산드라

하지만 나는 당신네 헬라스 말을 잘 알아들어요.

코러스장

피토인들의 말[98]도 그렇소!
하지만 그들의 신탁은 우리에게는 이해하기 어렵소.

카산드라

슬프도다! 슬프도다!
오, 웬 불길이 내 쪽으로 다가오는구나!
아! 아!
아폴론 리카이오스[99]여, 슬프도다! 슬프도다!
훌륭한 가문에서 태어난 숫사자가 멀리 떠나 있던 사이
늑대와 잠자리를 같이 한 암사자가
나를, 이 비참한 여인을 죽이려 하는구나.
아! 자기가 갖고 있는 원한 때문에
독약 속에 나에 대한 보복까지 섞어 넣으려 하고 있구나!
그녀는 남편에게 칼을 갈면서, 나를 데려온 것에 대해
살인으로 복수하겠다고 큰소리를 치고 있다!
나는 무엇 때문에 나를 웃음거리로 만드는

---

98 아폴론의 신탁을 말한다.
99 리카이오스Lykaios는 아폴론의 또 다른 이름이다. 아폴론은 그리스 종교에서 다양한 기능과 의미를 지니고 있으며, 그리스의 모든 신 중 가장 널리 숭상되고 또 영향력이 있는 만큼 그의 능력과 이름도 다양한데, 이 이름은 그가 〈늑대lykoi〉로부터 양 떼를 보호하는 데서 나온 것으로 보인다.

이런 성스러운 장식과,
지팡이와 예언자의 머리띠를
이마에 지니고 있는가?
없어져라! 죽음이 나를 엄습하기 전에,
너희들을 부숴 버리리라!
너희를 나는 팽개쳐 버리니, 부서져라!
이렇게라도 나는 너희에게 앙갚음하겠다.
나 대신 다른 여인에게
너희의 행복을 가져다주어라.
(지팡이를 부수고 이마에 매고 있던 띠를 벗어 땅에 던진다)
여기 보세요, 지금 내게서 손수 예언자의 옷을
벗기고 있는 분은 아폴론이에요.
그분은 내가
이런 성스러운 장식을 달고 있는데도,
친구들[100]과 적들이 나를 심지어 노골적으로
미친 사람처럼 조롱하는 것을
내려다보고 계셨지요!
나를 보고 바보, 비렁뱅이, 거짓말쟁이, 마녀,
미치광이, 비참하게 굶어 죽어 가는 자라고
불러도 꾹 참아 왔어요!
이제 그 예언의 신께서 예언자인 나를,
내가 진 빚을 갚도록 이곳으로 인도하셨어요,
파멸로요!
내 선조들의 제단 대신에 피의 처형이,
내 목을 치게 될 단두대가 나를 기다리고 있어요!

100 카산드라의 동족인 트로이인들을 가리킨다.

그렇다 해도 우리의 죽음을 신들이 복수하지
않고 내버려 두지는 않으실 거예요.
언젠가 우리의 원수를 갚아 줄 사람이
다시 찾아올 테니까요.
아버지를 죽인 자에게 복수를 하기 위해
어미를 살해할 자가 올 것입니다.
낯선 땅으로 도주해서 비참한 생활을 하고 있지만
고향으로 돌아와 피를 나눈 이들이 지은
모든 죄악에 쐐기를 박을 거예요.
죽어 땅에 쓰러져 누운 아버지의 시신이
그를 고향으로 데려올 거예요.
어찌하여 나는 노예가 된 나의 운명을
가련하게 슬퍼하고 있는 걸까요?
나는 일리온의 축제를 처음으로 보았지요,
그것이 어떻게 끝났는지도.
그 도시를 함락한 자들도
신들의 엄격한 심판에 의해
똑같이 무너져 끝나 가는 것을.
수레에서 내려야겠어요!
저기에서 나는
죽음을 맞이하게 되겠지요!
신의 엄중한 서약이 이러한 결과를 낳았어요.
성문이여, 네게 인사하마,
나를 저승으로 인도할 문이여.
다만 한 가지 애원하니,
죽음의 일격을

빠르게 받게 해다오.
내 몸의 피를 모두 바닥에 쏟아
죽음의 고통을 느끼지 않고
조용히 눈을 감을 수 있도록!

코러스장

오, 몹시 가련하면서도, 참으로 지혜로운 여인이여,
그대는 많은 이야기를 하였소.
그러나 진실로 그대가
자신의 운명을 알고 있다면,
어찌하여 신에 의해
제단으로 끌려가는 암소처럼
그리 굳은 마음으로 걸어가는 것이오?

카산드라

더 이상 피할 수 없어요! 친구들이여, 더 이상은!
죽음이 가까워졌어요!

코러스장

그러나 최후의 시간일지라도 여전히 소중하다오!

카산드라

아녜요, 그날이 왔어요. 피해도 아무 소용 없어요.

코러스장

그대의 용감한 마음이

그것을 견디도록 해주고 있구려.

카산드라
행복한 사람이라면 결코 그런 말을 듣지 않을 거예요.

코러스장
그러나 명성을 얻고 죽는 것은 인간이 바라는 바라오.

카산드라
아! 아버지, 그리고 당신의 고귀한 자식들이여.

(그녀는 성문 쪽으로 걸어가다가 갑자기 뒷걸음친다.)

코러스장
무슨 일이오? 대체 무엇에 놀라 뒤돌아서는 거요?

카산드라
슬프도다! 슬프도다!

코러스장
그 탄식의 소리는 뭐요?
어떤 두려움이 그대를 사로잡은 것이오?

카산드라
이 집에서 살인의 냄새가 나요,
피가 뚝뚝 떨어지는 살인의 냄새가!

코러스장

그럴 리 없소.
그건 화덕에서 풍겨 나오는 제물의 냄새라오!

카산드라

마치 무덤 속에서 새어 나오는 것과 같은 냄새예요!

코러스장

시리아산(産) 방향(芳香)이 이 궁성을 가득
채우고 있다는 칭찬은 안 하는구려!

카산드라

나는 가겠어요! 이 집 안에서 나와
아가멤논의 최후를 슬퍼할 겁니다!
살 만큼 충분히 살았으니까요.
오, 친구들이여!
나는 덤불 속에 숨어 우는 새처럼
탄식하지는 않아요!
그러나 언젠가 여인인 나로 인해
한 여인이 살해당해 쓰러지고,
한 남자로 인해 나쁜 아내를 가진 남자가 쓰러지거든,
그대들은 죽은 자인 나를 위해 증언해 주세요!
죽기 전에 마지막으로 이것을 부탁합니다.

코러스장

가엾은 여인이여, 그대의 예언된 죽음이

내 마음을 어지럽게 하는구려!

카산드라

한 가지 더 하고 싶은 말이 있어요.
무덤 속으로 들어가기 전 마지막 말이 될 거예요,
내 무덤 속으로!
당신에게 비나이다, 태양신이시여,
마지막 햇살을 향해 부탁하오니,
나를 위해 복수해 주는 자가
나를 죽인 자들에게 복수를 할 때,
그의 손이 갑자기 노예가 된 나를
때려죽인 것과 똑같은 죽음을
나의 적들에게 내리게 하소서!
오, 인간의 운명이여!
행복할 때는 그림자처럼 뒤집히기 쉽고,
불행할 때는 젖은 해면으로 한 번 훔치면
지워져 버리는 그림과 같구나!
그리고 무엇보다도 그처럼 지워지는 운명이
나에게는 더욱 슬프구나.

(카산드라, 궁전 안으로 퇴장한다.)

코러스

가장 큰 부귀영화의 행운도 결코 인간을
완전히 만족시키지는 못하는 법.
사람들이 부러워하며 손으로 가리키는

부유한 궁전 안에서도
행운을 물리치며 〈더 이상 들어오지 마라!〉라고
말하는 사람은 없을 것이다.
지복한 신들께서는 아트레우스의 아들에게
트로이의 함락을 보장해 주셨고,
신들의 영광 속에서 고향으로 돌아오게 해주셨네.
그러나 이제 그는 일찍이 살해된 선조들의
피의 대가를 치러야 하고,
그다음에는 그의 죽음 때문에
또다시 후세의 사람들이
속죄하며 보상해야 한다면,
이런 말을 듣는 사람 가운데 누가
자신은 재난을 모르는 행운의 삶을 타고났다고
자랑할 수 있으리오?

아가멤논

(궁전 안에서 소리를 지른다)
아악, 찔렸다! 급소를 맞았다!

코러스장

가만, 누가 비명을 지른다.
상처를 입었다고 소리지르지 않는가?

아가멤논

아, 당했다.
또다시 깊은 상처를 입었다!

코러스장

왕의 신음 소리가 들리는 것으로 보아
이미 범행을 저지른 모양이다!
자, 우리도 어떤 확실한 대책이 있을지
빨리 생각해 봅시다!

코러스 1

내 의견을 말하자면, 즉시 여기 궁전으로
시민들을 불러 모으는 것이 좋을 것 같소.

코러스 2

내가 보기에는 지체 없이 안으로 뛰어 들어가
손에 아직 칼을 들고 있는 범인이
무슨 짓을 하는지 확인하는 게 더 나을 듯하오.

코러스 3

나 역시 그대와 비슷한 의견이오.
행동을 취해야 하오. 지금은 지체할 때가 아니오.

코러스 4

분명하오. 이것은 그자들이 이 도시에
참주 정치[101]를 펼치겠다는 의미이기 때문이오.

---

101 고대 그리스에서 참주가 국가를 지배하던 정치로서, 귀족 정치가 쇠퇴하기 시작한 기원전 7세기에서 기원전 3세기 사이에 그리스 각지에서 출현하였다. 그 시기는 귀족 정치에서 민주 정치로 변해 가는 과도기였기 때문에 쉽게 독재 정치가 됨으로써 그리스의 여러 도시에서 많은 혼란과 변화를 가져왔다. 그리하여 자유를 선호하는 그리스인들에게 두려움의 대상이 되곤 하였다.

코러스 5

그래요. 우리가 이렇게 머뭇거리고 있기 때문이오.
그들은 주저하는 자들의 명예를
짓밟고 나서도
계속해서 악행의 손을 놓지 않을 것이오.

코러스 6

나는 어떤 올바른 조언을 해야 할지 모르겠소.
이미 일어난 일은 조언을 해도 소용없으니 말이오.

코러스 7

나도 역시 같은 의견이오.
죽은 사람을 어떻게 말로써
다시 일으켜 세울 수 있는지 나는 모르겠소이다.

코러스 8

뭐라고요! 그렇다면 목숨을 보전하기 위해
이 궁전을 더럽힌 자들을 우리의 미래의
통치자로 알고 굴복하란 말입니까?

코러스 9

아니오. 나는 그것을 견딜 수 없소.
차라리 죽는 게 낫지.
어떤 운명이든 참주 정치보다는 더 나을 것이니까.

코러스 10
하지만 저 고통스러운 신음 소리만 듣고
우리의 왕께서 돌아가셨다고 확신할 수 있겠소?

코러스 11
먼저 확실히 안 다음에 의논을 해야 합니다.
추측하는 것과 확실히 아는 것은 별개의 일이니까요.

코러스장
나도 그 의견에 전적으로
동의해야겠다는 느낌이 드오.
먼저 아트레우스의 아드님의 상태가 어떤지
확실히 알아보자는 의견에 말이오.

(궁전의 문이 열린다. 클리타임네스트라가 어깨 위에 손도끼를 걸치고 서 있다. 그녀의 이마에는 피가 튀어 있다. 그녀의 뒤로 붉은 천에 덮인 아가멤논의 시신이, 바로 그 옆에 카산드라의 시신이 누워 있다.)

클리타임네스트라
아까는 그때에 어울리게 많은 말을 했지만,
지금은 그와 반대되는 말을 하는 것을
나는 부끄럽게 생각하지 않소.
친구인 척하는 적들에게 대적하기 위해서는
달리 어쩌겠소, 그들이 가볍게 피해서
달아나지 못하도록 재앙의 그물을 영리하게

더 높이 치는 것 밖에는.
이미 오래전부터 나는 이 싸움을
생각해 두었소,
승리하기 위해 적을 기다리면서.
그리고 결국 시간이 되자 그가 내게로 왔다오.
그를 내리친 곳, 이 자리에 나는 서 있소,
내 일을 완수하고서.
이렇게 나는 그것을 준비했지.
큰 소리로 그것을 고백하겠소!
나는 고기잡이 그물처럼
넓디넓은 천을 그에게 던졌다오.
재앙으로 가득 찬 이 옷을 말이오.
그가 저항하면서 죽음을 피해 가지 못하도록.
나는 그를 두 번 내리쳤소.
그는 두 번 신음 소리를 내고는
힘없이 사지를 떨어뜨렸다오. 그가 쓰러진 후
나는 그에게 세 번째 타격을 가했소.
죽은 자들의 구원자이신 지하의 제우스[102]에게
감사히 바친 제물이었지.
그렇게 그 사람은 쓰러지면서 마지막 숨을 거두었소.
그리고 피가 거칠게 솟구치면서
그 검붉은 핏방울이 내 몸을 물들였소.
나는 들판에 끝없는 어린 싹들이 커갈 무렵
제우스가 내리신 비에 기뻐하는 곡식들처럼 기뻤다오.
그와 같은 결과에 그대, 존경하는 원로들이여

102 저승의 신 하데스Hades를 가리킨다.

기뻐해 주시오, 만약 기뻐할 수 있다면.
나는 큰 소리로 환호하오.
그리고 시신 위에도 제주(祭酒)를 붓는 것이
예절에 맞는다면, 지금이 바로 적당한 때일 것이오.
아니, 그 이상이오.
그는 그토록 많은 저주가 섞인 죄악의 잔을 채워 놓고
고향으로 귀국하자
스스로 그 잔을 마셔 버렸으니까 말이오.

코러스장

당신 말씀에 우리는 그저 놀랄 뿐입니다.
어떻게 남편의 시신에 대해
그토록 뻔뻔한 말을 내뱉을 수 있나요!

클리타임네스트라

노인이여, 그대는 나를
지각없는 여자로 보고 시험하는구려!
그러나 그대들이 나를 잘 알고 있듯이,
나는 두려움을 모르는 마음으로 말하겠소.
그대가 나를 칭찬하든, 아니면 비난하든
내게는 상관이 없소.
여기 내 남편 아가멤논이 쓰러져 있소.
시신이 되어서 말이오.
내 오른팔이, 공정한 도살자가 해치운
멋진 작품이지! 지금 일이 이렇게 되었소.

좌측 코러스 1

오, 여인이여, 도대체 그대는
땅에서 자란 무슨 독초를 먹었소,
아니면 검은 바다의 심연에서 솟은
독액을 마신 것이오?
그토록 분노하면서
백성들의 저주를 비웃고
물리쳐 버리다니?
하지만 시민들에게 증오의 대상이 된 그대를
이 도시는 추방하고 말 것이오!

클리타임네스트라

지금 그대들은 내게 이 도시로부터의 추방이라는
판결을 내리는구려,
백성들에게 증오의 대상이 되고
시민들의 저주에 쫓겨나리라는.
그러나 그대들은 아무런 반대도 하지 않았소.
이 사람이 아무 생각 없이,
마치 그의 풍요로운 목초지에 있는 수많은 양들 중
하나인 것처럼 자기 자식을,
내 몸으로 낳은 가장 소중한 결실을
트라키아의 태풍을 가라앉히기 위해
제물로 바쳤을 때에 말이오.
그대들은 바로 이 사람을 이 나라에서
추방했어야 하지 않소?
피로 오염된 것을 씻어 내기 위해서 말이오.

그런데도 내가 한 일에 대해
그대들은 엄격한 심판관이 되겠다는 것이구려.
하지만 말해 두겠소, 나도 역시 충분한 준비를 갖추고
그대들을 위협할 수 있다는 것을.
만약 내가 그대들에게 굴복한다면,
같은 방식으로 그대들은 나를 지배하게 되겠지.
그러나 신께서 그와 다른 결정을 내리신다면,
그대들은 비록 나이가 들었어도
징계를 받고 난 뒤에야
비로소 겸손이 무엇인지 배우게 될 것이오!

우측 코러스 1
오만한 여인이여, 어쩌면 그리도 당당한가요!
뻔뻔스럽게도 그대는 우리를 위협하는군요!
살인으로 흘린 피 때문에
그대의 마음이 뒤집힌 탓일 거요!
두 눈에 핏자국이 아직도 원한을 갚지 못한 채
붉게 빛나고 있소. 하지만 그대는
편들어 줄 사람들도 잃고,
휘두른 칼에 대한 응분의 대가로
그 칼을 되받게 될 것이오.

클리타임네스트라
그렇다면 그대들도 내가 맹세하는 이 말을 들으시오.
그이를 죽여서 내 자식의 원수를 갚은 나를
진실로 정의가, 정의의 여신과

아테[103]와 복수의 여신들이 도와주셨듯이,
아이기스토스 님이 지금껏 나에게
충성스러운 마음을 지녀 왔듯이,
우리 집안의 화덕에 불을 지피는 동안에는
공포가 이 집안에 발을 들이는 일이 없기를 바라오.
진실로 그분은 우리에게 작지 않은 불굴의 방패니까 말이오.
여기 그이가 누워 있소,
자기 아내인 나의 권리를 짓밟았던 사람,
일리온의 성벽 앞에서
크리세스의 딸들[104]을 농락하던 사람이 말이오.
그리고 여기 그 노예 여인도 누워 있소.
그이의 충실한 첩이었고, 함선 위에서도
그이와 함께 잠자리를 했던 그 예언자 여인도
그의 곁에 누워 있단 말이오.
이제 그들은 응분의 대가를 치른 것이오!
(관을 덮은 천들을 들어 올린다. 먼저 아가멤논의 시신을 덮은 천을, 그다음에는 카산드라의 시신을 덮은 천을 걷는다)
여기 그를 보시오, 그리고 이 여자를 보시오.

103 Ate. 광기와 미망(迷妄)의 여신. 인간을 혼란스러운 상태로 몰아가 법도를 어기는 행동을 저지르게 한다.
104 크리세스Chryses는 트로이 아폴론 신전의 사제이다. 트로이로 원정을 온 그리스군의 총사령관 아가멤논이 그의 딸을 전리품으로 취하여 첩으로 삼자, 크리세스는 자신의 딸을 석방시키려고 높은 몸값을 제시하며 아가멤논에게 간청하지만, 아가멤논은 이를 들어주지 않고 그를 모욕해서 돌려보냈다. 그러자 크리세스는 자신이 섬기는 아폴론에게 복수를 부탁하는 기도를 드린다. 이에 아폴론이 아가멤논의 그리스 군대 진영에 역병이 돌게 한 것을 클리타임네스트라는 상기시키면서, 자신의 남편 아가멤논이 응분의 죽음을 맞이한 것이라고 주장하고 있다.

그녀는 백조처럼 스스로 자신의 마지막 죽음을 알리는
노래를 부르고 나서 죽은 것이라오.
저이에게는 정부였지만,
나에게는 오랫동안 기다려 온 잔치에 곁들일 양념으로
이제 식탁에 오르게 되었지.

좌측 코러스 2

아, 큰 괴로움도 없고 병석에 오래 눕지도 않고
다시는 깨어나지 않을 영원한 잠을 나에게
위안으로 가져다줄 죽음이 어서 다가왔으면!
우리의 더없이 헌신적인 보호자이시던 분이
죽어 누워 계시는구나.
한 여인을 위해 수많은 괴로움을 겪으셨으나,
한 여인의 손에 이제 목숨을 잃었네!

코러스장

슬프도다, 헬레네여,
그대의 미친 마음 때문에
무수한 사람의 목숨이
트로이 땅에서 파멸되었구나!
지금은 또 마지막으로,
그대는 살인의 죄악으로 그대의 화관을
피비린내 나는 꽃으로 장식하였구나!
정녕, 이 집안에 남편의 불행을 가져올
억제할 수 없는 불화가 생겨난 것이
바로 그때였구나.

클리타임네스트라

이 일로 인하여 그대는 죽음의 운명이
다가오기를 바라지도 말고,
이 일로 낙담하여 그대의 분노를
헬레네의 머리 위로 돌리지도 마시오.
마치 그녀가 잘못하였고, 마치 그녀 혼자서
남자들을 파멸시켰거나 그녀 혼자서
그 많은 아르고스인들의 목숨을 앗아 갔고
그대에게 가장 쓰라린 슬픔을 가져다준 것처럼 말이오!

우측 코러스 2

그대, 탄탈로스의 두 자손[105]이 낳은
두 갈래 자손들을 번개처럼 덮쳐
승리를 얻은 신령이여,
그대는 역시 거친 두 여인[106]을 통하여
힘을 과시하였으니,
내 심장을 갈기갈기 찢어 놓는구나!

---

105 아가멤논과 메넬라오스 형제를 가리킨다. 탄탈로스Tantalus는 이들의 증조부로 알려져 있다. 그는 제우스의 아들이며, 리디아, 아르고스, 코린토스의 왕으로 부유했다. 그는 신들의 총애를 받아 그들의 만찬에 참석할 수 있었으나, 나중에 그곳에서 엿들은 비밀을 인간에게 누설한 죄와, 신들의 전능을 시험하기 위해 자기 아들 펠롭스를 죽여 신들에게 음식으로 바친 것, 그리고 신들이 먹는 음식을 훔쳐 인간에게 주었다는 죄목으로 신들에게 벌을 받아 지하 세계에 감금되어 영원한 허기와 갈증을 느껴야 했다. 아이스킬로스의 비극「오레스테이아」에서 일어나는 아가멤논 가문의 비극은 멀리 이 탄탈로스가 애초에 신들에게 지은 죄 때문에 일어나는 것으로까지 소급되고 있다.
106 클리타임네스트라와 헬레네 자매를 가리킨다.

그대는 까마귀처럼 무시무시한 모습으로
시신 곁에 앉아서,
까악까악 노래를 부르고 있구나.
슬프도다, 나는 그 소리가 들린다!
저주스러운 복수의 노랫소리가!

클리타임네스트라

이제 그대의 입으로 진실된 말을 하는구려.
그대가 신령이라 부른
우리 가문의 막강한 분,
그분은 소망이 가득 담긴 뱃속에
피를 빨려는 욕망의 열매를 자라게 했으며,
해묵은 슬픔이 미처 끝나기도 전에
새로이 살인을 저질렀으니 말이오!

좌측 코러스 3

그래, 그대는 집안을 좀먹고
심한 노여움을 품고 있는 신령을 칭찬하는구려.
슬프도다, 슬프도다,
무시무시한 명성을 지닌 그 신령은
매번 새로이 광기의 행위를 저지르려 애타고 있구나!
아, 슬프도다! 모든 것의 근원이시며
만사를 실행하시는 제우스에 의해
일어난 일이도다!
인간들에게 일어난 일 가운데
그 어떤 것도 당신의 뜻에 따라

일어나지 않은 것이 있나이까, 제우스여?
여기서 신의 섭리에 의해
일어나지 않은 일이 있나이까?

코러스장

아, 나의 왕이시여, 나의 주인이시여,
그대를 위해 저는 어떻게 울어야 합니까?
그대를 사랑하는 마음으로 무슨 말을 해야 합니까?
그대는 거미줄에 걸려
숨을 거둔 채 누워 계십니다,
신을 두려워하지 않는 살인의 피해자가 되어!

코러스

아, 슬프도다! 슬프도다!
아내의 손이 휘두른 쌍날 도끼로
굴욕적인 암살을 당해 쓰러져
이처럼 위엄을 잃으신 채 누워 계시다니!

클리타임네스트라

지금 그대는 이것이
내가 한 짓이라고 떠들어 대는구려.
그런데 나를 아가멤논의 아내라고 부르지는 마시오!
그이에게 형벌을 가한 자는 내가 아니라
그가 벌였던 괘씸한 잔치에 대해
복수하려는 오래된 신령,
아트레우스 집안에 대해 품은 원한을

결코 잊지 않는 저주이기 때문이오.
살해된 어린아이들의 복수를 위해 그 남자를
제물로 삼은 것이오!

우측 코러스 3

잔인한 여인이여, 그대가
이 피의 살인에 대해 죄가 없다고
증언할 사람이 누가 있겠소?
누가? 과연 누가?
그분의 조상들이 저지른 죄악에 대한
복수심이 그대를 도와줄 수는 있겠지요.
강물처럼 솟구쳐 흐르는 핏속을
시커먼 살인의 폭력이
끊임없이 이어져 달립니다!
그것은 날뛰는 곳마다 피비린내 나는
유아 살해의 구렁텅이를 메우고 있구나!

코러스장

아, 나의 왕이시여, 나의 주인이시여,
그대를 위해 저는 어떻게 울어야 합니까?
그대를 사랑하는 마음으로 무슨 말을 해야 합니까?
그대는 거미줄에 걸려
숨을 거둔 채 누워 계십니다,
신을 두려워하지 않는 살인의 피해자가 되어!

코러스

아, 슬프도다! 슬프도다!
아내의 손이 휘두른 쌍날 도끼에
굴욕적으로 살해되어 쓰러져
이처럼 위엄을 잃으신 채 누워 계시다니!

클리타임네스트라

오, 아니오, 지금 이 사람은 죽음을 당했지만,
유감스러울 것이 없다고
나는 생각하오.
또 부당한 음모가 그를 해친 것도 아니오!
처음에 나에게
잔인한 배신을 가한 사람은
그이가 아니었소?
그에게서 잉태한 내 자식을,
이피게네이아를 죽여
내가 영원히 눈물을 흘리게 되었으니
저승에 가서도
큰소리치지 못할 것이오.
자신이 저지른 행동에 대해
마땅한 고통을 받는 것이라오.
그는 흉기에 맞아 죽음으로써
자신이 저지른 행동을 속죄한 것이오.

좌측 코러스 4

궁전이 무너져 내릴 듯이 흔들리고 있건만

나는 어찌해야 좋을지,
내 근심의 방향을 어디로 돌려야 할지
마음속에 좋은 생각이 떠오르지 않는구나.
궁궐을 쓰러뜨릴 듯 거센,
피비린내 나는 폭풍이 두렵구나.
그 첫 빗방울이 떨어졌다!
새로운 피의 속죄에 이용하고자
운명은 이미 정의의 칼날을
새로운 숫돌에 갈고 있구나.

코러스장

오, 대지여, 오, 대지여,
은으로 만든 욕조 속에 쓰러져 계신
그분을 보기 전에 차라리
그대의 흙으로 나를 덮어 주었더라면!
누가 그분을 땅속에 묻어 줄 것인가?
누가 그분을 위해 탄식의 노래를 부를 것인가?
하, 그대는 자기 손으로 직접 살해한 남편을 위해
또 장례식까지 치르려는 것이오?
그분의 영예로운 업적에 대한 보상을 하기 위해
사랑 없는 사랑으로 모욕적인 장례를 치르려는 것이오?

코러스

무덤가에서 이 영웅을 칭송하는 찬가를
누가 눈물 어린 진심으로,
신처럼 거룩한 영웅을 위해 불러 줄 것인가?

클리타임네스트라

그런 걱정까지 하다니
그대에게 어울리지 않소.
그는 우리 손에 쓰러져 죽었으니
우리가 그의 장례식도 치를 것이오.
그러나 집안사람들의 곡성이
그의 뒤를 따르지는 않을 것이오.
그의 딸 이피게네이아가
틀림없이 반가이 그에게 다가와,
빠르게 흘러가는 눈물의 강 위에서
아버지를 맞이하여
다정히 목을 껴안고 입을 맞춰 줄 테니까요!

우측 코러스 4

비난에 강경한 비난으로 맞서니,
그 사이에서 판단을 내리기가 어렵구나!
그러나 쓰러뜨린 자는 결국 쓰러지게 되니,
살인자는 대가를 치르리라!
제우스께서 지배하시는 동안은
이 법이 유효하리니,
일을 저지른 자가 고통을 당하는 것은
합당하다!
이 집안의 땅에 뿌리내린 저주를
누가 몰아낼 수 있으리?
이 집안에는 죄악이
아교처럼 단단히 붙어 있구나!

클리타임네스트라

그대는 지금 진실로 저주의 말을 하였소!
그러나 나는 플레이스테네스[107] 가문의
신령과 기꺼이 계약을 맺으려 하오.
비록 힘들겠지만 나는
이 모든 일을 참고 견딜 것이오.
다만 앞으로는 신령이 이 집을 떠나
다른 가문을 찾아가 혈족끼리 서로
죽이고 멸망하게 하기를!
그리고 만약 이 궁 안에서 서로를 죽이는
광기를 내쫓을 수만 있다면,
비록 재산을 조금만 받더라도
나는 만족할 것이오!

(아이기스토스가 왕의 망토를 걸친 채 호위병들에게 둘러싸여 궁전으로 걸어온다.)

아이기스토스

오, 정의로운 날의 유쾌한 빛이여!
이제 나는 기쁘게 말할 수 있소.
인간 세상을 벌하시는 신들께서

---

107 Pleisthenes. 아가멤논의 아버지인 아트레우스의 또 다른 아들. 형 아트레우스에게 원한을 지닌 티에스테스는 음모를 꾸며 자기 아들로 키운 아트레우스의 아들 플레이스테네스를 아버지인 아트레우스에게 보내 그의 손에 죽게 만들었다. 여기서 그의 이름을 든 것은 죄악과 저주가 반복해서 이 아트레우스 가문에 이어졌고, 이것이 다시금 아가멤논에게까지 내려온 것을 상기시키기 위해서이다.

높은 곳에서 지상의 악행을
내려다보고 계신다고 말이오.
복수의 여신들이 짠 이 넓은 천에 싸여
누워 있는 이 사나이를 보니 통쾌하군.
이자는 아비가 저지른
불의에 대한 죗값을 치른 것이오.
내가 제대로 들었다면,
예전에 이 나라의 왕이자 주인이며
이자의 아비인 아트레우스가
나의 아버지이시며 자기 아우인 티에스테스와
이 나라의 왕권을 두고 다투게 되자,
그분을 이 도시에서,
그분의 집에서 추방하였소.
그 후에 다시 고향에 돌아오신 티에스테스께서는
원한에 차서
성스러운 화롯가로 피신하여,
당신이 살해되어 고향 땅이
그 피로 물들지 않도록 보호해 줄 것을 애원하셨소.
그러자 이자의 아비
아트레우스는 아주 다정한 척하면서
내 아버지를 위해 축하의 연회를 열어 준답시고
당신의 친자식들의 살점을
음식으로 내놓았던 것이오.
그 자식들의 발과 손가락을 잘게 썰어서
몰래 다른 고기 밑에 섞어 놓았지.
내 아버지는 당신이 드시는 것이 무엇인지도 모르고

그 고기를 집어서 잡수셨소.
그대도 보다시피 이 가문에
저주를 안겨 줄 그 음식을.
그 뒤에 그분은 그 소행의 끔찍함을
분명히 깨닫자 신음 소리와 함께
뒤로 넘어지시면서
살해된 고깃점을 토해 내셨소.
그리고 식탁에서 쓰러지면서 격렬히 저주를 퍼부었소.
〈플레이스테네스 족속은 모두
그들이 저지른 대로 몰락할지어다!〉라고.
이제 그 저주가 이루어진 것을 그대는 보고 있소.
그러나 나는 그자를 살해하기 위해
정당한 모의를 꾸민 것이오.
왜냐하면 이자는 불쌍하신 내 아버지와 함께
그분의 열 명의 아들 가운데 세 번째인 나를,
그 당시 강보에 싸여 있던
어린 나를 추방했기 때문이오.
그 뒤 내가 성인이 되자 정의에 이끌려
다시 고향으로 오게 되었소.
비록 궁성 안에 머물지는 않았으나,
멀리서 이자를 때려눕혔소.
이 계획을 위한 모든 음모는 내가 꾸민 것이오.
그러니 이제 나는
죽어도 좋고 여한이 없소.
이자를 정의의 올가미에 걸려 심판받게 했으니까.

코러스장

아이기스토스여, 불경스러운 죄를 지은 데다
뻔뻔스럽기까지 하다니, 증오스럽소.
미리 계획해서 이런 행위를 저질렀다고
그대는 말하는가, 그대 혼자서
이 끔찍하기 짝이 없는 살인을 생각해 냈다고?
그렇다면 나는 그대에게 말해 주겠소,
심판의 날에 그대의 죄지은 머리는
백성들의 저주와 그들이 던지는 돌[108]을
피해 가지 못하리라고.

아이기스토스

그래서, 배의 키를 잡고 어느 때보다
더 막강한 지배력을 가진 나에게,
노 젓는 배의 맨 뒷자리에 앉아 있는 주제에
감히 그런 큰소리를 치는가?
친구여, 그런 백발의 늙은 나이에도 여전히
자기 분수를 제대로 지키는 법을 배우기는
쉽지 않다는 것을 알게 되리라!
왜냐하면 포박과 굶주림의 고통이야말로
늙은이에게 가르침을 주고
모든 어리석은 짓을 치유하는
가장 뛰어난 의사이니까.
그대는 눈을 뜨고도 보지 못하는가?

108 고대 그리스에는 공동체의 분노를 산 죄인은 모든 시민이 나와 돌로 쳐서 죽이는 관습이 있었다.

쓸데없이 말뚝을 치지 마라, 잘못하면 다치니까!

코러스장

여자처럼 비겁한 자여,
집 안으로 몰래 기어들어 와
그분이 전장에서 돌아오시는 것을 엿보고,
동시에 그 사령관의 침상까지 더럽히고,
또 이런 살인을 꾀했다니!

아이기스토스

이 말 역시 그대에게 쓰라린 눈물의 씨앗이 되리라.
그대의 혀는 오르페우스[109]의 그것과는 정반대로구나.
그의 혀는 매력적인 목소리로 모든 사람을 홀렸지만,
그대는 어리석은 지껄임으로
가장 온유한 사람들도 노엽게 하니,
그대 자신이 끌려가게 되리라.
머지않아 혼이 나면 좀 더 얌전해지겠지!

코러스장

그렇다면 그대는

---

109 Orpheus. 그리스 신화에 나오는 최고의 시인이자 음악가. 트라키아의 시인으로 하프를 잘 연주했다고 한다. 그는 사랑하는 아내 에우리디케 Eurydike가 죽자, 그녀를 잊지 못해 저승으로 내려가 애절한 노래를 불러 망령들을 감동시켜 그들의 허락을 받아 아내를 되찾아 온다. 그러나 지상으로 되돌아올 때까지는 뒤를 돌아보지 말라는 명령을 어기고 뒤를 돌아봐 결국은 다시 아내를 데려오지 못하고, 자신은 슬픔을 이기지 못해 미친 채 살다가 결국 죽음을 맞이한다.

아르고스의 참주가 되려는 것이구려,
왕을 살해할 음모를 꾸며 놓고서
막상 살해할 때는 제 손으로 직접
행동에 옮길 용기도 없었던 주제에!

아이기스토스

그자를 속이는 것은 본래 여자가 할 일이소.
게다가 오랫동안 그를 증오해 온
내가 나섰더라면 의심을 받았을 것이오.
그러나 이제 나는
이자의 부유한 재산을 밑천 삼아
시민들을 지배하기 위해 힘쓸 것이오.
마초(馬草)를 과식해서 배가 불러
내 명령에 복종하지 않는 자의 목에는
무거운 멍에를 씌울 것이오.
그러면 어두운 감옥에서
반갑지 않게 함께 지내는 굶주림이
곧 놈들의 순종하는 모습을 보게 되겠지!

코러스장

비겁한 영혼을 가진 그대는 어째서 제 손으로
이분에게서 승리의 월계관을 빼앗지 않고,
이 나라에 혐오를 주고,
이 나라의 신들을 전율하게 만든
그 여자를 시켜 죽였단 말이오?
오레스테스 님이 아직도 어딘가에 살아 계셔서

저 햇살을 바라보고 계신다면,
자비로운 행운에 이끌려
고향으로 되돌아와 이 두 사람을 죽여
제발 승리를 쟁취하기를!

아이기스토스

그대가 이런 식으로 지껄이고
행동하려고 한다면,
당장 어찌 될지 알게 해주지.
자, 용감한 병사들아!
이제 빨리 행동으로 옮겨라!

코러스장

자! 모두 칼을 빼 들고 싸울 준비를 하시오!

아이기스토스

나도 손에 칼을 빼 들었으니
죽더라도 사양하지 않겠다!

코러스장

그대가 죽음에 대해서 한 말
그대로 되게 해주마!
행운의 심판이 내리기를!

(코러스와 아이기스토스를 따르는 무리들 사이로 클리타임네스트라가 등장한다. 그녀가 등장하자 모두 깊은 생각에 잠겨서

옆으로 물러선다.)

클리타임네스트라

제발, 안 돼요.
남자들 가운데 내가 가장 아끼는 님이여,
우리 새로운 불행을 거듭 불러오지 말아요!
안 돼요. 만약 이 일이 또 일어난다면,
너무나 큰 불행의 수확을 거두어들일 거예요!
재앙은 이것으로 충분해요! 더 이상은 가지 말아요!
피가 우리 손에 묻어 있어요!
그대들은 가시오, 존경하는 노인장들,
각자 집 안의 따뜻한 화롯가로 돌아가시오,
불행한 일이 일어나기 전에.
우리가 한 행동은 부득이한 일이었소.
그것만으로도 재난은 충분하니
우리는 기꺼이 받아들이겠소.
비록 신령의 무거운 앞발에
치유할 수 없게 얻어맞았지만.
이것이 여자로서의 내 생각이오.
그대들이 귀 기울여 주기를 바라오!

아이기스토스

그러나 여기 이자들이 내게 욕설을 퍼붓고 있소.
분별도 절제도 잊은 채
뻔뻔하게 자기 주인을 조롱하면서
운명을 시험해 보려고

내게 그런 욕설을 내뱉고 있지 않소?

코러스장
비겁한 사내에게 아첨하는 것은
아르고스인이 할 일이 아니지요!

아이기스토스
하지만 훗날 언젠가 그대들을 단단히 혼내 주리라!

코러스장
신께서 오레스테스 님을
다시 돌아오게 해주신다면
결코 그런 일은 없을 거요!

아이기스토스
그래. 나도 알고 있다.
나라에서 추방당한 자들은
매일 희망을 양식으로 삼지.

코러스장
마음대로 하라. 정의를 모독하며
얼마든지 포식하라. 할 수 있는 동안에.

아이기스토스
이런 뻔뻔스러운 말 때문에
그대는 반드시 대가를 치를 것이다!

코러스장

암탉 옆에 서 있는 수탉처럼
실컷 으스대고 대담하게 구시구려!

클리타임네스트라

저들의 개 짖는 허튼 소리는
더 이상 신경 쓰지 말아요.
나와 당신, 우리는 이제 이 궁전의 주인으로서
우리의 권력 기반을 안전하게 구축하게 될 거예요.

(클리타임네스트라와 아이기스토스 두 사람은 퇴장하고, 궁전 문이 닫힌다.)

제2부
제주를 바치는 여인들

등장인물

오레스테스 아가멤논과 클리타임네스트라의 아들
필라데스 포키스의 왕의 아들. 오레스테스의 친구
엘렉트라 오레스테스의 누이
코러스 아트레우스 가문의 여자 노예들로 이루어짐
문지기
클리타임네스트라 아가멤논의 미망인
킬리사 오레스테스의 늙은 유모
아이기스토스 티에스테스의 아들. 클리타임네스트라 왕비의 정부
하인 아이기스토스의 하인

아르고스의 궁전 가까이 있는 아가멤논의 무덤.

제2부는 아가멤논의 무덤가에서 시작된다. 오케스트라의 한가운데에 두툼한 흙 언덕이 있다. 무대의 배경에는 앞서와 마찬가지로 아트레우스 가문의 궁전이 보인다.

(오레스테스가 흙 언덕 위에서 기도를 하며 서 있다. 그 아래에서 친구 필라데스가 기다리고 있다. 두 사람 모두 여행복 차림이다. 그들은 각자 옆구리에 칼을 차고 있다.)

오레스테스

지하에서 지배하시며
당신의 아버지[1]의 권능을 지키시는 헤르메스여,
이렇게 기도를 드리는 저를 구원해 주시고
저를 도와 싸워 주시옵소서!

---

1 여기서 〈아버지〉란 헤르메스의 아버지 제우스를 가리키는 것으로 보인다. 제우스의 권능이란 죽은 자를 보호하는 권능으로서 이것을 제우스가 아들 헤르메스에게 부여한 것으로 해석할 수 있다.

저는 이 나라로 왔습니다.
고향으로 돌아온 것입니다.
그리고 여기 무덤가에 서서
아버지를 부르고 있나이다,
저의 거룩한 맹세를 들어 주십사 하고요!
왜냐하면 당신의 아들인 저 오레스테스는
아버지의 복수를 하기 위해 고향으로 돌아왔으니까요.
저는 언젠가 제가 아버지의 복수를 하게 될까 염려한
어머니의 사악한 간계로 인해
고향에서 쫓겨나 멀리 포키스에서 자랐습니다.
그러나 록시아스의 거짓 없는 신탁이
저를 보내셨습니다. 당신을 죽인 자가,
당신을 죽인 여자가 다시 당신의 피에 속죄하기 위해
이 손에 의해 쓰러지도록 하기 위해서랍니다.
그러니 아버지, 제 말씀을 들어 주세요.
자비롭게 저를 내려다보아 주세요.
신이 저에게 원하시는 대로,
록시아스께서 저에게 명령하신 대로
제가 당신의 혈통이 지닌 거룩한
권리를 이행하도록 말이에요!
고향에 돌아온 지금 오랫동안 갈망하던
저의 경건한 의무를 다하게 해주십시오.
그러나 지금의 저로서는 비통함에 젖어
아버지께 깊은 애도의 뜻으로
당신의 무덤에 충심으로 인사를 드리는
선물을 바치오니, 저는 의무감으로

제 정수리의 첫 번째 머리칼을 잘라
저를 길러 준 이나코스[2]의 강에 바쳤고
지금 또 다른 머리칼을 잘라서 아버지에게
애도의 뜻으로 바치겠나이다.[3]
이것을, 아버지, 당신의 혈육인 아들이 고향으로,
당신의 충실한 집으로 돌아왔다는
증거로 보여 드리려 합니다.
저질러진 악행에 대해 복수를 하고,
저와 제 누이가 오랫동안 박탈당한
유산과 권리를 되찾기 위해서요!

(여인들이 무리지어 온다. 그중에는 엘렉트라도 끼어 있다.)

저기 보이는 것이 뭐지?
검은 옷을 걸치고 슬퍼하면서 가까이 다가오는
여인들의 무리는 무엇을 뜻하는 걸까?
무슨 일이 일어난 것일까?
이를 어떻게 해석해야 할까?
혹시 집안에 또 새로운 불행이 찾아온 것일까?
아니면 저들이 제주를 들고 오는 것은
돌아가신 나의 아버지를
경건하게 위로하기 위해서일까?

---

2 Inachos. 그리스의 중서부에 있는 도시.
3 고대 그리스인들은 성년이 되면 길러 준 데 대한 감사의 표시로 고향의 강에 자기 머리칼을 잘라서 바쳤다. 또 친족이 세상을 떠나면 슬픔을 표시하기 위해 무덤에도 머리카락을 잘라서 바치는 풍습이 있었다고 한다.

그것이 틀림없구나.
저기 저들과 함께 걸어오고 있는 사람 중에
엘렉트라[4]인 듯한 사람이 있으니 말이다.
슬픈 모습으로 깊이 머리를 숙인 내 누이.
오, 제우스여! 제가 아버지의 복수를
할 수 있게 해주시옵소서,
제가 할 일을 위해 부디 저를 도와주소서!
필라데스, 우리 잠시 옆으로 비켜 있자.
이 여인들의 행렬이 무엇 때문에 오고 있는지
분명히 알 수 있도록 말이다!

(오레스테스는 언덕에서 아래로 내려온다. 두 사람은 몸을 숨긴다. 코러스의 행렬이 등장한다. 그 뒤로 엘렉트라가 따라오고 있다. 모두가 장례식 옷을 걸치고 있고 머리에 베일을 쓰고 있다. 시녀들은 제주를 바칠 그릇과 단지를 들고 있다.)

좌측 코러스 1

궁궐에서 지시한 대로 우리는 이곳으로 왔도다.
고인을 위해 제주를 가져오면서
주먹으로 심하게 가슴을 쳤고,
나의 두 볼은 손톱에 찢긴 자국으로
붉은 피의 골이 파였구나.
그리고 비탄의 노래가

---

4 Electra. 아가멤논과 클리타임네스트라의 딸이자 오레스테스의 누이. 오레스테스가 아버지의 원수를 갚도록 적극 도우며, 그의 친구 필라데스와 결혼한다.

끊임없이 내 가슴을 짓누르고 있다.
베로 짠 옷의 천은
고통에 대한 분노로 인해 갈기갈기 찢겼고,
옷의 주름은
상처받은 가슴을 감싸고 있으니,
일어난 일은 끔찍하기만 하도다!

우측 코러스 1
이 궁전의 꿈을 풀이하는 예언자가
잠결에 공포에 질려 머리가 쭈뼛하고
숨을 헐떡이다 한밤중에
무서운 비명을 지르며 잠에서 깨어났으니,
궁전의 깊숙한 방에서 울려 퍼진
날카로운 공포의 목소리[5]는
밖으로 튀어나와
여인들의 거처까지 뒤흔들었다네.
그 꿈을 풀이하는 예언자들은
신의 징후가 다가온 것을 보았다는
확신을 갖고 말하기를, 죽은 자들이
지하에서 몹시 원한에 사로잡혀 있으며
자신들을 살해한 자들에게
분노를 느끼고 있노라고 하였다!

---

5 죄를 지은 클리타임네스트라가 악몽을 꾸고 비명을 지른 것을 묘사하고 있다.

좌측 코러스 2

오, 대지여, 대지의 여신이여,
신에게 미움을 산 그 불행한 여인[6]이
재앙이 오는 것을 막을 생각으로
달갑잖은 호의를 보이며
나를 여기로 보냈습니다!
이것을 말하려니 두렵구나!
땅을 물들인 피에 대해
그 무엇으로 속죄할 것인가?
아, 슬픔으로 가득 찬 집안의 화로여!
아, 완전히 뒤집혀 버린 가문이여!
그렇다. 주인이 살해된 이 집은
공포가 지배하고, 햇빛마저 들지 않는
어둠에 싸여 있구나!

우측 코러스 2

예전에는 공경할 줄 아는 마음이
강요받지 않아도 백성들의 마음속에
깊이 자리하고 있었고
결코 굴복하지 않았으나,
이제 그런 마음은 완전히 사라져
어디서나 오직 두려움만이 지배하게 되었고,
무사 안녕하는 것만이 사람들에게는 신이요,
신 이상으로 떠받드는 것이 되었구나!
그러나 정의의 심판은

---

6 클리타임네스트라를 가리킨다.

어떤 이들에게는 행복이 최고에 달한
대낮의 환한 빛 속에서 갑자기 내려지고,
어떤 이들에게는 해 저물 무렵까지 기다리면서
경고하고, 한껏 무르익게 하다가 내려지며,
또 어떤 이들에게는 밤이 올 때까지
감춰져 있다네.[7]

좌측 코러스 3

어머니인 대지의 품에 진하게 스며든 피,
복수를 잉태한 그 피는 녹아 없어지지 않고
굳건한 싹이 되고 있다네.
그리고 죄지은 자를 벌하는 아테나께서는
그자의 해악이 꽃을 피우며 번성할 때까지
그자가 두고두고 희망을 갖도록 내버려 둔다네.

우측 코러스 3

그러나 신부의 침실이 더럽혀지면,
어떤 의사의 치료로도 되돌릴 수 없도다!
이 세상 모든 강물이
살인자가 남긴 잔악한 죄악 행위의
흔적을 지우기 위해 흐르더라도
아무런 소용이 없을 것이다.

---

7 자기가 지은 죄에 대하여 어떤 사람은 젊었을 때, 어떤 사람은 늙어서 정의의 심판을 받으며, 어떤 사람은 당대에는 벌을 받지 않아도 그 후손들이 벌을 받게 된다는 뜻으로 볼 수 있다.

코러스 종결부

그러나 나는 노예로서 여기에 오도록
신들께서 지시하셨기 때문에,
내 고향 집의 화로를 떠나
여기에서 노예가 될 운명에 처했네.
나를 지배하는 자의 행위가 옳든 그르든
강요에 못 이겨 그 행위를 찬양해야 하고,
마음속의 증오를 잊어야만 하네!
그러나 옷자락으로 몸을 감싼 채로,
주인님, 나는 당신의 비참한 운명을
속절없이 슬퍼합니다.
내 마음은 억제된 차가운 고통 속에서
한기를 느낍니다.[8]

엘렉트라

집안을 돌보는 여인들이여, 충실한 시녀들이여,
너희는 나와 함께 이곳으로 왔도다.
기도를 드리는데 함께 따라와 준 여인들이여,
그러니 내게 조언을 해다오.
아버지의 무덤에 이 애도의 제주를 부을 때,
뭐라고 다정한 말씀을 드리면 좋을까?
뭐라고 아버지께 간절히 말씀을 드려야 할까?
그분의 사랑하는 아내가 나를 보냈다고,
어머니가 사랑하는 남편에게

---

8 여기서 코러스를 구성하고 있는 여인들은 트로이에서 전리품으로 끌려온 여인들로 보인다.

나를 보냈다고 말해야 할까?
그런 말을 하기에 나는 용기가 없다.
그리고 아버지의 무덤에 이 제주를 바칠 때
뭐라고 기도를 해야 할지도 모르겠다.
아니면 오랜 관습에 따라 이렇게 말할까?
이 화관을 보낸 자들에게
응분의 대가를 치르게 해주시라고,
그 악인들에게 똑같은 방식으로
악한 선물을 보내 주시라고?
아니면, 그래, 예전에 나의 아버지께서
살해되어 쓰러졌을 때처럼
아무 말도 없이, 굴욕적으로
무덤을 적시게 될 이 제주를 부어야 할까.
그런 다음에 그 술잔을 마치 신의 저주를 받은
부정한 물건처럼 내던져 버리고
눈길을 돌린 채 되돌아가야 할까?
충직한 이들이여, 나의 고민에 대해
의논 상대가 되어 다오.
저 집안에 대해 우리는 같은 증오를 품고 있으니까!
누구나 두려워하지 말고 마음속에 있는 생각을
숨김없이 말해 다오.
왜냐하면 자신의 정해진 운명은
자유로운 사람이든
낯선 승리자의 손에 눌려
노예가 된 사람이든
피할 수 없는 일이니까.

그러니 내가 말한 것보다
더 좋은 생각이 있다면 말해 다오!

코러스장

내 그대 아버지의 무덤을
제단같이 공경하는 마음으로,
그대가 바라는 대로
내 마음 깊이 생각하는 것을 말씀드리지요.

엘렉트라

그래, 말해 다오,
내 아버지의 무덤을 공경하는 마음으로!

코러스장

제주를 바치면서 그분에게 충직했던 이들을 위해
축복의 기도를 드리세요.

엘렉트라

하지만 아버지에게 충직했다고
할 수 있는 사람이 누구일까?

코러스장

먼저 그대 자신과, 그리고
아이기스토스를 증오하는 모든 이들입니다.

엘렉트라

그렇다면 너와 나를 위해서
기도를 드려야 한다는 말이구나?

코러스장

제가 조언해 드린 것을 스스로 계속 생각해 보세요.

엘렉트라

그 밖에 대체 또 누구를 우리 편에 넣을 수 있단 말이지?

코러스장

오레스테스 님을 생각하세요.
비록 타국에 나가 계시기는 하지만!

엘렉트라

그 누구보다도, 그대가 나에게
가장 귀중한 조언을 해주었구나!

코러스장

그리고 다음에 공주님께서
그 살인에 대해 생각하실 때는
그 죄를 지은 자도 잊지 마시길 바라요.

엘렉트라

그때 무엇을 해야 하지? 가르쳐 다오,
나는 모르겠으니 말해 다오!

코러스장

그자들에게 언젠가
어떤 신이나 사람이 찾아올 거라고 말씀하세요.

엘렉트라

그대 말은 그들을 심판할 자로서,
아니면 복수를 할 자로서 말인가?

코러스장

간단히 말씀하세요. 살인을 살인으로 갚아 줄 이라고요!

엘렉트라

하지만 그런 것을 신들에게 기원해도
경건하다고 할 수 있을까?

코러스장

적의 죄에 대해 복수하겠다는 기도를 왜 못 드리겠어요?

엘렉트라

오, 무덤의 헤르메스여,
나를 도와주시고 일깨워 주소서,
부디 지하에 군림하는 위대한 신령들께서
아버지께서 흘린 피를 보신
그분들께서 제가 드리는 기도를 들어주시도록.
그리고 만물을 낳아 기르고 다시 그 씨를 거두는
대지도 내 기도를 듣도록.

죽은 이들을 위해 이 제주를 바치오며,
아버지, 저는 아버지께 호소합니다.
부디 저와 당신의 아들인 오레스테스를 불쌍히 여기시어,
그가 고향으로 돌아오게 해주소서!
왜냐하면 보시다시피,
우리는 어머니에 의해 집에서 쫓겨나
마치 팔린 몸처럼 떠돌며 살고 있습니다.
그리고 그 여인은 아버지를
살해하는 데 가담했던 아이기스토스를
남편으로 선택했습니다.
그리고 저를 마치 노예처럼 대하고 있습니다.
오레스테스는 유산을 상속받지 못한 채 쫓겨났습니다.
반면에 그 여자는 아버지가 땀 흘려 모은 재산을
사치와 속된 쾌락을 누리며 탕진하고 있습니다!
오레스테스가 신의 인도를 받아
고향에 돌아올 수 있도록 이렇게 간청하오니,
아버지, 제 기도를 들어주소서!
저에게는 제 어머니보다
훨씬 더 나은 마음씨와 순결한 품행과
깨끗한 손을 갖게 해주소서!
우리를 위해서 이렇게 기도드립니다.
그러나 말씀드리지만, 우리의 적에게는
아버지, 당신의 원수를 갚아 줄 사람이 나타나,
살인자들이 다시 심판을 받아 멸망하게 하소서.
이처럼 저는 경건한 기도를 드리면서
저주를 받을 만한 자들에게

저주를 내려 달라는 기도를 함께 드립니다.
그러나 우리에게는 축복을 올려 보내 주시고,
신들이시여, 함께 도와주소서!
대지여, 그리고 정의의 여신이시여, 도와주소서!
이 기도를 드리면서 성스러운 제주를 바칩니다.
(코러스의 여인들을 향해)
너희들은 애도의 화관을 꾸미고
내 아버지의 무덤에 경건한 제주를 바치도록 하라.

(코러스가 노래를 부르는 가운데 엘렉트라는 무덤에 제주를 바친다.)

코러스

눈물을 흘리세요, 죽은 이를 슬퍼하며 흐느끼는 눈물을,
돌아가신 그분, 우리의 주인을 위해서.
성스러운 둑이 악에 맞서 솟아 있는 이곳에서!
무덤에 뿌린 제주의 힘이, 그 위력이
저주받은 힘을 미리 막아 주기를!
들어주소서, 당신의 고요한 안식처에서
저의 기도를 들어주소서,
오, 저의 주인이자 왕이시여!
슬프도다! 슬프도다! 비통하다, 오, 비통하다!
오라, 오라, 창을 든 용사여.
이 집을 구할 자여,
스키타이인[9]처럼 거칠고 진지한 싸움 속에서

---
9 고대에 지금의 남러시아 지방에 살던 기마 유목 민족.

휙 소리가 나게 활시위를 힘껏 당기고,
빼든 칼을 힘차게 휘두르며
피비린내 나는 싸움을 벌일 자여!

엘렉트라

아버지께서는 이제 땅에 뿌려진 이 제주를 받으셨어요.
(갑자기 몹시 놀라며)
오, 보아라! 이게 뭐지?
못 보던 것인데, 너희들도 와서 보고 무엇인지 알려 다오!

코러스장

오, 말씀하세요! 두려움에 제 가슴이 떨립니다.

엘렉트라

여기 누가 무덤에 머리카락을 잘라 바친 것이 보이는구나!

코러스장

남자의 것인가요, 아니면 여자의 것인가요?

엘렉트라

이것이 무엇인지는 누가 봐도 분명히 알 수 있겠구나.

코러스장

그렇다면 젊은 분인 당신이 이 늙은이에게 가르쳐 주세요.

엘렉트라

이런 머리칼을 바칠 수 있는 사람이
나 말고 누가 있는지 모르겠구나.

코러스장

머리칼을 잘라 애도의 뜻으로 바칠 사람은
모두 적이 되어 있으니까요.

엘렉트라

그런데도 불구하고 정말로 이 머리칼은 그것과 똑같구나!

코러스장

말해 주세요, 누구의 머리칼인가요?
제발 저에게 알려 주세요.

엘렉트라

바로 내 머리칼과 비슷해 보인다는 말이다.

코러스장

그렇다면 이건 오레스테스 님이
몰래 보낸 선물이 아닐까요?

엘렉트라

실제로 보니 그 아이의 머리칼과 비슷해 보이는구나.

코러스장

하지만 어떻게 그분이 감히 고향에 돌아올 수 있었을까요?

엘렉트라

아버지에게 자신의 머리칼을 보내 인사를 드리려 한 것이야!

코러스장

공주님이 하신 말씀이,
그분이 다시는 이 나라에
발을 들여놓으실 수 없다는 뜻이라면
저는 비통한 눈물을 흘리지 않을 수 없군요.

엘렉트라

나 역시 가슴속에 분노의 물결이 끓어오르는 듯하고,
빠른 화살이 내 몸을 꿰뚫은 것처럼 고통스럽구나.
이 머리칼을 보니 내 눈에서
이루 말할 수 없는 쓰라린 눈물이
막을 길 없이 세차게 솟아 나오는구나!
아르고스의 시민 가운데 누군가가
이 머리칼이 자기 것이라고 말할 것을
기대해야 할까?
아버지를 살해한 그 여자가
이 머리칼을 보냈을 리는 결코 없다.
그래. 친어머니답지 않게, 그리고 신마저 잊은 채
자기 자식들을 대하는 내 어머니가
결코 그랬을 리는 없어.

그러니 다시금 나는 확실히 말해야 할 것 같다.
이것은 이 세상에서 내가 가장 사랑하는 사람,
바로 오레스테스의 것이라고.
나에게 희망의 손짓을 하는 듯하구나!
아! 그 희망이 내게 전령처럼
반갑게 말해 주어 의심이 나를
이리저리 뒤쫓지 않도록 해주면 좋으련만!
만약 그렇지 않다면 분명히 나는 이 머리칼을
적개심을 가진 사람의 머리에서 잘라 낸 것으로 보고
여기에 침을 뱉으리라.
그러나 만약 이것이 나와 피를 나눈 친족의 것이라면
나와 함께 슬퍼하면서 아버지의 죽음을 애도하고
아버지의 무덤에 인사를 드릴 수 있으련만!
전능하신 신들께 우리가 폭풍 속을 달리는 배처럼
길을 잃고 헤매고 있다는 것을
호소하게 해주소서.
만약 우리가 구조될 운명이라면,
작은 씨앗에서도 큰 나무가 자라나게 되리라!
(무덤가에서 내려오며)
그리고 여기 발자국을 보아라, 두 번째 표식이구나.
내 발자국과 똑같은 발의 발자국이다.
그래. 보아라, 두 가지 발자국이 나 있는 것을 보니
여기 이것은 그 사람의 것이고,
저기 저것은 그와 함께 온 사람의 것이다.
뒤꿈치와 발바닥의 파인 곳을 재어 보니,
정확하게 내 발자국과 일치한다!

내 가슴속에 바람이 에이는 듯 두근거린다!
정신이 아찔해지는구나!

오레스테스

(등장하며)
당신의 기도를 들어주신
신들에게 기도하세요.
또 다른 기도도 이루어지게 해달라고요!

엘렉트라

내 기도를 들어주신 신들이라니,
그게 무슨 뜻이죠?

오레스테스

그대는 오랫동안 기다린 사람을
지금 눈앞에 보고 있습니다!

엘렉트라

내가 기다린 사람이 누구인지 그대는 알고 있나요?

오레스테스

알고 있습니다. 오레스테스라는 이름이
그대를 몹시 감동시키더군요.

엘렉트라

그래서 지금 어디서 어떻게

나의 기도가 이루어졌다는 거죠?

오레스테스

내가 그 사람입니다.
나보다 더 그대에게 충실한 사람은 찾지 마세요!

엘렉트라

그대는 나를 속이고 있군요, 낯선 이여.
흉계를 꾸며 나를 옭아매고 있어요!

오레스테스

그렇다면 나는 나 자신을
속임수로 옭아매는 것이 될 것입니다.

엘렉트라

그대는 나와 나의 불행을 비웃으려는 것이겠지요!

오레스테스

만약 그대의 불행을 비웃는다면
또한 나의 불행을 비웃는 것이 될 겁니다!

엘렉트라

그렇다면 나와 말하고 있는 그대가
오레스테스란 말인가요?

오레스테스

이렇게 직접 보고도 나를 알아보지 못하다니요.
그리고 이렇게 애도의 표시로 자른 이 머리칼이,
그대 동생의 머리칼이 그대의 머리칼과 같은 것을 보았고,
내 발자국에 그대의 발을 재어 보고서
마치 나를 본 것처럼 깜짝 놀라 펄쩍 뛰었지요!
봐요, 이 머리칼은 그대 동생의
이 자른 머리에 놓여 있었던 것이오.
그대의 손으로 직접 짠 이 겉옷을 봐요,
여기 베틀로 짠 흔적인 이 짐승 무늬를.

(엘렉트라, 오레스테스를 열렬히 포옹한다.)

진정해요. 너무 기쁘다고 냉정을 잃지는 말아요.
가장 다정해야 할 사람들이 우리의
적이라는 것을 잊지 말아요.

엘렉트라

오, 아버지의 집안을 위한 마지막,
가장 소중한 귀염둥이여!
눈물로 애타게 기다리던 마지막 구원의 빛이여!
너의 힘으로 아버지의 집을 다시 찾아 다오!
아, 사랑스러운 눈이여! 너의 모습은 대부분
내 마음속에 남아 있단다. 보아라,
이제 나는 너를 아버지라고 불러야겠구나.
어머니에 대한 사랑도 네게 주어야겠구나.

왜냐하면 나는 그녀를
미워할 수밖에 없으니까.
그리고 희생된 언니[10]에 대한 사랑도.
너는 다시 나를 존중해 줄
소중한 동생이니까!
이제 힘과 정의가 네 편에 서고,
가장 강력하신 제우스께서 도와주시기를!

오레스테스

제우스여, 제우스여,
제가 할 일의 시작을 굽어살피소서!
저의 아버지를, 독수리[11]를 잃은
가련한 혈통을 보시옵소서.
그 아비는 독사[12]에게
몸이 칭칭 감겨 죽었습니다.
그리고 고아가 된 새끼들은 아직
아비가 잡아 놓은 먹이를 둥지까지 날라 올 힘이 없기에
심한 굶주림에 시달리고 있습니다.
그래서 그처럼 슬퍼하고 고아가 되어 버린 우리를,
저와 제 누이 엘렉트라를
당신은 보고 계십니다.
아버지를 잃은 우리 오누이를요.
우리는 아버지의 집에서 똑같이 쫓겨난 신세입니다!

10 아울리스 항에서 제물로 바쳐진 아가멤논의 또 다른 딸 이피게네이아를 가리킨다.
11 아가멤논을 가리킨다.
12 클리타임네스트라를 가리킨다.

그리고 당신은 당신에게 제물을 바쳐 공경했던
아버지의 자식들을 한때 내치도록 그냥 두셨습니다.
그렇게 된다면 누가 또다시 같은 손으로 당신에게
감사에 넘치는 제물을 바치오리까?
독수리의 일족이 다 없어지고 나면 당신은
인간들에게 당신의 믿음직한 전조들을
전달할 수도 없거니와,[13]
이 왕가의 근본이 그처럼 완전히 끊긴다면,
소를 잡는 축제일에 당신의 제단에
더 이상 제물을 바칠 수도 없사옵니다!
우리의 보호자가 되어 주소서!
지금은 완전히 쓰러진 것처럼 보이는
이 고귀한 가문을 일으켜 세워 주시옵소서!

코러스장

오, 자녀들이여, 오, 그대들 아버지의
화로를 구하게 될 사람들이여.
조용히 하세요, 소중한 분들이여.
혹시 다른 사람이 듣고서 이 모든 것을 잡담 삼아
우리 주인들에게 마구 떠벌리지 않도록 말이에요.
저는 송진이 부글부글 끓어오르는
화염 속에서
그들이 타 죽는 꼴을 보고 싶습니다!

---

13 독수리는 늘 제우스를 호위하면서 전령 노릇을 하는 새이다. 그러므로 독수리의 일족이 사라진다는 것은, 제우스와 인간들과의 접촉도 끊어지는 것이라고 말하고 있다.

오레스테스

나에게 이런 일을 감행하도록 명령하신
록시아스의 강력한 신탁은
나를 저버리지 않을 거예요.
그분은 큰 소리로 나를 일깨워서
이 가슴속을 뜨겁게 찌르는 것 같은 명령을 내리셨어요.
나에게 살해자들을 뒤쫓아 가서,
아버지의 재산을 빼앗았을뿐더러
소중한 목숨까지 빼앗은 데 대한 복수로,
그자들이 그분에게 한 것과
똑같은 방법으로 그들을 죽이라고 말이에요.
만약 그러지 못할 경우 그때 가서는
내가 수많은, 참을 수 없이 쓰라린 고통을
겪으리라고 하셨어요.
왜냐하면 지하 깊은 곳의 혼령들이
적의에 차서 노여워하게 되면,
인간들에게 고통이 찾아오리라고
그분은 말씀하셨으니까요.
사나운 이빨로 살 속 깊이 좀먹어 가는 문둥병이
예전에 힘 있던 근육을 갉아먹고,
머리칼은 흰 머리칼로 바뀌게 되리라고 하셨지요!
그리고 또 다른 고통으로는
아버지의 잠들지 않는 피로 만들어진
복수의 여신들이 찾아와 어둠 속에서
분명하게 나를 응시하리라 하셨어요.
아버지께서 분노의 눈을 부릅뜨고 계심을

보여 주리라고요.
살해된 혈족의 간청에 의해
지하에서 어둠을 뚫고 광기와 공포,
꿈속에 나타나는 악몽이
창이 되어 날아와 나를 괴롭히게 되면,
신에게 저주받은 내 육신은 쇠 채찍을 맞으며
인간이 사는 모든 도시에서
쫓겨나리라고 하셨습니다.
그렇게 낙인이 찍힌 자는 즐거운 주연의 자리에
신성한 제주를 바칠 때에도 결코 참여할 수 없으며,
눈에 보이지 않는 아버지의 노여움이
그를 제단에 가지 못하게 하며, 누구도 그에게
잠자리를 주거나 구해 주지 못할 거라고 하셨어요.
그리하여 그는 버림받아 명예도 잃고,
친구도 없이 나중에 비참한 최후를 맞아 죽을 때까지
서서히 시들어 가게 될 것이라고 하셨어요!
이러한 신탁을 어찌 믿고 신뢰하지 않을 수 있겠어요.
비록 그 말을 별로 믿지 않더라도
이 일은 해치워야 해요.
여러 가지 요구들이 한꺼번에 물밀듯이 나를 재촉합니다.
신의 명령, 돌아가신 아버지가 겪으신
엄청난 치욕, 나 자신이 겪는 궁핍한 삶,
그 모든 것 때문에 나는
세상에서 가장 으뜸으로 이름난 나의 시민들이,
영웅적인 힘으로 트로이를 정복한 사람들이
두 여자에게 굴복하고 있는 모습을

더 이상 보지 않으렵니다. 두 여자라고 한 것은
다른 한쪽도 마음은 여자나 마찬가지이기 때문입니다.
나도 그자처럼 유약한지 아닌지,
그자는 곧 보게 될 것입니다.

(오레스테스와 엘렉트라는 코러스가 다음의 구절을 노래하는
동안 무덤이 있는 언덕 쪽으로 올라간다.)

코러스장

위대한 힘을 지닌 운명의 여신들이여,
제우스의 힘으로 정의가 나에게 다가와
원하는 방향으로 이끌어 목적을 이루도록 해주소서.
〈네가 소리치면 그 메아리가 되돌아온다!
증오는 증오를 낳는다!〉
이렇게 정의는 죄지은 자의 죗값을
거두어들일 때 소리 높여 호통을 친다!
〈피 묻은 칼에는 피 묻은 칼로 보답하라!
행한 자는 그대로 당해야 한다!〉
이렇게 아주 먼 옛날 선조들로부터
전해 오는 속담이 있노라!

오레스테스, 좌측 코러스 1

아버지, 가엾은 아버지.
아버지께 무슨 말씀을 드리고 어떻게 행동해야
그것이 저 깊은 곳 어두운 무덤 속에 누워 계시는
당신께 도달할 수 있으리까?

어둠과 빛은 서로 다른 것. 그러나 그 암흑 속에서도
애도하며 드리는 이 위로의 제사는
아버지께 기쁨이 될 것입니다.
당신의 집안인 아트레우스 가문에 대하여.

좌측 코러스 2

오, 젊은이여, 돌아가신 분의 영혼은
왕성하게 타오르는 화염의 이빨로도
진정시킬 수 없습니다.
그분의 세찬 분노는 사라지지 않습니다.
비탄의 소리가 죽은 자의 주위에서 울리면
그 분노는 두려우리만큼 효력을 드러냅니다.
선조들을, 어버이의 죽음을 슬퍼하는
정의로운 애도의 목소리가 그 분노를 쫓다 보면
그 목표인 죄지은 자에게까지 이르게 되리라.

엘렉트라, 우측 코러스 1

이제 들어 주세요, 아버지,
눈물로 가득 찬 저의 슬픈 노래를!
아버지 무덤 앞에서, 두 자식의 입에서
탄식의 노래가 흘러나오고 있나이다!
고향에서 똑같이 쫓겨난 우리 두 사람,
보호해 주십사 애원하며 여기에 서 있습니다!
세상에 무슨 행복이 있습니까?
악하지 않은 것이 무엇이 있습니까?
불행은 어쩔 수 없는 것인가요?

코러스장

그러나 자비로우신 신이 원하신다면
언젠가 그대들이 더 기쁜 노래를
부르도록 하실 것입니다.
무덤가에서 부르는 비탄의 노래 대신에
기쁨의 송가가 궁전 안에서
다시 돌아온 그대들을 반길 수 있으리다!

오레스테스, 좌측 코러스 3

차라리 아버지께서
일리온의 성벽 밑에서
리키아[14] 병사의 창에 맞아 쓰러져
돌아가셨더라면, 아버지, 당신은
고향 집에는 명예를 남기셨을 것이고,
당신의 자식들에겐 더 아름답고
나은 삶의 길을 닦아 놓으셨을 거예요.
아버지의 무덤이 저 바다 건너편에 우뚝 솟아
고향에 있는 집안사람들에게는
위안이 되었겠지요!

우측 코러스 2

그랬더라면 영웅적인 전투에서 전사한
이들의 전우로서,
지하에서도 그들의 위대하고 성스러운 군주로서

---

14 소아시아 남서쪽 고대 그리스의 도시. 이곳의 주민들은 트로이 전쟁 때 트로이에 지원군을 보냈다.

존경을 받았을 것이고,
저승을 다스리는 위대한 통치자들[15]에게
더 고귀한 분으로 대접을 받으셨으리라.
왜냐하면 여기 이승에 계셨을 때
그분은 왕으로서,
신들이 정한 성스러운 질서를 지키며
백성을 다스리는 왕홀을 들고 계셨으니까요!

엘렉트라, 우측 코러스 3

아니에요, 아버지. 아버지께서는
일리온의 성벽 앞에서 다른 병사들처럼
창에 맞아 돌아가시어
스카만드로스 강변에 묻히셨어도
안 되었을 거예요.
오히려 그들이, 아버지를 살해한 그자들이
먼저 죽었어야 합니다.
그랬더라면 우리는 멀리 고향에서 그런 고통을
겪지 않았을 것이고, 죽음을 안겨 준 운명도
전해 듣지 않았을 테니까요.

코러스장

공주여, 그대가 말한 것은 황금보다도 귀중하고
그 어떤 바람보다도 더 큰 바람이며,
저 히페르보레오이족이 누리는 행복[16]보다
더 큰 것일 거예요. 물론 바라는 것은 자유지요!

---

15 저승의 왕인 하데스와 그의 아내 페르세포네Persephone를 가리킨다.

그러나 이 말만은 진실이니,
우리를 도와주실 분들은
이미 오래전부터 지하에 누워 계시고,
지금 권력을 쥐고 있는 자들의 손은
깨끗하지 못합니다.
돌아가신 분께서도 그자들을 증오하시나
살아 있는 자녀들의 증오는 더욱 클 것입니다.

오레스테스, 좌측 코러스 4

그 말은 내 귀에 마치 시위를 떠난 화살처럼
날카롭게 스치는구나!
제우스여! 제우스여!
온갖 무도한 짓을 저지르는 인간의 불손한 손에
지하에서 뒤늦게나마
아테 여신의 심판을 올려 보내시는 분이여,
비록 나를 낳아 주었으나 사악한 그 여인에게
복수를 해주소서!

좌측 코러스 5

언젠가 나는 죽은 그 남자의 시신 위에서,
죽은 그 여자의 관 위에서
축제의 노래를, 횃불의 불빛에 맞춰

---

16 고대 그리스 신화에서 히페르보레오이족Hyperboreoi은 트라키아의 북쪽에 사는 종족이다. 그리스인들은 북풍도 그곳에 산다고 믿었다. 그 북풍 건너의 땅은 하루 종일 태양이 내리쬐는 낙원이자 비옥한 땅이므로, 그곳에 사는 사람들도 평화롭고 행복할 것으로 생각하였다.

환호의 노래를 부르고 싶군요!
그 날아오를 듯한 심정을
무엇 때문에 감추겠어요!
시커먼 돌풍 같은 분노가,
원한이 솟구치는 증오가 성급하게도
나를 멀리까지 밀고 갑니다.

엘렉트라, 우측 코러스 4

제우스여, 대체 언제
처단의 손길로 그 여자를 치시렵니까?
아! 아! 언제 그 여자의 머리를 자르시렵니까?
그렇게 되면 백성들에게는
평화가 되돌아올 것입니다!
무도한 불의에 대해 정의를 내려 주시기를
간절히 비옵니다!
대지여, 깊은 지하에 계시는 죽음의 주인들이시여,
저의 기도를 들어주소서!

코러스장

그래요. 죽어 가면서 쏟아져 내린 피는
또 다른 피를 요구하는 법이지요.
그리고 살인은 복수의 여신들을 깨워 불러냅니다.
예전에 살해된 이들로부터 피의 죄악을 일깨우고
또 다른 피의 죄악을 야기하는
복수의 여신들을.

오레스테스, 좌측 코러스 6

지하에 계시는 위대한 죽음의 주인들이시여,
보소서, 여기를 보소서!
살해된 자들이 내뿜는
강력한 분노의 저주를 보소서!
당신들은 아트레우스 혈통 가운데 남은 이들이
명예를 잃고 무력하게 아버지의 집에서
멀리 쫓겨나 있는 것을 보고 계십니다!
제우스여, 어디로 가야 하옵니까?

우측 코러스 5

그 비통한 탄식을 들으니 몸이 떨리고,
마음속은 또다시 불안으로 두근거립니다!
그럴 때 모든 희망이 사라집니다.
한마디 한마디 할 때마다 내 가슴은
더욱 어둠에 휩싸입니다!
제게 용기를 불러일으켜
기쁜 희망이 두려움을 멀리하게 하고,
나로 하여금 다시
아침 햇살이 비치는 것을 보게 해주십시오!

엘렉트라, 우측 코러스 6

어떤 말로 표현할 수 있을까요?
우리를 낳아 준 그 여인이 우리에게
가장 모욕적인 것을 견디도록 했다는 것을.
어떤 위로도 소용 없어요. 그런 고통을

누그러뜨릴 수 있는 것은 아무것도 없어요!
어머니와 마찬가지로 늑대처럼 난폭해진 나는
결코 길들일 수 없이 가슴이 뜨거워졌으니까요!

좌측 코러스 7

나는 아리오이족[17]처럼 슬퍼하며
주먹으로 가슴을 치고,
키시아[18]의 통곡하는 여인들처럼
격한 울음소리를 내고
두 팔로 아래위를 쉴 새 없이 마구 내려치니,
비탄에 젖은 나에게 매를 맞는
내 가련한 머리는
쿵쿵 소리를 내는구나.

엘렉트라

오오, 잔인하기 짝이 없는 여인이여!
뻔뻔하기 그지없는 어머니여!
마치 적을 대하듯 증오와 조롱으로,
그리고 자기 백성들이 따라오지도 못하게
장례의 노래도 없이, 장례의 노래도 없이,

---

17 Arioi. 카스피 해 남쪽에 있는 메디아 왕국에 살던 메디아인들의 옛 이름. 메디아는 페르시아 제국의 북서부에 있던 오래된 왕국으로 나중에 페르시아에 합병되었다.

18 고대 페르시아의 수도 수사가 자리 잡고 있던 수시아네 지방의 옛 이름. 수사는 페르시아 만 북동쪽에 있는 제국의 수도로, 페르시아 왕들의 겨울 궁전이 있던 곳이다. 이곳 여인들이 죽음의 의식을 매우 격하게 슬퍼하며 치르는 모습을 묘사한 것.

눈물도 흘리지 않은 채
당신은 영웅을 묻어 버렸어요!

좌측 코러스 8

그대도 알다시피 그 시신은 마구 절단이 났지요.
그렇게 해서 묻어 버린 거예요.
참을 수가 없어요!
사악한 짓입니다!
악의적이고 치욕적이었지요!
아버지의 명예가 비참하게
땅에 떨어지고 말았습니다!

오레스테스, 우측 코러스 8

슬프다. 그대가 말한 것이야말로
불명예이고 치욕스러운 것이다!
그러나 그 여자는 이제
아버지를 욕되게 한 것에 속죄를 해야 할 것이다.
그것을, 지하의 어두운 힘들이여,
당신들이 원하고 있습니다!
당신들은 그것을 원하고 있습니다!
내 손들아, 너희도 그것을 원하고 있도다!
나는 그 여자를 없앨 것이다.
설령 내가 파멸하더라도!

엘렉트라

그렇게 아버지는 최후를 맞으셨어요.

그리고 나는 옆으로 밀려나
명예를 잃은 채 추방되었어요.
마치 새처럼 둥지를 떠났지요!
집안의 화로에서 멀리 쫓겨나
못된 개처럼 갇혀 웃음을 잃은 채,
쓰디쓴 눈물이 눈에서 솟아나고,
가슴속에 넘치는 비통함의 눈물이
남몰래 흘러내렸나이다.
동생아, 네가 들은 것을 가슴에 새겨 두어라!

코러스

이 말을 듣고 그대의 가슴 깊숙이
침묵의 바닥에 그것을 새겨 두어요!
그 모든 것은 진실로 그러했지요!
다른 것은 그대의 노여움이 알려 줄 거예요!
그러니 흔들리지 않는 용기로
싸움에 임하세요!

오레스테스, 좌측 코러스 9

아버지, 부탁드립니다.
부디 당신의 자식들 편에 서서
힘을 더해 주소서!

엘렉트라

저도 눈물을 흘리며 함께
당신을 부르나이다, 아버지!

코러스

우리도 모두 입을 모아 큰 소리로 부르나이다.

오레스테스, 엘렉트라, 코러스

우리의 기도를 들어주소서,
부디 밝은 빛의 세계로 나오셔서
적에 맞서 싸우도록 우리를 도와주소서!

오레스테스, 우측 코러스 9

이제 힘과 힘이 맞서고,
나의 정의와 원수들의 정의가
맞부딪칠 것이다!

엘렉트라

오, 신들이시여, 우리의 행동에
정당한 승리를 내려 주소서!

코러스

그대들의 탄원을 들으니, 온몸이 떨립니다!

오레스테스, 엘렉트라, 코러스

신이 내리신 운명은 이미 오래전부터
기다리고 있었습니다.
그러니 우리가 기도를 드리면
그 기도는 하늘을 향해 올라갈 거예요!

좌측 코러스 10

슬프도다, 일족에 뿌리내린 고난이여!
오, 이 살인에 대한 분노에서 나오는
피에 젖은 날카로운 불협화음이여!
슬프도다, 슬프도다!
아들이 떠맡은 잔혹한 불행이여!
슬프도다, 슬프도다!
결코 진정되지 않을 비통함이여!

좌측 코러스 10

〈그 고통을 치유할 약은
결코 집 밖의 남들에게서가 아니라
처절한 피투성이 싸움을 통해
오직 그 자신으로부터 오는 법〉,
이것이 저 아래 어두운 지하의
신들에게서 들려오는 노래입니다!

코러스장

어두운 밤의 축복받은 분들이여,
그대들은 두 남매의 기도를
지하에서 듣고 계십니다.
오, 부디 그것을 이루게 해주소서!
두 자녀에게 자비롭게 승리를 내려 주소서!

(오레스테스와 엘렉트라는 무릎을 꿇고 땅에 몸을 숙인다.)

오레스테스

대왕의 체통에 어울리지 않는
죽음을 당하신 아버지,
당신의 집을 제가 다스릴 수 있도록
돌려주소서!

엘렉트라

저 역시 당신의 도움이 절실히 필요해요.
아버지, 제가 아이기스토스를 파멸시킬 때
저를 도와주소서!

오레스테스

그래야 세상 사람들이 아버지께
제사 음식을 바칠 수 있을 거예요.
만약 그러지 못하면 아버지께서는
당신 나라에서 바치는 불에 익힌 제물로
공경을 받지 못하실 거예요!

엘렉트라

그리고 저도 유산을 물려받게 되면,
제 결혼식 때 아버지의 궁궐에서 가져온
제주를 바치고, 다른 누구보다도 앞서
아버지의 무덤에 경의를 표하겠어요!

오레스테스

오, 대지의 여신이여!

제가 하는 투쟁을 보호하시도록
아버지를 보내 주소서!

엘렉트라

오, 페르세포네여!
승리의 영광을 더해 주소서!

오레스테스

아버지, 아버지께서 살해되셨던
그 욕조를 생각하소서!

엘렉트라

아버지를 덮어씌우던 그물을 생각하소서!

오레스테스

아버지, 아버지께서는 쇠가 아닌
멍에에 씌워 살해당하신 것입니다!

엘렉트라

교활하게 덮어씌운 화려한 겉옷에
치욕적으로 당하신 것입니다!

오레스테스

오, 아버지, 그런 치욕을 당하시고도
깨어나지 않으시렵니까?

엘렉트라

아버지, 그리운 당신의 머리를
꼿꼿이 일으키지 않으실 건가요?

오레스테스

정의의 여신을 보내 우리를 도와
함께 싸우게 해주시거나,
아니면 그자들이 썼던 흉계와 똑같은 계략으로
그들을 쳐서 복수하도록 해주소서.
그때 당한 패배를 딛고 맞서
승리를 쟁취하기를 바라신다면!

엘렉트라

오, 아버지, 저의 이 마지막 호소를 들어주소서!
여기 당신의 무덤가에 앉아 있는
당신의 병아리들을 보소서!
당신의 딸과 아들의 비탄을 가련히 여기소서!

오레스테스

펠롭스 가문의 고귀한 혈통이 멸망하지 않게 하소서!

엘렉트라

만약 그리 된다면 아버지는 돌아가셨어도
돌아가신 것이 아닐 거예요.

오레스테스

왜냐하면 죽은 사람에 대한 기억은
자식들의 마음속에 계속 살아 있으니까요!
자식들은 그물을 뜨게 하는 부표와 같은 것이니,
그물이 바다 깊은 곳으로 가라앉는 것을
충실히 막아 주지요.

엘렉트라

들어 주소서! 아버지를 위하여
우리는 탄식하고 있습니다!

오레스테스

이 기원을 들어주신다면, 아버지는
자신을 구원하시게 될 거예요!

(오레스테스와 엘렉트라는 몸을 일으켜 언덕 아래로 내려간다.)

코러스장

자, 이제 그대들이 드린 기도는 무덤에 대해
나무랄 데 없는 공경을 보여 드렸습니다.
어느 누구도 그렇게
슬피 운 적이 없었지요.
이제 그대의 정신은 무장되었으니,
행동으로 성취할 수 있을 것이며,
당신의 신을 시험해 볼 수 있으리다!

오레스테스

그리하겠소!
하지만 또 물어봐야 할 것이 있소.
무엇 때문에 그 여인이 새삼 제물을 보냈는지,
어떤 변명으로도 속죄할 수 없는 이 고통을
뒤늦게야 존중하려고 했는지 말이오.
세상을 떠나 그런 것을 결코 생각지도 않을 분에게
그 여인은 비겁하게 무덤으로 인사를 보낸 것이오.
이런 선물 따위를 보낸 뜻이 무엇인지
나는 알지 못하겠소.
그 배후에 그 여자의 파렴치한 속셈이 숨어 있을 거요.
왜냐하면 피를 흘리게 한 죄를 지은 자는
속죄하려고 모든 것을 쏟아부어도
그런 노력은 헛수고이기 때문이오.
그 속셈을 알고 싶으니
알고 있다면 말해 주오.

코러스장

나는 알고 있습니다, 왕자님.
마침 그 자리에 가까이 있었으니까요.
한밤중 끔찍한 악몽에 놀라 깨어난
그 사악한 여인이 이 제주를 보낸 것입니다.

오레스테스

그 꿈에 대해 들어서 알고 있다면 말해 줄 수 있겠소?

코러스장

뱀을 낳는 꿈이었다고 말했습니다.

오레스테스

그것은 어떻게 계속되었고 결국 어떻게 끝났지요?

코러스장

그녀는 그 뱀을 어린애처럼 포대기에 싸 안았다고 합니다.

오레스테스

그 갓 태어난 뱀은 어떤 먹이를 원했다던가요?

코러스장

그녀가 그 뱀에게 젖을 빨게 했다고 합니다.
그런 꿈을 꾸었답니다.

오레스테스

어떻게? 그 끔찍한 짐승에게 젖꼭지를 물리지 않았다던가?

코러스장

아뇨, 물렸다고 해요. 뱀이 빨아낸 젖에
굵은 핏덩이가 섞여 나왔답니다.

오레스테스

분명히, 이 꿈은 결코 헛된 환상이 아닐 것이오.

코러스장

그녀는 놀라 소리를 지르며 잠에서 깨어났어요.
깊은 밤이라서 꺼져 있던 궁 안의 수많은 횃불이
재빨리 켜져 왕비님의 방과 홀을 환히 밝혔어요.
그런 일이 있고 난 후에, 그녀는 애도의 제물을
무덤으로 보낸 것이죠. 위협적인 재앙을 막아 줄
확실한 수단이 되기를 바라면서.

오레스테스

아버지의 무덤인 대지여,
당신에게 애원하니, 부디 나를 위해
이 꿈속의 환상대로 성취되게 해주소서.
진실로, 저는 이 꿈이 앞으로 분명
들어맞을 거라고 풀이합니다.
왜냐하면 내가 태어난 것과
같은 배에서 그 뱀이 태어났고,
내가 누워 있던 그 포대기에 싸여 있었고,
내가 빨던 바로 그 젖가슴을 세게 빨아서
그 달콤한 젖에 갓 흘러나온 핏덩이가 섞여 있었고,
그 여인이 아파 놀라서 비명을 질렀다면,
그녀는 그런 무서운 괴물을 나은 것이니,
분명히 끔찍하고 잔혹한 죽임을 당할 것입니다.
뱀처럼 난폭하게 몸을 일으켜 나는
그녀를 살해할 것이오. 꿈이 그녀에게 알려 준 것처럼.

코러스장

그대를 이 끔찍한 꿈의 해몽가로 받아들이겠어요.
아무쪼록 그렇게 되어야지요!
그러나 이제 친구인 우리에게 말해 주세요.
누가 그대와 함께 행동하고 누가 하지 않을지를 말입니다.

오레스테스

두 마디면 됩니다. 누이는 궁으로 돌아가세요.
그러나 이 계획을 절대 입 밖에 내지는 마세요,
그들 둘이서 간계를 써서 고귀한 남편을 살해했듯이,
그들 역시 똑같은 간계에 넘어가
같은 죽음의 올가미를 쓰게 되리라는 것을 말이에요.
록시아스께서, 한 번도 거짓말을 한 적이 없는
예언자이신 아폴론께서 명령하신 대로 말이에요.
나는 타국에서 온 나그네처럼 꾸며
필요한 여행 장비를 모두 갖추고
이 사람과 함께 궁궐 문으로 갈 것입니다.
우리 집안과 친척같이 지내는
친구이자 동맹자인 이 필라데스와 함께 말이에요.
그때 거기서 우리 두 사람은
포키스 지방의 낯선 말투를 흉내 내어
파르나소스[19] 억양을 쓰기로 하겠습니다.
그러나 어쩌면 문지기가 우리를

---

19 그리스 중부 코린토스 만의 포키스 지방 델포이 북쪽에 위치한 높은 산. 그 남쪽 사면에 아폴론의 신탁으로 유명한 델포이가 자리 잡고 있다. 예술을 보호하는 무사Musa 여신들의 고향이기도 하다.

반갑게 맞아 주지 않을지도 모르지요.
잇따른 재앙으로
성 안은 온통 제정신이 아닐 테니까.
우리는 누군가 그곳을 지나던 이가 우리를 보고
다가와 이렇게 말할 때까지 기다릴 거예요.
〈왜 아이기스토스는 성문 앞에 탄원하러 온
사람을 외면하는 거지? 그는 성 안에 있는가?
이 일을 모르고 있는 걸까?〉
성문의 문턱을 넘어서게 되면
그자가 내 아버지의 거룩한 왕좌에 앉아 있든,
아니면 몸을 일으켜 내 쪽으로 걸어오고
나는 그자와 정면으로 눈을 마주하고 서 있든,
〈나그네여, 그대는 어디서 온 누구인가?〉라고
그자가 묻기도 전에, 날렵한 칼로
그자를 찔러 죽여 쓰러뜨릴 것입니다.
그러면 이미 충분히 살인의 맛을 본
복수의 여신도 역시 생생한 피가 담긴
세 번째 잔을 마시게 될 것입니다!
누이는 궁 안에서 모든 일이 나에게
잘 맞게 진행되도록 경계하고 있어야 합니다.
그대들에게는 경고하고 부탁하니
입을 조심하고 침묵을 지킬 것이며
적당하거나 도움이 될 때에는 말을 하시오!
그 밖의 다른 일은 내게 이 칼로
피의 대결을 벌이라고 명령하신
그분[20]에게 맡기도록 합시다.

(코러스를 제외하고 모두 퇴장한다.)

좌측 코러스 1

대지는 공포를 불러일으키는
무서운 괴물들을 수없이 기르고,
바닷속 깊은 심연에는
인간을 노리는 괴물들의 무리가 있고,
하늘과 땅 사이에는
횃불처럼 유성들이 불을 뿜는다.
그리고 공중에는 새들이, 숲에는 짐승들이
휘몰아치는 폭풍이 구름을 몰아갈 것을
두려워하고 있다.

우측 코러스 1

그러나 인간의 파렴치하고 대담한 교만과
비길 것이 무엇이며,
인간들에게 고통을 수반하는
뻔뻔하고 욕정에 빠진 여인의 분별없는 욕망과
비길 것이 무엇이랴?
여인의 강력하고 제어할 수 없는 욕정은
심지어 짐승의 욕정마저도 능가하는 것을.

좌측 코러스 2

들뜬 마음으로 허황된 놀이를 추구하지 않는
그대들은 귀를 기울여 들어라,

20 아폴론을 가리킨다.

일찍이 알타이아[21]가,
자식을 살해한 그 여자가 꾸몄던 일을.
몰래 불태워 살해한 일을!
그 여인은 자기 아들이 어머니의 배 속에서
태어날 때부터 함께해 왔던
생명의 장작개비에 직접 불을 붙여
결국 아들의 목숨을 끝내고 말았도다.

우측 코러스 2

그와 비슷하게 모든 사람의 입에 오르내리는
가공할 만한 이야기가 또 하나 있으니,
그것은 피에 물든 스킬라에 대한 이야기이다.
그 여인은 적을 위하여
자신에게 소중한 사람을 살해했다.[22]

21 Althaea. 칼리돈의 왕비. 아들 멜레아그로스Meleagros가 태어나던 날 운명의 여신들이 나타나 지금 화로에서 타고 있는 장작이 다 타고 나면 아이가 죽게 되리라고 예언하자, 이를 막기 위해 장작을 불 속에서 꺼내 불을 끈 다음 조심스럽게 감춰 둠으로써 아들의 목숨을 살린다. 이 아들은 성장하여 아탈란테Atalante라는 사냥꾼 처녀를 사랑하게 된다. 그러나 이 여인을 못마땅하게 여기던 외삼촌들이 아들에게 살해되자, 소식을 전해 들은 어머니 알타이아는 걷잡을 수 없는 고통에 빠진다. 아들을 선택할지, 아니면 여자에 빠져 자기 오빠들을 죽인 아들에게 원수를 갚을지 고민하던 그녀는 결국 아들을 죽여 오빠들의 원수를 갚기로 한다. 그리하여 아들이 태어났을 때 감추어 둔 타다 만 장작개비에 불을 붙이고, 멜레아그로스는 목숨을 잃는다. 아들이 죽자 어머니도 자살하고 만다.

22 스킬라Scylla는 메가라의 왕 니소스Nisos의 딸이다. 그가 크레테의 왕 미노스Minos에게 포위되었을 때, 미노스는 황금 목걸이로 그녀를 매수한다. 이에 넘어간 그녀는 아버지가 잠들었을 때 그의 불사(不死)의 머리칼을 잘라 버린다. 이 때문에 메가라는 미노스 왕에게 함락되고 니소스도 죽는다. 그러나 나중에 스킬라도 미노스 왕에 의해 물속에서 익사하고 만다.

미노스가 그녀에게 준
황금이 박힌 목걸이에 매혹된 그 여인은
개만도 못한 생각에 빠져
아버지 니소스가 잠들어 있을 때
직접 아버지의 불사의 머리칼을 잘라 버렸다.
그리하여 헤르메스가 그를 지하로 데려가고 말았도다.

좌측 코러스 3

나도 그런 잔혹한 행위들이 생각났으니,
집안에 파멸을 가져다준
사랑 없는 결혼 이야기와
적을 공포에 떨게 했던 용감한 남편을 쓰러뜨린 여인의
간사한 계략에 대해 말해야겠다.
한때 아늑했던 집안의 화로는 불이 꺼져 버리고
이제는 비겁한 여자의 창검 아래에
굴복해야 하는구나.

우측 코러스 3

온갖 참혹한 일들 가운데서도
렘노스 섬에서 있었던 일이 가장 잔혹했으니,[23]
모든 사람들은 그 끔찍한 일을 아직도
탄식하며 입에 올리고 있다.

---

23 그리스 신화에서 렘노스 섬의 여인들이 미의 여신 아프로디테에게 제사를 올리지 않자 이에 모욕을 느낀 여신은 그 여인들의 몸에서 악취가 나게 한다. 이에 남편들이 그들을 멀리하고 트라키아 출신의 여종들하고만 잠자리를 하게 되었다. 결국 질투심을 느낀 여인들은 남자들을 모두 죽이고 여인 천하를 만든다.

지금의 이 악행도 훗날에 가서는
렘노스의 끔찍한 범행에 비유되리라.
아, 신들도 증오하는 그 고통스러운 일이여!
그런 짓을 한 인간 종족은 명예를 잃고 멸망하고 말았다!
왜냐하면 신들의 은총을 잃은 것을
존중해 주는 사람은 아무도 없으니까!
내가 말한 이야기 가운데 틀린 것이 있는가?

좌측 코러스 4

정의의 여신의 손에 들린 칼은
신에 대한 외경심을 발로 짓밟고
그분의 정의를 위배한 자의
가슴을 찔러 깊은 상처를 입히리라.
그렇게 하는 것이 온당하니까!

우측 코러스 4

정의의 확고한 기반이 흔들렸다.
운명은 이미 망치를 두드려
칼을 만들고 있다.
그들은 먼 옛날에 흘린 끔찍한
피의 대가를 치르게 하려고
아들을 집으로 돌려보내고 있다.
사려 깊은 복수의 여신들이.

(다음 장면은 아트레우스 가문의 궁전 앞뜰에서 펼쳐진다. 오레스테스와 필라데스가 여행자 차림을 한 몇 명의 동행인들과 함

께 등장한다.)

오레스테스

여봐라! 여봐라!
이 바깥 성문을 두드리는 소리가 들리는가!
거기 아무도 없는가? 여봐라!
어이, 시종이 있느냐, 문을 열어라!
세 번째로 부르니, 어서 나와 문을 열어라,
아이기스토스의 통치하에서
이 집이 아직도 손님을 우대한다면!

(시종 하나가 궁전의 옆문에서 나와 문을 열어 준다. 오레스테스와 필라데스는 동행인들과 함께 안으로 들어선다.)

시종

예, 듣고 있습니다! 나그네는 어디서 온 뉘신지요?

오레스테스

여기 이 궁성의 높으신 주인들에게 전해 다오.
내가 소식을 갖고 그분들을 찾아왔다고 말이다.
서둘러라. 어둠의 수레를 타고 밤이 이미 다가오고 있다.
나그네가 손님을 받아 주는 집에
닻을 내리고 쉴 시간이 되었다.
이 집을 다스리는 누군가가 나와 주면 좋겠다.
안주인이나, 아니, 남자 쪽이 더 좋겠지.
여자하고는 어색함을 느끼다 보면

분명한 이야기를 못 하겠지만,
남자 대 남자로는 더 솔직하게 이야기하고
하고 싶은 말을 분명하고 자세하게 할 수 있으니까.

(시종이 퇴장한다. 클리타임네스트라가 몇 명의 시녀들과 시종들의 호위를 받으며 옆문에서 등장한다.)

클리타임네스트라

나그네들이여, 무슨 일인지 볼일을 말하시오.
우리 궁에서 할 수 있는 일이라면 무엇이든
그대들을 위해 준비되어 있소.
따뜻한 목욕물과 피로를 풀어 줄 잠자리,
그리고 친절한 대접도 받으리라.
그대들에게 좀 더 중요한 볼일이 있다면
그것은 남자들의 일이니, 곧 남자들에게 전하겠소.

오레스테스

저는 멀리 포키스의 다울리스에서 왔습니다.
개인적인 일을 보러
짐을 지고 아르고스로 오다가
— 물론 이곳에도 올 생각이었지요 —
도중에 어떤 모르는 사람을 만났는데,
그는 제가 가는 길을 묻고 난 다음에 이야기했습니다.
포키스의 스트로피오스라는 사람이었는데
이렇게 말하더군요.
〈친구여, 만약 당신이 어쨌든 아르고스로 가야 한다면,

오레스테스의 부모를 찾아가
— 그들이 어디 사는지는 쉽게 알 수 있을 것이오 —
그가 이미 죽었다고 전해 주시오.
그리고 부디 잊지 말고
친족들이 그의 유골을 집으로 돌아오기를 원하는지
아니면 머나먼 객지에
영원히 묻히기를 원하는지 물어
돌아와서 그들이 원하는 바를 내게 전해 주시오!
왜냐하면 많은 애도의 눈물을 흘리게 한 그의 유골이
지금 청동 단지 안에 들어 있으니 말이오.〉
저는 들은 대로 전해 드렸습니다.
제가 지금 말씀드리는 분들이 그 말을 들어야 할
집안의 가까운 분이신지는 모르겠지만,
그의 아버지께서 아셔야 할 것 같습니다.

클리타임네스트라
아, 슬프도다! 그대가 한 말은
우리를 완전히 쓰러뜨리고 마는구려!
이 집안을 따라다니는 항거할 수 없는 저주여,
너는 우리를 엿보면서
이미 안전하게 피해 놓은 것조차도
멀리서 활로 정확히 쏘아 파멸시켜 버리는구나!
너는 가련한 나에게서 사랑하는 사람들을
모두 빼앗아 가고 있다! 이제는 오레스테스마저.
그 애는 충고를 잘 받아들여 죽음의 구렁텅이
가장자리에서 발을 빼 멀리 가 있었는데,

이곳에서 벌어지는 사악한 광란을
언젠가는 치유하리라는, 우리의 희망이었던 그를,
너, 저주의 말이 없애 버렸구나!

오레스테스

오, 이처럼 부유하고 고귀한 분들의 집에
손님으로 온 제가 좋은 소식을 가져와
오늘 친구로서 환영을 받을 수 있었다면 좋았으련만!
나그네에게 손님으로 대접받는 것보다
더 소중한 것이 대체 무엇이겠습니까?
그러나 그런 소식을 가족들에게 전하지 않는 것은
제게 불경한 일로 보였습니다.
그러기로 약속을 한 데다,
또 여기서 손님으로 환영을 받았으니까요.

클리타임네스트라

그렇다고 해서 그대가 응분의 대접을
제대로 못 받는 일도 없을 것이니와,
이 집에서 덜 소중하신 것도 아닙니다.
그대가 아니라도 다른 사람이 그 소식을
나중에 우리에게 전해 왔을 테니까요.
이제 온종일 걸어오신 나그네들을
편하게 해드릴 시간이 되었군요.
(시종들 가운데 한 명에게)
이제 손님을 위해 열어 둔
남자들의 객실로 이분을 안내하라,

이분의 하인과 동행인도.
그곳에서 편한 대로 지내시도록 해라.
너는 내 명령을 받았으니
책임을 지고 보살피도록 하라.
우리는 이 일을 이 집의 주인에게 사실대로 전하고,
가까운 친구들을 찾아 이 불행한 일에 대해
상의하러 가야겠구나.

(코러스만 남고 모두 퇴장한다.)

코러스장

일어나라, 충직한 이들이여!
일어나라, 시녀들이여!
지금이 아니면 언제, 언제 우리가
오레스테스 님을 위해
우리의 기도가 가진 힘을 바치리오?

코러스

신성한 대지여, 신성한 무덤의 봉분이여,
그대는 지금 예전에 함대의 사령관으로서
강력하셨던 대왕의 시신을 품고 계시니,
오, 이제 우리의 기도를 들으시고,
우리를 도와주소서!
페이토[24]여, 이제 속임수를 써서 도와주소서.
그리고 지하의 헤르메스께서도
함께 싸움에 나가시어, 밤의 신께서

그대를 매서운 칼의 대결에 충실하게 안내해 주시기를!

(오레스테스의 유모인 킬리사가 옆문에서 등장한다.)

코러스장

보아하니 저 나그네는
안 좋은 소식을 가져온 것 같군요.
저기 오레스테스의 유모가 눈물을 흘리며
다가오고 있는 것이 보여요.
킬리사, 궁문을 나와 어디로 가시오?
오늘 보아하니 슬픔을 짊어진 채 가고 있구려.

킬리사

주인마님께서 나보고 지체 없이
아이기스토스 님을 저 나그네들에게
모셔다 드리라고 하셨어요.
그분이 오면 남자 대 남자의 대면으로
그들이 가져온 소식을
직접 들을 수 있을 거라고요.
마님은 하인들 앞에서는 슬퍼하지만,
음침한 눈 속에는 웃음을 감추고 있어요.
지금 그 여자에게는 가장 기쁜 일이 일어났지만,
그 나그네들이 이 소식을 전해 준 것이

---

24 Peitho. 사랑과 미의 여신인 아프로디테의 수행자이자 설득의 여신. 〈설득〉은 특히 고대 그리스의 결혼식에서 신랑 측의 중매인이 신부 측의 아버지를 설득하여 결혼을 성사시키는 데 중요한 역할을 하였다.

이 집안으로서는 더할 나위 없이 슬픈 일이 되었지요!
예, 물론 아이기스토스 그 사람은
이 소식을 들으면 진심으로 기뻐할 거예요.
오, 나의 이 가련한 팔자여!
예로부터 지금까지 여기 이 아트레우스의 오래된 가문에
이런저런 갖가지 극심한 불행이 일어나
내 마음을 갈가리 찢곤 하였지만,
그래도 오늘과 같은 이런 슬픔을 겪어 본 적은 없었다오!
다른 모든 슬픔은 인내심으로 끝까지 참고 견뎌 왔건만.
나의 오레스테스 님,
내 마음의 기쁨이었던 그분은 어머니 배 속에서
나오자마자 내가 받아서 길렀어요.
아이가 울며 보챌 때면 밤잠도 안 자며 보살폈고
수많은 괴로운 일도 참아 왔지만,
이제 아무 소용이 없게 되었어요.
알다시피 그런 철없는 어린애는 분별심을 갖고
귀여운 가축처럼 키워야 하지요.
포대기에 싸인 그런 갓난아이는 배가 고프든,
갈증이 나든, 오줌을 쌌든 말을 못하니까요.
어린아이의 배는 제멋대로니까요.
그런 것은 미리 알아서 보살펴 줘야 해요.
가끔은 속아서 포대기를 빤 적도 있죠.
빨래도 하고 유모 노릇도 동시에 했어요.
그렇게 나는 두 가지 일을 직접 하였고,
오레스테스 님을 그분의 아버님을 위해서 맡아 길렀어요.
그런데 이제 유모인 내가,

그분이 죽었다는 소식을 듣다니.
이제 우리 집을 더럽힌 그 남자에게 가야 합니다.
그는 내가 전하는 소식을 들으면 기뻐하겠지요!

코러스장

마님께서 어떻게 그자를 데려오라시던가요?

킬리사

어떻게라니요? 한 번 더 말해 봐요,
제대로 알아들을 수 있도록!

코러스장

오, 그의 호위대를 거느리고 오라시던가요, 아니면 혼자서?

킬리사

창을 든 부하들과 함께 오라고 하셨어요.

코러스장

그럼 그대가 미워하는 그 주인에게는
그 말을 전하지 말고, 혼자 가서
두려워하지 말고 소식을 들으라고 말하세요.
가서 주저하지 말고 그에게 그렇게 알리세요.
그리고 기뻐하세요. 어떤 소식은
그대로 전하지 않는 것이 더 낫기도 하지요!

킬리사

그러면 그대도 이런 소식을 들어서 기쁘다는 말인가요?

코러스장

언젠가 제우스의 의지가
모든 재난의 방향을 바꿔 놓을 거예요!

킬리사

어떻게 그렇게 되죠? 이 집의 희망인
오레스테스 님은 죽었어요!

코러스장

죽지 않았어요. 엉터리 예언자라도 그것을 알 수 있죠!

킬리사

무슨 말을 하는 거예요?
전해진 것이 사실과 다르다는 말인가요?

코러스장

가서 소식을 전해요! 내가 그대에게 말한 대로 하세요.
무슨 일이 어떻게 일어날지는
신들의 손에 달려 있으니까요!

킬리사

가서 전적으로 그대의 뜻대로 전하지요.
오, 신들의 은총에 따라 일이 잘되면 좋으련만!

(킬리사가 퇴장한다.)

좌측 코러스 1

이제 저의 기도를 들어주소서,
지복하신 신들의 아버지 제우스여.
이 집안의 운명 위에
주사위가 던져지는 것을
기쁜 눈으로 바라보게 해주소서!
제가 드리는 말씀은 모두 바른 말이니,
제우스여, 아무쪼록 그분을 지켜 주소서!

코러스 간주곡

아! 아! 제우스여,
오, 이 궁 안에 들어오신 그분에게,
그에게 저 증오하는 자들을 내맡기소서!
그에게 승리를 내려 주신다면,
그는 기꺼이 두 배 세 배로 그 죄악에 대한
속죄를 당신 앞에 치르게 할 것입니다!

우측 코러스 1

예전에 우리의 소중한 주인이셨던 분의 아들로서
홀로 되신 그분이 괴로움의 멍에에
매여 있다는 것을 알아주소서.
아무쪼록 그분이 절도를 지켜
무사히 갈 길을 가도록 해주소서!
그분이 성급히 발을 바꿔 가며 달려갈 때

누가 올바른 절도를 지켜
안전한 목표에 도달하게 지켜 주리까.
그분이 성급히 발을 바꿔 가며 달려갈 때.

좌측 코러스 2

이 성 안의 화려한 방 안에 거주하시며
자랑스러운 부(富)를 수호하시는
자비로운 신들이시여, 우리의 기도를 들어주소서.
그리고 당신들의 힘을 보여 주소서!
옛날에 저지른 파렴치한 행위 때문에 흘린 피의 살인죄를
새로운 정의의 심판으로 갚아 주소서!
오래된 살인이 이 집안에서
더 이상 살인을 낳지 못하도록 하소서.

코러스 간주곡

저기 성문 곁의 높고 웅장한 사당에
거처하시는 분[25]이시여, 그분의 가문이
다시 밝은 눈으로 세상을 바라보게 해주소서.
그분의 집이 자유를 누리게,
암흑의 베일이 뒤덮고 있던 찬란한 광명을
기쁜 눈으로 바라보게 해주소서!

우측 코러스 2

마이아[26]의 아들이시며, 모든 신들 가운데
가장 발이 빠르신 헤르메스께서도

---
25 아폴론을 가리킨다.

일이 쾌히 잘되도록 도와주소서!
그분은 숨겨진 많은 일들을 밝혀 주시지만,
분간도 할 수 없도록 인간의 눈에
어둠을 덮으시어, 한낮에도
그 뜻을 알 수 없게 하시는 분이기도 하지요.

좌측 코러스 3

그때가 되면, 오, 그때가 되면
모든 공포를 쫓아내는 목소리가
여인의 입에서 흘러나와, 기쁨의 노래를
악기에 실어 매혹적으로 힘차게 이렇게 부르리라.
〈그것을 통해 도시가 구원받았도다!
나도 역시, 기쁨이 넘쳐 나는구나!
불행은 사랑하는 이들로부터 멀리 사라져 갔도다!〉

코러스 간주곡

그리고 왕자님, 그런 일이 일어날 때
그대가 해야 할 몫이 돌아오거든 용기를 내세요!
그 여인을 아버지의 이름을 부르며
쳐서 쓰러뜨리세요!
단호하게 행동하세요!

26 Maia. 티탄 신족(神族) 아틀라스Atlas와 플레이오네Pleione 사이에서 태어난 딸. 아르카디아 지방에 있는 키레네 산의 동굴에서 제우스의 아들 헤르메스를 낳았다. 그리고 마이아를 비롯한 플레이아데스Pleiades 일곱 자매는 나중에 별자리가 되었다. 헤르메스는 여행자를 보호하고, 주로 신들의 뜻을 인간에게 전하는 전령 역할을 하는 신으로, 올림포스의 열두 신 중 하나이다.

그리고 그 모든 것을 물리친 것을 기뻐하세요!

우측 코러스 3

두려워하지 말고 페르세우스[27]처럼
행동하세요! 마음을 굳게 가지세요!
지하에 있는 당신 친척들의,
그리고 이승에 있는 당신의
소중한 이들의 원한을 풀기 위해
가장 슬픈 일을 단행하세요!
저 집안에서 이제 피비린내 나는
끔찍한 일이 벌어지게 하세요!

(아이기스토스가 호위 없이 혼자서 등장한다.)

아이기스토스

나는 나를 부르는 전갈을 받고
여기에 왔노라.
듣자니, 타국에서 온 나그네들이
우리에게 여러 가지 소식을 가져왔지만
반가운 것은 아니고, 오레스테스가 죽었다는 것이라는
말을 들었다. 피로 얼룩진 이 집안은
옛날의 상처와 슬픔에 아직도 젖어 있는데,
또다시 새로운 슬픔의 고통을 짊어지게 된 것 같구나.
그것이 정말로 사실인 것이냐?

---

27 Perseus. 그리스 신화에 나오는 영웅. 머리칼이 뱀으로 되어 있어서 보는 이를 놀래 돌로 변하게 했다는 괴물 고르고Gorgo의 목을 베었다.

아니면 여인들의 공포심에서 생겨난 풍문으로
하릴없이 허공을 떠돌다가 사라져 버리는
뜬소문에 지나지 않는 것이냐?
너는 혹시 그것에 대해 확실한 것을 알고 있느냐?

코러스장

물론 우리도 들었습니다. 하지만
안으로 들어가셔서 나그네들에게 직접 물어보세요.
전령이 전하는 말은 별로 가치가 없지요.
그 나그네들한테서 직접
모든 이야기를 들으실 수 있을 테니까요.

아이기스토스

소식을 전한 나그네가 과연
그가 죽을 때 그 자리에 있었는지,
아니면 뜬소문을 듣고서 전한 것인지
직접 물어보아야겠다.
내 마음의 예리한 눈은 아무도 속일 수 없으니까.

(궁 안으로 퇴장한다.)

코러스장

제우스여, 제우스여,
제가 무슨 말을 하면 좋을까요?
열렬히 기도를 드리고, 소원을 빌면서
먼저 뭐라고 호소해야 할까요?

마음속에서 밀치고 나오는 것을 뭐라고
표현해야 되겠습니까?
이제 피비린내 나는 싸움이 일어나
살인을 한 칼의 속박을 벗어난 분노가
이 땅에서 아가멤논 님의
소중한 가문이 사라지게 만들거나,
아니면 그분이 찬란히 타오르는
자유의 횃불을 켜고 싸워서 선조들의
합법적인 왕권과 행복한 삶을 되찾아 올 때입니다.
이렇게 고귀한 오레스테스 님께서는
혼자서 동시에 두 사람에게 맞서
단호한 투쟁에 들어섭니다.
부디 그가 승리하게 해주소서!

아이기스토스

(무대 뒤에서)
앗! 사람 살려, 사람 살려!

코러스

들어 봐요! 오, 들어 봐요! 어떻게 되었을까요?
궁 안에서 모든 일이 끝난 것일까요?

코러스장

우리는 멀리 떨어져 있기로 해요.
일이 끝나기까지 우리는 이 끔찍한 일에
가담하지 않은 것처럼 보이도록 말이에요.

지금 그 싸움은 의도한 대로 끝났으니까요.

(코러스는 무서워하면서 얼굴을 돌린 채 옆으로 비껴 선다. 잠시 시간이 흐른다.)

시종

(궁에서 허겁지겁 뛰쳐나오며)
아, 큰일 났다! 주인님이 살해되셨다!
큰일 났다!
큰일 났다!
아이기스토스 님은 더 이상 이 세상 사람이 아니다!
오, 문 열어라, 문 열란 말이다.
(여인들이 거처하는 궁의 문을 두드린다)
어서 빨리 문을 열어라! 어서 왕비님이 계신 궁으로
가는 문의 빗장을 열어라! 도움이 필요하다.
죽은 사람을 돕기 위해서는 아니다.
그는 죽었는데, 무슨 소용이 있으랴! 여봐라, 여봐라!
(계속 되풀이해서 문을 두드린다)
아무리 불러도 소용이 없으니 모두 귀머거리인가,
아니면 잠들었나! 클리타임네스트라 님은 어디 계시오?
아직도 지체하고 계시오?
이제 조금 있으면 그분의 머리도
심판을 받아 정의의 칼에 떨어질 모양이구나!

클리타임네스트라

(누구의 호위도 받지 않고 장식도 몸에 걸치지 않은 채 빠른

걸음으로 등장한다)

무슨 일이 일어났느냐?
궁 안에서 왜 그리 고래고래 소리를 지르느냐?

시종

죽은 사람이 산 사람을 죽이고 있습니다!

클리타임네스트라

아, 슬프도다!
수수께끼 같은 네 말 뜻을 나는 잘 알겠다!
우리가 예전에 간계로 그를 죽였듯이,
이제는 간계가 우리를 죽이는구나!
(궁 안에 대고 말을 한다)
예리한 손도끼를 가지고 나오너라!
우리가 이길지, 아니면 질지 두고 보자!
이제 내가 겪을 고통은 여기까지 왔구나!

(오레스테스와 필라데스가 피가 뚝뚝 떨어지는 칼을 들고 궁전에서 걸어 나온다. 궁전의 문은 열린 채로 있다.)

오레스테스

당신도 찾고 있었습니다!
그자는 충분히 응징을 받았으니까요!

클리타임네스트라

슬프도다. 사랑하는 아이기스토스여,

당신이 살해되다니요!

오레스테스

그자를 사랑한다고?
그렇다면 그자와 한 무덤에 누우시오.
그러면 당신은 죽은 그자를 결코 배신하지 못할 테지요!

클리타임네스트라

멈춰라, 오, 내 아들아, 이 젖가슴을 봐서라도.
오, 애야! 네가 잠결에도 자주 네 입술로
달콤한 젖을 빨던 이 어미의 젖가슴 말이다!

오레스테스

어찌해야 하느냐, 필라데스?
어머니의 피를 흘리게 하는 것이 나는 두려운 걸까?

필라데스

그러면 아폴론 신전에서 들은
또 다른 예언은 어떻게 되겠는가?
우리가 맹세한 그 진심은? 모든 사람을
적으로 삼더라도 신을 적으로 삼지는 말게!

오레스테스

자네 말이 옳다. 자네는 올바른 충고를 해주었어!
(클리타임네스트라에게)
따라오시오. 그자 옆에서 당신을 죽이겠소!

살아 있을 때도 그자가 아버지보다 더 당신에게
소중했으니, 죽어서도 그자 곁에 잠드시오.
당신은 그자를 사랑했으니까요.
당신이 마땅히 사랑했어야 할 분은 증오했고요!

클리타임네스트라

나는 너를 길렀다.
그러니 너와 함께 노년을 보내게 해다오!

오레스테스

아버지를 살해한 당신이 나와 함께 살겠다고?

클리타임네스트라

애야, 일이 모두 이렇게 된 데는 운명의 탓도 있단다!

오레스테스

그렇다면 당신을 죽이는 것도 운명의 탓이겠군요!

클리타임네스트라

오, 아들아, 그렇다면 너는
네 어머니의 저주가 두렵지 않느냐?

오레스테스

나를 낳은 당신이 나를 불행 속으로 내던졌지요!

클리타임네스트라

내던진 것이 아니라 친구의 집에 보낸 것이란다!

오레스테스

나는 자유인인 아버지의 아들인데도 수치스럽게 팔려 갔어요!

클리타임네스트라

내가 너를 팔아서 받은 대가가 어디에 있느냐?

오레스테스

그런 모욕적인 말을 하다니, 수치스럽소!

클리타임네스트라

그렇다면 네 아버지가 잘못한 것에 대해 나도 역시 침묵하지 않겠다!

오레스테스

밖에서 싸운 사람을 집 안에 머물면서 심판하지 마시오!

클리타임네스트라

남편과 떨어져 사는 것은 여자에게는
매우 힘든 일이란다, 오, 애야!

오레스테스

남편이 밖에서 수고하는 것은 집 안에

조용히 앉아 있는 여자를 먹여 살리기 위해서지요!

클리타임네스트라

너는 나를, 네 어미를 죽이겠다는 것이냐, 아들아?

오레스테스

내가 죽이는 것이 아닙니다.
당신이 당신 스스로를 죽이는 것입니다!

클리타임네스트라

너! 너는 어미의 원한에 찬 개들[28]을 조심하여라!

오레스테스

만약 당신을 놓아준다면,
내 아버지의 개들은 어떻게 피하죠?

클리타임네스트라

산 사람인 내가 무덤에 대고
쓸데없이 눈물로 넋두리를 하는 것 같구나!

오레스테스

아버지의 운명이 당신에게 이런 죽음을 내리는 것이지요!

---

28 만약 클리타임네스트라가 살해될 경우 그녀의 피가 부르게 될 복수의 여신들을 암시하고 있다.

클리타임네스트라

슬프구나! 이런 뱀을 내가 낳아서 길렀다니!

오레스테스

당신이 꾼 악몽은 너무나 정확한 예언이었어요!
해서는 안 되는 일을 했으니,
역시 받아서는 안 될 고통을 받으시오!

(그는 클리타임네스트라를 궁 안으로 질질 끌고 들어간다. 코러스는 불안한 듯 가까이 다가간다.)

코러스장

우리는 또한 슬퍼하노라!
그리고 슬프지만 이제 오레스테스가
여러 차례 벌어진 살인의 왕좌에 올랐으니,
우리도 역시 기도를 드리자.
이 집의 소중한 눈[眼]이신 그분이
비참하게 파멸하지 않도록!

좌측 코러스 1

프리아모스의 왕가에도 심판이 내려졌다.
무거운 발걸음으로 분노에 찬 복수가,
아가멤논의 집에 두 마리의 사자가,
두 전사가 쳐들어왔으니
피톤의 동굴에서 신탁을 받은 오레스테스가
신의 도움에 위안을 얻어

과감히 행동에 나섰구나!

코러스 간주곡

환호하자, 오, 환성을 올리자.
이 숭고한 집안이 마침내 저주에서 벗어난 것을.
재산을 탕진한 두 살인자의
종말을 마침내 보게 되었으니!
모든 고난이 끝나게 되었다!

우측 코러스 1

복수가, 계략을 품은 채 잠복해 있던
복수가 투쟁을 위해서
앞으로 나섰도다.
그 싸움에 제우스의 진정한 따님이
도움의 손길을 주셨으니, 그분을
우리 인간들은 정의의 여신이라 부른다.
여신께 적대하는 모든 자들에게
그 대가로 죽음의 입김을 불어넣으시는
그분이 하시는 일은 적절하도다.

좌측 코러스 2

파르나소스 땅의
깊고 어두운 동굴에 기거하시는 록시아스께서
예전에 술책을 쓰지 않고 신탁을 내리셨다면,
정의의 여신은 오랫동안 기다리며
살해한 여인에게 속임수를 써서 접근하셨다.

그렇게 신성은 승리하였다.
정의의 여신은 악한 자들을 돕지 않으시니,
그러므로 하늘에서 지배하는 신들을
공경해야 하는 법!
나는 빛을 우러러볼 수 있게 되었다!

코러스 간주곡

무거운 멍에가 이제 그 가문의 머리에서
떨어져 나갔구나.
오, 가문이여, 일어서라!
오랫동안, 너무나 오랫동안 너는
먼지 속에, 저주의 무게에 눌려
깊이 몸을 숙이고 누워 있었도다.

우측 코러스 2

재앙의 힘을 몰아내는 속죄의 정화가
온갖 공포를 오염된 화덕으로부터 몰아내면,
모든 것을 이루는 시간이 머지않아
이 집의 문을 지나가게 되리라.
그러면 미래의 운명은
우리의 눈앞에 환히 빛날 것이며,
다음과 같이 외치리라.
〈이 집에 함께 살고 있는 자들,
그들은 머지않아 완전히 추방되리라!〉
나는 빛을 우러러볼 수 있게 되었다!

(궁전의 문이 열린다. 오레스테스가 들것 옆에 서 있다. 그의 양손에서는 피가 뚝뚝 떨어지고 있다. 들것 위에는 아이기스토스와 클리타임네스트라의 시신이 천으로 반쯤 덮인 채 누워 있다. 배경에는 남녀 노예들이 서 있으며, 그들 중 두 사람이 클리타임네스트라가 아가멤논을 살해할 때 그의 몸 위에 던졌던 거대한 천을 들고 있다. 수많은 시민들이 오케스트라가 있는 곳으로 밀려들어 와 있다. 그들에게 오레스테스가 말한다.)

오레스테스
그대들은 여기 이 나라의 두 폭군이
누워 있는 것을 보고 있소.
내 아버지를 살해하고 부유하기 그지없던
그분의 가산을 탕진한 자들이라오!
예전에 이들은 왕좌를 차지한 채
오만한 위엄을 부렸지.
그런데 지금은 이들의 운명이 보여 주듯이,
사랑이 아직도 그들을
하나로 이어 주고 있는 것 같구려.
이들은 예전에 한 자신들의 맹세를
아직도 충실히 지키고 있다오.
그들은 함께 내 아버지를 죽이기로 맹세했고,
그들이 맹세한 대로 되었소.
그러나 이 고통을 목격하는 그대들은
불쌍한 내 아버지를 덮쳤던 그물인
이 흉악한 물건을 보고 있소.
그분의 손발을 묶고 두 발을

억눌렀던 것 말이오!
그대들은 그것을 넓게 펼쳐서, 영웅을 잡았던
간계의 그물을 주위에 돌려서 보시오.
아버지께서 그것을 보시도록,
내 아버지가 아니라 이 모든 일을,
내 어머니의 저주받을 소행을 보신 태양신 말이오.
그래야만 그분께서 언젠가 내가 심판을 받을 때
나를 위해 증언해 주실 수 있을 것이오.[29]
내가 어머니를 뒤쫓아 이렇게 살인을 저지른 것은
아주 정당한 행동이었다고 말이오.
아이기스토스의 죽음에 대해서는
아무 말도 하지 않겠소.
그자는 간통한 자가 의당 받아야 할 벌을 받았소.
그러나 자식까지 낳아 품에 안았던 여자가
남편에게 그런 사악한 증오를 품었다니.
한때는 소중했던 그녀의 자식이
이제는 알다시피 가장 지독한 적으로 변했소.
그대들은 어찌 생각하시오?
이 여인은 독뱀장어, 독사로 태어나
누구든 물리지 않아도 그 피부에 닿는 것만으로
그녀의 대담함과 극악무도함 때문에
살이 썩어 문드러지고 만다오.

(두 명의 노예가 천을 펼쳐 들고 시민들이 있는 곳을 지나 걸어

[29] 세 부로 이루어진 「오레스테이아」의 마지막 부인 「자비로운 여신들」에서 오레스테스는 모친을 살해한 죄로 아테나의 신전에서 심판을 받는다.

갔다가 그것을 다시 오레스테스에게 가져온다.)

여기 이것을 뭐라고 불러야
그 이름이 어울리겠소?
사냥꾼이 쓰는 덫? 죽은 자의 발을 덮어 주는 수의?
아니면 욕조를 덮는 휘장?
사냥꾼의 그물, 아니면 올가미처럼 발을 붙잡는
저주의 도구같이도 보이는구려.
이런 것은 약탈과 살인을 일삼으며
지나가는 모르는 사람들을 덮쳐서
목숨을 빼앗는 노상강도들이나 쓰는 물건이겠지.
그런 흉계로 수많은 사람을 죽이는 것,
이것이 이 여자의 마음이 늘 갈망하던 것이었다오!
이런 여자를 나는 결코 내 가문의 배우자로
맞지 않을 것이오.
그럴 바에는 차라리, 신들이시여,
제가 자식을 낳지 않고 죽게 해주소서!

코러스장

슬프다, 슬프다! 슬프다, 슬프다!
오, 끔찍한 일이다!
그대는 참으로 비참한 죽임을 당했다!
그러나, 아! 뒤에 남은 사람에게도
고통의 꽃은 만개하리라!

오레스테스

분명 그 여자가 한 짓이지겠지?
여기, 아이기스토스의 칼에 피로 물든 이 겉옷이
그 여자가 한 짓임을 증명하고 있소.
살인의 핏자국을 보면 분명히 오래된 것으로,
저기 자주색 겉옷의 색깔을 지워 놓았소.
이제야 나는 나 자신을 자랑스러워하고,
이제야 나는 여기에 서서 큰 소리로
아버지의 죽음을 탄식하오!
내가 한 행동과 내가 겪은 고통과
나의 일족을 생각하면 슬퍼진다오.
이 승리 끝에 남은 것은
별로 자랑스럽지 못한 핏자국뿐이니까!

코러스

인간이라면 누구도 재난을 겪지 않고
속죄하는 일도 없이
한평생을 살아가지는 못하는 법이지요.
왜냐하면, 아, 고통은 비록 오늘이 아니라도
내일이면 찾아오니까요!

오레스테스

그러나 그대들은 알아 두시오.
이 일의 결말이 어찌 될지는 나도 모르겠소.
나는 비록 마차의 고삐를 잡고 있으나,
가는 길에서 옆으로 벗어난 느낌이라오.

내 마음은 걷잡을 수 없이 마구 끌려가고 있소.
벌써 내 가슴속에는
두려움이 노래를 부르고
그 박자에 장단을 맞추며 춤추고 있소.
친구들이여, 아직 온전한 정신일 때 내 말을 들어 보시오!
내가 아버지를 살해하여
더럽혀지고 신들의 미움을 받은 어머니를 죽인 것은
정의에 맞는 행동이었소.
그리고, 큰 소리로 말하건대,
피톤의 예언자이신 록시아스께서
그분의 말씀을 통해 내게
용기를 불어넣어 주셨소.
그분은 내가 복수를 하더라도
죄를 짓는 것이 아니라고 하셨소.
만약 내가 이 일을 행하지 않았더라면,
말하지 않더라도 그 화살이
나의 운명을 고통스럽게 적중했을 것이오.
그리고 이제 여러분이 보시듯이,
나는 경건하게 이 올리브 가지 화관[30]을
머리에 쓰고 구원을 청하러 세계의 중심으로,[31]
성스러운 아폴론의 신전으로 갈 것이오.

30 고대 그리스에서는 신에게 탄원하러 가는 자는 올리브 가지 화관을 머리에 썼다.
31 그리스 중부에 있는 아폴론의 신전과 신탁으로 유명한 델포이를 가리킨다. 대지의 동쪽 끝과 서쪽 끝에서 동시에 출발한 제우스의 독수리들이 이곳에서 만났다 하여 그리스인들은 델포이를 대지의 배꼽, 즉 세계의 중심이라고 여겼다.

영원히 타오르는
광명의 불꽃을 찾아가겠소.
왜냐하면 육친을 죽인 이 피의 저주를
피하기 위해서, 다른 성화가 있는 곳으로
가서는 안 된다고 록시아스께서
명령하셨기 때문이오.
한 가지 부탁을 드리니,
만약 메넬라오스 숙부께서 이곳 해안으로 귀향하신다면,
그분 앞에서 아르고스의 모든 시민들은
어찌하여 나에게
이런 고통이 주어졌는지 증언해 주셔야겠소!
나는 스스로 고향에서 추방당해
객지를 떠돌 것이며, 비록 죽더라도
내가 이 일을 어찌 처리했는지를 알릴 것이오.

코러스장

그래요, 그대는 훌륭하게 해치웠어요.
그러니 그대의 입에서 나약한 말이나
불길한 징조의 말이 나오지 않도록 하세요.
그대는 아르고스 전체를 해방시켰습니다.
두 독사의 머리를 순식간에,
한꺼번에 베어 버렸으니까요!

오레스테스

아니, 웬 여인들이? 저기 저 여인들을 보시오.
고르곤처럼 검은 옷으로 몸을 감싸고,

머리에 무시무시하게 우글거리는
뱀들을 뒤집어쓰고 있는 저 여인들을 말이오.
더 이상 여기에 머물 수가 없소!

코러스장

어떤 어지러운 환상이
부친께서 가장 사랑하시던 자식인 왕자님을 괴롭히나요?
흔들리지 마세요! 두려움을 이기세요!

오레스테스

저기 나를 위협하는 무시무시한 것은
환상이 아니오. 아니, 이건
피의 원한을 품고 있는 내 어머니의 개들이오!

코러스장

왕자님, 그대의 손에 아직도 묻어 있는
생생한 핏자국 때문에 그대의 마음이
흐려지고 혼란스러워진 것일 뿐입니다.

오레스테스

오, 아폴론이시여!
저들의 수가 점점 불어나고 있소!
눈에서는 소름끼치는 핏방울이 떨어지고 있다오!

코러스장

속죄를 할 방법이 있어요.

아폴론께서 그대를 만지시면, 그분은 자비롭게
그대를 이 고통에서 벗어나게 해주실 거예요!

오레스테스

그대들의 눈에는 물론 저들이 안 보이겠지만
나는 보고 있다오. 저들은 나를 쫓아오고 있소!
더 이상 여기에 있을 수가 없소!

(오레스테스가 뛰쳐나간다.)

코러스장

행운이 그대를 따르기를.
바라건대 어느 신께서
그대를 자비롭게 굽어 보시며
위험과 죽음으로부터 지켜 주시기를!

(코러스가 시민들 앞에 서서 밖으로 퇴장하는 동안에 코러스장이 노래한다.)

코러스장

이로써 아트레우스의 집안에는
세 번째로 무서운 폭풍이 몰아쳤도다.
첫 번째는 자기 자식을 잡아먹은
끔찍한 일로 시작되었으니,
티에스테스로서는 참을 수 없는 일을 겪었도다!
두 번째는 아카이오이 군대의 사령관이시던 왕께서

욕탕에서 피살된 일로,
이는 왕의 위신에 맞지 않는 운명이었도다.
그리고 지금 세 번째 재난이 찾아왔으니,
이것을 구원이라 불러야 할까,
아니면 죽음을 불러올 재앙이라고 해야 할까?
이 저주의 분노는 어디에서 끝나려나,
어디서 조용해지고 가라앉으려나?

(코러스, 오케스트라를 떠난다.)

제3부
자비로운 여신들

등장인물

무녀 델포이에 있는 아폴론 신전에 속해 있음
아폴론
오레스테스
헤르메스
클리타임네스트라의 혼령
코러스 복수의 여신들로 이루어짐
아테나
수행원들의 코러스 아테네 귀족 가문의 여인들로 이루어짐 첫 번째 장면은 델포이에 있는 아폴론 신전을 배경으로 한다.

두 번째 장면은 아테네의 아크로폴리스에 있는 아테나 신전 앞에서 펼쳐진다.

세 번째 장면은 아테네의 아크로폴리스 기슭에 있는 바위 언덕인 아레이오스 파고스[1]가 배경이 된다.

(아폴론의 무녀가 등장한다. 그녀는 아폴론 신전 홀의 거대한 문을 열기 전에 기도를 한다.)

무녀

나는 신들 가운데서 먼저, 최초의 무녀인
가이아[2]께 기도를 올립니다.
그다음에는 테미스[3]께 기도를 드립니다.

---

1 〈아레스의 언덕〉이라는 뜻으로, 아테네의 아크로폴리스 언덕 기슭에 있는 가장 오래된 법정의 이름. 고대에 이곳에서 아테네의 시민들과 원로들이 모여서 죄지은 자를 재판하였다.
2 Gaia. 대지의 여신. 카오스Chaos의 딸이며 우라노스의 아내이다. 티탄족을 낳았으며, 델포이 신탁소의 첫 번째 주인이 되었다.

그분은, 전설에 따르면
어머니의 뒤를 이어 두 번째로 여기
예언자의 화로 앞에 앉았다고 합니다.
그다음 세 번째로, 강압에 의해서가 아니라
자신의 의지로 이 자리에 앉은 분은,
이 장소의 주인이신 가이아의
또 다른 딸이며 티탄족에 속하는
포이베[4]였지요.
그녀는 이곳을 포이보스[5]에게 생일 선물로 주었으며,
그래서 그분의 이름도
〈포이베〉란 이름에서 따왔답니다.
그분은 델로스의 호수[6]와 바위 언덕을 떠나,
항해하는 배들로 둘러싸인
팔라스의 해안[7]로 가셨으며,
그다음에는 이 땅과 파르나소스 산에 있는
당신의 신전으로 오셨습니다.

---

3 Themis. 법과 정의의 여신. 우라노스와 가이아 사이에서 태어난 열두 티탄족 가운데 하나이다.
4 Phoibe. 가이아와 우라노스 사이에서 태어난 여자 티탄으로서 아폴론의 외조모이기도 한다.
5 Phoibos. 아폴론의 별명 중 하나로서 〈빛나는 자〉, 〈정결한 자〉라는 뜻이다.
6 델로스는 그리스 에게 해의 남동쪽 키틀라데스 군도의 중앙에 위치한 작은 섬이며, 아폴론과 아르테미스 남매가 태어난 곳이다. 〈델로스의 호수〉란 델로스 섬의 아폴론 신전 북쪽에 있는 호수를 말하는데, 이곳에서 아폴론이 태어났다고 한다.
7 그리스의 아티카 지방 해안을 말한다. 팔라스Pallas는 아테나의 별명이다. 아테네인들은 아폴론이 자기들 나라에 상륙했다고 보고 있는 것이다.

그 후 헤파이스토스의 자손들[8]이
그분을 따르며 숭배하였고,
주위의 황폐한 땅을 다져
그분을 위한 길을 만들었습니다.
그 후에 아폴론께서 오시자
백성들과 이 고장의 지도자인 델포스 왕[9]이
성대하게 그분께 참배를 했지요.
그러자 제우스께서는 그분에게
영원한 예언의 신탁을 부여하시고,
그분을 네 번째 예언자로 명하여
이 옥좌에 앉히셨습니다.
그리하여 록시아스께서는
그분의 아버지이신 제우스의 예언자가 되었습니다.
나는 이 신들에게 먼저 기도를 드립니다.
그리고 이제 신전 앞에 계신 팔라스께도
기도를 드리며 경배합니다.
또 저기 코리키온 동굴[10]에 사는 요정들에게도
인사를 드립니다. 속이 비어 있어서
새들의 안식처이며, 신령들도 거처하는 곳이지요.
그리고 저 언덕의 주인이신 브로미오스[11]께서는

---

8 아테네인들을 말한다. 헤파이스토스Hephaistos는 제우스와 헤라의 아들로서 불과 금속 공예의 신인데, 아테네의 왕인 에릭토니오스Erichthonios가 불의 신 헤파이스토스의 아들이라고 알려져 있다.

9 Delphos. 아폴론의 아들. 델포이란 이름은 그에게서 따온 것이다.

10 코리키온 동굴은 델포이의 북동쪽 파르나소스 산에 있는 동굴을 가리킨다. 이 동굴에는 산과 숲과 목자들의 신인 판과 요정들이 거처하고 있는 것으로 알려졌다.

— 그분도 나는 기억합니다! —
바코스의 여신도들[12]을 이끌고 나가시어
마치 토끼를 잡듯이 펜테우스를 죽이셨습니다.[13]
또한 나는 플레이스토스의 샘[14]들과
포세이돈[15]의 거룩한 힘과
가장 높으신 당신,
완성자이신 제우스께 경배를 드리고
무녀로서 자리에 앉으러 갑니다.
그러니 신들께서는 이번에 입장하는 저에게
전보다 더 일을 잘할 수 있도록 축복을 내려 주소서!
헬라스에서 오신 분들이 여기에 있으면,
늘 그렇게 했듯이 제비를 뽑아
순서를 정하고 들어오시오.
신께서 명하신 대로 신탁을 알려 줄 테니까요.
(신전의 문을 열고 안으로 들어갔다가 잠시 뒤에 몹시 놀라 손 발로 기다시피 비틀거리면서 다시 밖으로 나온다)
아, 말하기도 무섭고, 눈으로 보기에도 끔찍합니다!

---

11 Bromios. 술의 신 디오니소스의 별명. 디오니소스는 또 〈바코스〉로 불리기도 하였다.
12 디오니소스를 섬기는 여인들을 가리킨다. 디오니소스는 북쪽 나라를 방문하는 겨울에 잠시 델포이에 머물렀는데, 이때 파르나소스 산정에서 여신도들이 떠들썩하게 축제를 벌이곤 하였다.
13 디오니소스가 자신의 출생지인 테바이를 자신의 땅으로 삼으려 했을 때, 그곳을 다스리던 왕 펜테우스Pentheus가 이를 막으려다가 바코스의 여신도들에게 잡혀 키타이론 산에서 갈기갈기 찢겨 죽은 신화를 말한다.
14 델포이 아래의 협곡으로 흘러내리는 샘물을 가리킨다.
15 Poseidon. 바다의 신. 제우스의 형제이다. 그도 아폴론 신전 앞에 제단을 갖고 있었다고 한다.

그것을 보자마자 나는 신전에서
다시 밖으로 쫓겨 나왔는데,
힘이 빠져 똑바로 서 있을 수조차 없어서
넓적다리로 빨리 달리지 못하고,
두 손으로 더듬어 기어 나왔지요!
겁에 질리면 늙은 여자는 아무것도 아닙니다.
어린애나 마찬가지예요!
수많은 화관으로 풍성하게 장식된
신전 안으로 들어갔을 때,
신들에게 저주를 받은 한 남자가
대지의 배꼽 위에 앉아 있는 것을 보았어요.
그는 신의 보호를 바라는 표정으로,
두 손에서는 아직도 핏방울이 떨어지고,
칼을 빼어 든 채, 또 한 손에는
우거진 올리브 가지를 들고 있었어요.
거기에는 하얀 양털 송이가 조심스레 둘러져 있었어요.
나는 사실대로 자세히 설명하고 있어요.
이 남자의 주위를 괴상한 모습을 한
여인들의 무리가 둘러싸고 있고,
그들은 의자에 몸을 뻗은 채로 잠들어 있었습니다.
아니, 그들을 나는 여인들이 아니라
고르곤 자매라고 부르겠어요.
하지만 또 잘 보면 고르곤과도 모습이 같지 않아요.
예전에 피네우스[16]의 식탁에서
음식을 낚아채 달아나는 고르곤들을 그린 그림을
본 적이 있어요. 저 안에 있는 여인들은

날개는 없지만 검은 옷차림에,[17]
보기에도 몹시 구역질이 나요.
그들이 내뿜는 숨결은 가까이 할 수 없을 만큼 끔찍하고,
또 큰 소리로 코를 골고 있어요.
눈에서는 흉측한 독즙이 떨어지고,
옷차림도 너무나 끔찍해서,
그것을 걸치고는 신상들 앞에 설 수도 없고
보통 사람들이 사는 집에도 차마 들어갈 수 없을 거예요.
나는 이런 무리가 어느 족속에 속하는지
한 번도 본 적이 없어요.
어떤 나라가 이런 족속을 길렀다가
재앙을 겪지 않고 무사히 넘어가거나
기른 것을 후회하지 않고 자랑할 수 있겠어요!
이제 앞일은 이 신전의 주인으로서
강한 위력을 지니신
아폴론께 맡겨야겠어요.
왜냐하면 그분은 예언자이시자
치유를 해주시는 분이며,
신의 뜻을 풀이하시는 분으로서, 모든 가정으로부터

16 Pineus. 트라키아의 왕. 북풍의 신 보레아스Boreas의 딸과 결혼해 자식들을 낳았으나 그녀가 죽은 뒤 재혼하여, 그 여자의 모함에 빠져 자식들의 눈을 멀게 한다. 그 때문에 제우스의 벌을 받아 자신도 장님이 된다. 그러자 태양신이 그가 죽음을 피해 장님이 되는 벌을 선택한 것에 노하여 괴조(怪鳥) 하르피아Harpyia들을 보내 그가 먹는 음식을 낚아채 가거나 오염시키게 했다.

17 복수의 여신들은 검은 옷을 입고 있는데, 여기서는 그들의 끔찍한 모습을 하르피아들의 무서운 모습에 비유하고 있다. 이들은 고대 그리스의 미술 작품에서 때때로 날개 달린 여인의 모습으로 그려졌다.

모든 죄악을 깨끗이 씻어 주시는 분이니까요.

(무녀가 퇴장한다. 성전의 문이 열린다. 오레스테스는 대지의 배꼽 돌을 껴안고 있다. 주위에는 잠들어 있는 복수의 여신들이 보인다. 아폴론이 헤르메스를 데리고 나타나 오레스테스에게 다가간다. 오레스테스는 그들 사이에서 불안하게 주위를 둘러보며 무대 위로 걸어 나온다.)

아폴론
나는 그대를 버리지 않으리라.
언제나 충실하게 보호자로서
그대 가까이 있으리라.
혹시 멀리 떠나 있더라도 그대의 적들에게는
결코 우호적이지도 친절하지도 않을 것이다!
지금 그대가 보듯이 이 미친 것들,
신들도 미워하는 처녀들은
내게 사로잡혀 잠에 빠져 있다.
밤이 낳은 이 늙은 자식들은
결코 어떤 신이나 인간하고,
어떤 짐승하고도 함께 어울리지 못한다.
이것들은 악을 위해서 태어났으므로
불길한 어둠 속, 지하 깊은 곳
타르타로스에 살면서 인간들로부터,
올림포스의 신들로부터도 미움을 받고 있노라.
그대는 달아나지도 말고
지쳐서 나약해지지도 말라!

저것들은 그대가 드넓은 본토를 지나
길을 잃고 대지와 바다 그리고 바다로 둘러싸인 섬들을
떠돌아다닐 때도 그대의 뒤를 쫓을 것이다.
그러니 그런 힘든 일을 겪더라도
미리부터 지치지 말라.
팔라스의 도시로 가서,
여신의 오래된 신상 앞에 무릎을 꿇고
그것을 경건하게 껴안도록 하라!
그러면 나는 그곳의 재판관들 앞에서
그대를 변호할 테니,
그대를 이 고난으로부터 완전히
벗어나게 해줄 길을 찾게 되리라.
그대에게 어머니를 죽이라고 한 장본인은
바로 나였으니까.

오레스테스

오, 아폴론이시여,
당신은 옳은 것이 무엇인지 알고 계시며,
불의는 당신과 거리가 멉니다.
당신은 그것을 알고 계시니,
이제 저를 떠나지 마시고 기억해 주소서!
그리고 당신의 위력은 그러한 호의를
베푸시기에 충분한 보증이 되옵니다.

아폴론

공포가 그대의 마음을 짓누르려 할 때면

그것을 기억하라!
(헤르메스에게 몸을 돌려 말한다)
같은 아버지에게서 태어나 피를 나눈
형제 헤르메스여, 그를 보호해 다오!
〈길잡이 신〉이라는 별명을 가진
그대가 아닌가! 그러니 길잡이가 되어
나의 보호를 받는 이 젊은이를
목동처럼 잘 인도해 다오!
제우스께서도 신의 인도를 받아
인간 세계에 다가가는 사람에게는
이러한 의무를 존중해 주시도다.

(헤르메스와 오레스테스는 퇴장하고. 아폴론은 신전으로 돌아간다. 그러자 클리타임네스트라의 혼령이 등장한다.)

클리타임네스트라의 혼령
그대들은 잠자고 있는 건가요? 잘도 자는구려!
슬프도다! 지금이 잘 때인가요?
죽은 자들 가운데서도 나는
그대들에게 완전히 무시당하고 있어요.
내가 죽인 자들은 나를 욕하고 있어요.
그 소리가 죽은 자들의 왕국에서
한시도 끊이지 않고 울려 퍼지고 있으며,
나는 수치스럽게도 떠돌아다니고 있지요.
왜냐하면, 그대들에게 솔직히 털어놓건대
죽은 자들의 증오에 찬 무거운 탄식 소리가

나를 짓누르고 있기 때문이에요.
가장 가까운 혈육에게서
그런 끔찍한 일을 당한 나인데,
그런 나를 위해 노여워하는 신은
한 분도 없다니,
내가 모친 살해범의 손에 찔려 살해되었는데도!
그에게서 받은 여기 이 치명상은
그대들에게도 보이겠지요.
밝은 대낮에는 눈이 부시어
앞을 보지 못하지만,
잠이 들어 어두워지면
마음의 눈은 환해지니까요.
얼마나 많은 제물을 그대들은
내게서 받아 재미를 보았던가요!
포도가 들어가지 않은 제주,[18]
술이 아닌 차가운 음료도
그대들에게 바쳤으며,
어떤 신도 그대들과 함께하지 않는 이슥한 시간에도
불이 활활 타오르는 화로 앞에서
조용히 밤참을 제물로 바쳤지요.
보아하니 그 모든 것들이
허무하게 발길에 채인 것 같구려.
그놈은 그대들의 추적을 피해
암사슴처럼 달아나고 있어요.

18 일반적으로 포도주를 제주로 썼지만, 복수의 여신들에게는 포도주 대신 다른 것을 바쳤다는 뜻.

그래요, 그놈은 가벼운 발걸음으로
포위망을 빠져나가, 그대들을 멸시하며
비웃는 눈길을 보내고 있어요!
내 말을 들어요! 나는 내 혼령을 위해서
말하고 있는 거예요!
눈을 떠요, 그대, 여신들이여!
어두운 지하의 위력이여!
나 클리타임네스트라가 지금
꿈속에서 그대들을 부르고 있으니까요!

(코러스가 신음 소리를 낸다.)

그대들은 분명 신음하고 있군요.
그놈은 이미 멀리, 더 멀리 달아나고 있어요.
이제 내 아들이 아닌 그놈을 도운 자들이 있어요!

(코러스가 신음 소리를 낸다.)

그대들은 아직도 그렇게 깊이 잠들어 있단 말인가요?
내가 고통을 겪는 것이 불쌍하지도 않나요?
나를, 이 어미를 죽인 살인자인 오레스테스,
그놈이 도망치고 있단 말예요!

(코러스가 비명을 지른다.)

그대들은 비명을 지르나요?

그러면서 아직도 자고 있는 건가요?
벌떡 일어나지 못해요?
그대들이 하는 일이 재앙을 일으키는 것 말고
또 무엇이 있나요?

(코러스가 비명을 지른다.)

그래요. 잠과 고된 일이 한데 힘을 모아
무시무시한 뱀의 마지막 기세까지도
마비시킨 게 분명하구려!

코러스

(계속해서 더 큰 소리로 신음한 다음에)
저자를 잡아라! 잡아라!
저자를 잡아라! 서둘러라!

클리타임네스트라의 혼령

꿈속에서 그대들은 사냥감을 쫓는 사냥개처럼
짖고 있군요. 흡사 쫓아야 하는 자신의 임무를
결코 잊지 않는 사냥개처럼!
그대들은 주저하고 있나요? 벌떡 일어나요!
지쳐 쓰러져 있지 말아요. 아직도 잠에 녹아나서
그대들이 할 일을 외면하지 말아요!
정당한 분노로 그대의 마음을 아프게 채찍질해요.
왜냐하면 분별 있는 사람들에게 그것은
고통스러운 가시를 대신하게 될 테니까요.

일어나요! 그대들의 입에서 나오는
피비린내 나는 숨결을 내뿜어서,
뱃속의 불길 같은 기운으로 그놈을 바싹 말려 버려요
그놈을 뒤쫓아 가요. 다시 한 번 쫓아가서
그놈을 쓰러뜨려요!

(클리타임네스트라의 혼령이 사라진다.)

각각의 복수의 여신들
(서로 거칠게 뒤섞여서)
일어나라, 일어나. 여기 너, 일어나라!
아직도 자고 있느냐? 일어나라고!
잠을 떨쳐 버려라!
그 여자가 우리를 속인 게 아닌지 살펴보자!

(복수의 여신들이 서로 뒤섞인다.)

좌측 코러스 1
오호! 자매들이여, 이런! 당했다, 오!
이미 그토록 많이 당하고도
이제 모든 것이 허사가 됐다!
우리는 치욕을 겪게 되었다,
고통을, 오! 참을 수 없는 고통을,
말할 수 없는 고통을!
확실한 덫이었는데 빠져나갔다. 하, 그 짐승이!
잠에 눌려서 잡았던 것을 놓치고 말았어!

우측 코러스 1

오호! 제우스의 아들이여, 그대는 교활한 도둑이오!
우리 같은 늙은 신들을
그대의 젊은 힘으로 방해하는구려!
그대는 도망자를 보호하고 무도한 인간을,
제 어미를 살해한 자를 보호하고 있소!
모친 살해범을 그대는 우리에게서 훔쳐 갔소.
신으로서 그럴 수 있나!
대체 누가 그런 행위를 옳다고 하겠소?

좌측 코러스 2

꿈속에서 비난하는 원성이
내 귀에 날카롭게 들려오더니,
마차를 모는 마부처럼 채찍으로 나를 후려쳤도다.
채찍을 휘둘러 피를 뿜게 했도다!
실로, 후회가 고문을 하듯이
내 심장과 뼛속까지 후려치는구나.
그것이 얼마나 나를 괴롭히는가.
끔찍한, 너무나도 끔찍한 고통이
나를 전율케 하는구나!

우측 코러스 2

그런데 저 젊은 신들이 우리한테
이런 짓을 하고 있다니.
그들은 모든 권력을 난폭하게 휘두르며
살인의 피에 젖은 왕좌에 앉아 있구나!

그렇다. 세계의 중심인 신전이 저기에
머리부터 발끝까지 피비린내 나는
죄악의 피로 물들어 있고,
가장 저주받은 것을
제 몫으로 받아들였구나!

좌측 코러스 3

그는 예언의 신이면서도,
스스로 초래한 그러한 피비린내 나는
혐오스러운 죄악으로 자신의 신전을 더럽혔구나.
신들의 법을 무시하고
인간들을 존중하는 그 신은
오랜 관습이 지닌 힘을 짓밟은 자이다!

우측 코러스 3

그 녀석은 나에게 죄가 있으니
결코 용서하지 않으리라!
설사 땅속으로 숨더라도
결코 녀석은 자유로운 몸이 되지 못하리라!
그 녀석은 살인의 저주를 짊어지고 있으니
언젠가는 같은 핏줄의 다른 복수자가 그를 찾아내리라.

아폴론

(신전 안에서 모습을 나타내며)
나가라! 명령이다!
즉시 이 신전을 떠나라!

이 예언자의 성소에서 나가라,
나의 황금 활에서 날개 돋친 화살이
튀어나가 뱀처럼 너를 물어
고통에 못 이겨 인간들에게서 빨아 먹은
검은 거품을 품고, 살육할 때 핥아 마신
피를 토해 내는 일이 없도록!
가라, 그대들은 내 집에 접근해서는 안 된다!
아니, 그대들이 갈 곳은
살인자들의 목을 베고 눈알을 파내는 처형장,
소년들을 거세하여 양기를 꺾고,
손발을 절단하고, 돌로 쳐 죽이고,
말뚝에 등을 꿰뚫린 자들이
극심한 고통에 시달려 신음하는 곳이다![19]
그대들은 이제 들어서 알리라,
그대들이 어떤 잔치를 즐기다가
신들로부터 미움을 받게 되었는지를.
그대들의 흉측한 모습
하나하나가 그것을 말해 주고 있다.
그대 같은 자들에게는
피를 빠는 사자들의 굴이 거처로 어울리지.
이곳은 신탁을 알리는 성소를 더럽히는
혐오스러운 것들이 머물기에는 적당하지 않다!

---

19 당시 위와 같은 끔찍한 형벌은 그리스에서는 일반적으로 행해지지 않았고, 그리스인들이 야만족이라고 부른 먼 타국, 페르시아와 같은 동방에서 흔히 행해졌다. 따라서 아폴론은 복수의 여신들에게 그리스를 떠나 멀리 다른 곳으로 가라는 뜻으로 말하고 있는 것이다.

그러니 떠나가 목자 없는 가축 떼처럼 헤매어라.
그런 무리들은 천상의 어떤 신도 보살펴 주지 않을 테니까.

코러스장

아폴론이여, 이제 내 말도 들어 보시오!
그대는 이 재난을 일으킨 공범이 아니라
오히려 이 모든 일을 그대 혼자서 한 것이오.
그대에게 모든 책임이 있단 말이오!

아폴론

어째서 그런가? 그 이유만은 말하도록 허락하겠다!

코러스장

그대가 그 이방인[20]에게
자기 어머니를 죽이라고 명령했단 말이오!

아폴론

나는 그에게 아버지의 원수를
갚으라고 명령한 것이다. 그래서는 안 되는가?

코러스장

게다가 방금 피를 흘린 그 살인자를
그대는 보호하려고 받아 주었지요!

---

20 오레스테스를 가리킨다. 그는 아르고스 출신이다. 당시 그리스는 도시 국가였으므로, 다른 도시인 델포이에서 볼 때 그는 이방인이었다.

아폴론

그에게 자신을 정화시키기 위해
여기에 오라고 명령했을 뿐이다.

코러스장

그러면서 그대는 그를 호송해 온
우리를 비난하시는구려!

아폴론

그대들이 내 신전에 접근하는 것은
적절하지 않기 때문이다.

코러스장

하지만 그것이 우리가 하는 일이고 권리입니다.

아폴론

그럴 권리가 있다고?
그 멋진 권리를 자랑해 보려무나!

코러스장

우리는 모친 살해범을 모든 집에서 내쫓고 있습니다!

아폴론

그런가? 그렇다면 남편을 죽인 여인도 쫓아낼 것인가?

코러스장

그것은 피를 나눈 친족을 죽인 것과는 다릅니다!

아폴론

정말이지 그대는 위대한 헤라와 제우스께서
이루어 주시는 혼인의 서약마저
업신여기고 무시하는구나. 그런 말로
인간들에게 가장 소중한 모든 것을 내려 주시는
키프리스[21]의 명예마저 떨어뜨리고 있도다.
남자와 여자는 운명에 의해
하나가 되도록 정해지는 것이고,
정의에 의해 보호되며,
사실 맹세 자체보다 더 성스러운 것이니라.
그러므로 만약 부부가 서로를 죽이는데도
그대가 우유부단해서 그들을 벌주지 않고
그것에 분노하지도 않는다면,
나는 그대가 오레스테스의 뒤를 쫓는 것을
옳다고 보지 않는다.
왜냐하면 내가 알기로, 그대는 이 일에 대해서는
분노로 가득 차 있으면서,
앞서의 일에 대해서는 분명 훨씬 더
너그럽게 대하고 있기 때문이다.
이 일에 대해서 무엇이 옳은지는

---

21 아프로디테 여신을 가리킨다. 아프로디테는 바다의 거품에서 태어난 뒤, 맨 먼저 동지중해에 있는 키프로스 섬에 상륙해 키프로스 섬의 여신이라는 뜻의 키프리스Kypris란 별명을 갖게 되었다.

팔라스께서 조사하실 것이다.

코러스장

이 살인자를 나는 절대로 놓아주지 않을 것이오!

아폴론

그렇다면 그를 쫓도록 해라,
그래봤자 그대의 힘만 더 들 테니!

코러스장

그런 말로 내 명예를 떨어뜨리지 마시오!

아폴론

나 같으면 그 따위 명예는 줘도 받지 않겠다!

코러스장

물론 그대는 제우스의 옥좌 옆에서
위대한 자라고 불리지요!
하지만 나는 — 살해당한 어머니의 피가 몰아대니 —
결코 지치지 않는 사냥꾼이 되어
정의의 벌을 주기 위해 그 녀석의 뒤를 쫓을 것이오!

(코러스 퇴장한다.)

아폴론

그러나 나는 도움을 호소하는 그를

도와주고 구해 줄 것이다.
왜냐하면 만약 내가 그를 버린다면,
인간들이나 신들이나 보호를 탄원했던 자의
노여움이 대단히 커질 테니까.

(아폴론, 신전 안으로 퇴장한다.)

(무대는 바뀌어 아테네의 아크로폴리스에 있는 아테나 신전이다. 그 앞에 제단이 하나 있고 여신의 신상이 서 있다. 오레스테스가 헤르메스와 동행하지 않고 혼자 등장하여 여신의 제단 옆으로 가 앉으며 그 신상을 껴안는다.)

오레스테스

아테나여, 록시아스의 명을 받아
여기에 왔나이다. 그러니 혈육을 떠나
방황하는 저를 자비롭게 받아 주소서.
제 손에는 더 이상 살인의 피가
묻어 있지도 않으며
속죄가 필요하지도 않습니다.
아니, 그 저주는 많은 길을 떠돌면서
이방인들의 집에 머무느라
이미 희미해지고 닳아 없어졌습니다.
육지를 건너고 바다를 건너
멀리 떠돌아다녔으니까요.
록시아스께서 지시하신 신탁에 따라
그대의 신전을 찾아와

그대의 신상에 다가갑니다,
여신이시여! 저는 여기에 머물면서
심판의 결과를 기다리겠습니다!

(코러스가 등장하더니 흩어지면서 살핀다.)

코러스장
됐다! 이것은 분명 그 녀석의 발자국이다.
고발자의 무언의 지시를 따르자!
마치 사냥개가
상처 입은 새끼 사슴을 쫓듯이,
땀방울과 핏방울을 쫓아
녀석을 찾아낼 것이다.
인간을 쫓느라 고생했더니 숨이 다 차는구나.
온 대지를 다 돌아다녔으니 말이다!
그리고 날개도 없이 바다 위를 날아서
녀석의 뒤를 쫓았고
달리는 배보다도 더 빨리 뛰었으니까!
지금 녀석은 여기 어딘가에
웅크리고 있는 게 분명하다. 갓 흘린 사람의
피 냄새가 나를 향해 웃고 있으니 말이다!

코러스 가운데 첫째
찾아봐요! 또다시 찾아봐요!
사방을 자세히 살펴봐요,
모친 살해범이 몰래

달아나지 못하도록!

코러스 가운데 둘째

저기 봐요! 이번에도 녀석은 또 도움을 받고 있어요.
불멸의 여신의 신상을 껴안고서
여신의 정의에 호소하고 있어요, 저 범죄자가!

코러스 가운데 셋째

결코 그리 되어서는 안 되지요!
어머니의 피가 흘러내렸어요!
다시는 본래대로 되돌릴 수 없는 피가!
한번 땅바닥에 흘러내린 피는
그렇게 사라지고 말았어요!

코러스 가운데 넷째

안 돼, 너는 죄를 갚아야 해.
나는 살아 있는 네 몸의
혈관에서 붉은 액체를 빨아 마실 것이다!
네 몸에서 나는 피를 꿀꺽꿀꺽
실컷 빨아 마시겠다!
너를 산 채로 말려서 저승으로 끌고 내려갈 테다!
모친 살해의 저주를 받았으니
똑같은 고통으로 대가를 치르게 되리라!

코러스 가운데 다섯째

거기서 너는 인간으로서 사악한 짓을 저지른

다른 사람도 보게 되리라!
신을 모독하고, 주인에게 해를 입히고,
부모에게 불경한 죄를 지은 자를!
그런 자는 누구든 그 죄에 마땅한
대가를 치르게 될 것이다!

코러스 가운데 여섯째

왜냐하면 하데스께서는
지하 깊숙한 곳의 죽은 자들을 다스리는
위대한 심판관이시니까. 그분은 모든 일을 판단하시고
일일이 마음속의 서판에 기록하시도다!

오레스테스

나는 힘든 고통을 겪으며 배운 덕분에
속죄하는 방법을 많이 알고 있으며,
또한 어떤 경우에 말을 하고 어떤 경우에
침묵을 지키는 것이 옳은지도 알고 있습니다.
그러나 지금은 상황이 적절한 만큼,
말을 하라고 지혜로우신 스승님[22]께서
나에게 지시하셨습니다.
이제 내 손에서 죄악의 피는 잠들고 말랐으며,
어머니를 살해한 것에 대한 공포도 씻겨 나갔습니다.
포이보스의 제단 위에서
그 핏자국이 아직도 생생할 때,
새끼 돼지를 제물로 바쳐서 씻어 냈습니다.

22 아폴론을 가리킨다.

내가 찾아다녔던 분들을 모두 열거하자면
이야기가 길어질 것입니다. 그들은 곧 나에게
유대를 보여 주었으나 피해를 입지 않았습니다.
그래서 나는 이제 지금 깨끗해진 입으로
경건하게 이 나라의 여주인이신 아테나를 부릅니다,
나에게 다가오셔서 도와주시라고요!
그리 해주신다면 여신께서는 무기를 쓰지 않고도
이 몸과 내 나라와 아르고스 백성들을
친구이자 진실하고 충직한 동맹군으로 얻게 되실 것입니다.
그러하오니 여신께서는 리비아의 먼 해안가,
당신이 태어나신 트리톤 강가[23]에서
당신의 친구를 돕기 위해 걸음을 서두르시든
아니면 다리를 모은 채 계시든,
또는 플레그라 평원[24]에서 용감한 장군처럼
군대를 정비하며 살펴보고 계시든,
오시옵소서, 멀리서라도 여신의 은총은
제가 드리는 말씀을 들으실 수 있으니까요.
저를 죄로부터 자비롭게 구해 주소서!

코러스장

아폴론도, 아테나의 성스러운 힘도
나의 분노에 쫓기고 있는 너를
보호해 주지는 못할 것이다.

---

23 트리톤은 북아프리카에 있는 강의 이름이다. 그리스 신화에 의하면 아테나는 그 강에서 태어났기 때문에 트리토니아Tritonia라고 불렸다고 한다.
24 에게 해의 북서쪽에 있는 팔레네 반도에 있다.

마음속 어디에 기쁨이 있는지조차 잊은 채
너는 복수의 여신들의 사냥감이 되어 파멸하고,
곧 피마저 모두 빨려 그림자가 되리라!
어찌하여 대꾸도 하지 않느냐?
내가 한 말을 무시하는 것이냐?
나의 제물이 되도록 키워져 바쳐진 주제에!
너는 산 채로 내 원기를 돋워 줄 것이니,
먼저 제물로 도살되지는 않을 것이다!
너를 사로잡아 결박할
우리의 마법의 노래를 들어 보아라!

자, 우리는 먼저 무시무시한 윤무(輪舞)를 추자!
끔찍한 노래를 부르기로 결정했고
그 일을, 인간의 운명에 대해
우리 일행이 해야 될 일을
세상에 알릴 시간이 되었으니까.
우리는 빠르고 공정한 심판을 한다고
스스로 자랑한다. 왜냐하면
죄를 짓지 않고 깨끗한 손을 지키는 자에게
우리의 노여움이 덮치는 일은 결코 없을 테니까.
그런 이는 일생을 무사히 보내게 될 것이다.
그러나 저기 저 녀석처럼 죄를 짓고도 뻔뻔하게
피 묻은 손을 감추려고 하는 자라면,
우리는 그 죄의 증인으로서
살해된 이들 앞에 당당히 나타나
살해한 자에게 우리가 그 피의 죄를

복수해 줄 자라는 것을 보여 주리라.

좌측 코러스 1

어머니여, 암흑의 어머니여,[25]
죽은 자들의 세계와 산 자들의 세계에
똑같이 벌을 내리시는
나를 낳아 주신 분이여, 내 말을 들어 주소서!
레토[26]의 자식이 나의 권리를,
나의 명예를 모욕하고,
우리가 잡은 먹이를,
모친 살해의 죄를 지은 저 야수를,
그야말로 피의 죄를 씻는 희생물이 되어야 할 자를
우리에게서 빼앗아 가고 있습니다!
그리하여 저기 저 제물이 될 자를 둘러싸고
혼란과, 소동과 광기의 노래가
울려 퍼지고 있습니다,
하프 연주도 없이,
영혼을 죄어 인간의 힘을 말려 버리는
복수의 여신들의 노래가!

---

25 그리스 신화에서 가장 오래된 카오스의 딸인 밤의 여신 닉스Nyx는 낮과 복수의 여신들의 어머니로 등장한다. 여기서 복수의 여신들은 죽은 클리타임네스트라의 〈어머니〉로서의 권리를 옹호하고 있으며 이를 파괴한 오레스테스에게 복수하려고 뒤를 쫓고 있으므로, 여기서 밤의 여신을 어머니라고 부르는 것은 그 여신의 도움을 받기 위해서인 것으로 보인다.
26 아폴론의 어머니.

우측 코러스 1

이것이야말로 운명의 여신께서
우리에게 정해 주신 영원한 임무라오.
악행을 저지르는 자를,
신을 무시하고 자신의 머리에 끔찍한 피를 바른 자를,
지하의 어둠 속으로 사라질 때까지
염탐하고 뒤쫓는 것 말이오.
그리고 죽어서도 그자가 결코
자유의 몸이 되지 못하도록 하는 것 말이오!
저기 저 제물이 될 자를 둘러싸고
혼란과, 소동과 광기의 노래가
울려 퍼지고 있습니다,
하프 연주도 없이,
영혼을 죄어 인간의 힘을 말려 버리는
복수의 여신들의 노래가!

좌측 코러스 2

우리가 태어났을 때[27] 이 일을 하도록
운명이 우리 몫으로 주어졌다네.
그러나 동시에 불사의 신들에게는
결코 다가가지 말라는 운명도 정해졌으니,
그들의 성찬에 우리가 참여하는 일은

---

27 복수의 여신들은 그리스 신화에서 제우스를 우두머리로 하는 올림포스의 신들보다 더 오래된 신들이다. 이것을 인간의 마음에 투영해 보면 복수의 감정이란 인간에게 있어서 아주 오래된, 원초적인 감정을 의미한다고 할 수 있을 것이다.

결코 없도다. 또한 빛나는 흰 옷[28]도
역시 우리에게는 영원히
가까이할 수 없는 것이다.
우리는 인간들의 즐거운 모임에는
참여하지 않는다.

간주곡

전통 있는 가문을 뒤엎는 것이
우리의 임무이니까. 살인의 폭력이 음흉하게
소리 없는 발걸음으로 집 안으로 스며들어
가족을 죽이면, 오호라!
우리는 그자의 뒤를 쫓는다!
그자가 제아무리 강해도,
우리는 방금 쏟은 피 때문에
그자를 찾아 없애 버린다.

우측 코러스 2

일찍이 제우스는 신들 가운데 한 명을
우리의 성스러운 의무로부터 면제해 주었고,
우리의 기원을 물리치면서
그가 심판을 비껴가게 해주었다.
그리고 제우스는 피에 물든
무시무시한 우리 복수의 무리들을
신들에게 가까이 하지 못하도록
올림포스의 성소로부터 쫓아냈도다.

28 고대 그리스인들은 경사가 있을 때 흰 옷을 입었다.

좌측 코러스 3

그러나 인간의 명예라는 것은,
그것이 하늘 아래 아무리 드높아도
결국은 지하로 소멸되고
검은 옷을 입은 우리가 덤벼들면,
우리의 성난 발 춤 앞에서
비참하게 사라지고 마는 것을.

간주곡

힘껏 뛰어올랐다가
발길로 땅을 향해 내리치는
억센 힘으로 그자를 공격하면,
그자에게 참기 힘든 재앙을 안겨 주니까!

우측 코러스 3

다쳐 쓰러지며 정신을 잃은 그자는
그것을 보지 못하네. 그만큼 죄악의 어둠이
그자의 주위를 맴돌고 있는 것이네.
그리고 그의 집을 뒤덮고 있는
음산한 그림자에 대해 한탄하는
수많은 세인들의 목소리가 울려 퍼진다네.

좌측 코러스 4

그것[29]은 변함이 없기 때문이라네.
술책을 쓰고 목적의식이 강한 우리는

---

29 복수의 여신들이 복수자로서 하는 역할.

나쁜 일을 결코 잊지 않으니,
성스럽기 그지없는 우리 복수의 여신들은
인간들이 어떤 애원을 해도 듣지 않고
온갖 비난을 받더라도 가차 없이
이런 무참한 소임을 이행하노라,
신들과 떨어져 햇빛도 들지 않는 암흑 속에서
눈을 뜨고 보는 자에게든, 죽은 자에게든
견디기 힘든 일들을.[30]

우측 코러스 4

운명의 여신이 우리에게 정해 주고
그것을 완전히 이행하는 우리 임무의 규약에 대해 듣고도
두려워하고 칭송하지 않을 자
인간 가운데 누가 있으리오?
우리에게는 예로부터 지녀 온 권위가 있으니,
남의 멸시를 받는 일은 없도다.
비록 우리가 햇빛도 닿지 않는 땅 밑의
지독히 깊은 암흑 속에 살고 있을지라도!

(아테나가 창과 방패를 들고 허공을 가르며 나타난다.)

아테나

멀리서 외치며 불러 대는 소리를 나는 들었다,
내가 얻은 땅 스카만드로스 강가에서.

---

30 복수의 여신들의 노여움을 사는 자들은 살아서도 죽어서도 그들이 내리는 처벌을 피하지 못하리라는 뜻.

그곳은 아카이오이군의 장수들과 기병들이
창으로 얻은 전리품 가운데
나누어 가진 훌륭한 몫으로서
나에게 영원히 바친 곳이다.
즉 테세우스[31]의 자손들을 위해
골라낸 몫으로 말이다.
그곳으로부터 나는 결코 지칠 줄 모르는
발걸음으로, 날개는 없지만
폭풍에 몸을 싣고 쏜살 같이 달려왔도다.
그런데 지금 이 땅에 찾아온 낯선 방문객들을 보니
두렵지는 않으나, 내 눈에 기이하게 보이는구나.
그대들은 누구인가? 그대들 모두에게 묻노라.
내 신상 앞에 앉아 있는 그대, 나그네와,
또 태어나 존재하는 어떤 종족과도 모습이 같지 않고,
신의 시선으로 볼 때 여신의 모습과도 다르며
그렇다고 인간의 모습과도
닮은 데가 없는 그대들 말이다.
하지만 가까운 자들을 그 흉한 모습 때문에
모욕한다는 것은 옳지 않을뿐더러
예의에도 맞지 않겠지.

코러스장

모든 것을 간단히 말씀드리지요, 제우스의 따님이시여.
우리는 밤의 품에서 태어난 무시무시한 자식들로,

---

31 Theseus. 고대 아테네의 왕이며, 포세이돈의 아들. 그는 아티카 반도를 정치적으로 통일하였고 아테네인에 의해서는 개혁자로 불리고 있다.

지하의 세계에서는 〈저주〉라 불리고 있습니다.

아테나

이제 그대들의 근본과 이름을 알겠다.

코러스장

명예로운 우리의 임무에 관해서도 들어 주십시오.

아테나

그렇다면 들려주되 분명하게 설명해 다오.

코러스장

우리는 살인자들을 그 집안에서 쫓아내는 일을 한답니다.

아테나

그렇다면 그 살인자들이 도주하여
마지막으로 닿는 곳은 어디인가?

코러스장

아무런 기쁨도 주어지지 않는 곳이지요.

아테나

그렇다면 그대들은 이자도 역시 그렇게 외치면서 뒤쫓고 있는가?

코러스장

그렇습니다. 그자는 자기 어머니를 죽였습니다!

아테나

그것은 어떤 원한 때문인가?
아니면 부득이한 사정에 굴복한 것인가?

코러스장

감히 자기 어머니를 죽이는 것보다
더 나쁜 동기가 어디에 있습니까?

아테나

양쪽의 말을 다 들어야 하는데,
나는 먼저 한쪽 말만 들었다.

코러스장

이자는 우리들에게서 선서를 받지도 못할 것이고,
스스로도 하지 않을 겁니다.[32]

아테나

그대는 실제로 정당하게 행동하기보다는
말로써 정당하다는 말을 듣고 싶어 하는구나.

---

32 고대 아테네에서는 살인 재판이 열리면 먼저 원고는 피고가 유죄라고 선서하고, 반대로 피고는 자신이 무죄라고 선서했다. 그러나 양쪽 가운데 어느 한쪽이 선서를 하지 않으면 재판이 진행되지 않고 자동적으로 패소하게 되어 있었다. 여기서는 오레스테스가 감히 스스로 어머니를 죽이지 않았다고 선서하지는 못할 테니, 자연히 유죄가 되리라는 뜻으로 말하고 있다.

코러스장

어째서입니까? 가르쳐 주십시오!
당신은 지혜가 뛰어난 분이시니까요.

아테나

선서를 한다고 해서
불의가 꼭 이기리라는 법은 없기 때문이다.

코러스장

그렇다면 저자를 심문하시어, 공정하게 심판해 주십시오!

아테나

그렇다면 이 분쟁의 판결을 내게 맡기는 것인가?

코러스장

그렇습니다. 당신이 지니고 계신 권위는 존중할 만하니까요.

아테나

(오레스테스에게)
나그네여, 그대의 차례가 되었는데,
그대는 무슨 대답을 하겠는가?
그대의 고향과 집안
그리고 그대가 겪은 불행을 말해 보라.
그러고 나서 저들이 던지는 비난을 물리치도록 하라.
만일 그대가 자신의 정의를 믿고서
예전에 익시온[33]이 그랬던 것처럼

엄숙한 탄원자로서 여기 내 신상을 붙들고,
내 화로 가까이 앉아 있다면 말이다.
그러니 그대는 내게 대답하되,
분명하게 설명하라!

오레스테스

아테나여, 저는 먼저
여신님의 마지막 말씀에 들어 있는
큰 염려부터 덜어 드릴까 합니다.
저는 죄에 오염되어 여기에 와
앉아 있는 것이 아닙니다.
당신의 신상에 기대고 있는 이 손에는
더 이상 피가 묻어 있지 않습니다.
그에 대해 좋은 증거를 말씀드리겠습니다.
법대로라면 손을 피에 적신 자는
다른 사람, 즉 피의 죄를 씻어 줄 수 있는 있는 이가
젖먹이 새끼 짐승을 잡아서
그 피를 제물로 바쳐 부정함을 씻을 때까지는
말을 해서는 아니 됩니다.
그러나 저는 이미 오래 전에 다른 사람들의 집에서
짐승의 피와 깨끗한 샘에서 흐르는 물로

---

33 Ixion. 그리스 신화에서 라피타이족의 왕. 구혼 선물을 받으러 온 장인을 죽임으로써 저주를 받았으나 제우스에게 탄원하여 죄를 정화받았다. 그러나 그는 후에 신들의 연회에 초대받아 갔다가 헤라의 미모에 반해 흑심을 품고 결국 그녀를 덮쳤다. 이에 헤라의 남편인 제우스가 크게 노하여 익시온을 바로 지옥에 떨어뜨려 영원히 멈추지 않는 수레바퀴에 매달아 형벌을 받게 하였다.

정화했사옵니다.
그러니 이 점에 대해 당신은 염려할 필요가
없다고 보실 것이옵니다.
이제 저의 집안과 가문에 대해 말씀드리겠나이다.
제 고향은 아르고스이며, 아버지는 당신도 잘 아시는
아가멤논, 예전에 저 함대에 승선했던
전사들의 수장으로서
당신과 함께 트로이의 오만한 축제를
파괴하셨던 그분입니다.
그러나 그분은 고향에 돌아오시자마자
슬프게도 돌아가시고 말았습니다.
흉악한 마음을 품은 저의 어머니가
알록달록한 덫[34]을 그분의 몸에 덮어씌워
살해한 것입니다.
그것이 욕조에서 일어난 살인의 증거가
되어 주고 있습니다.
그 후에 저는 추방되었다가 고향으로 돌아가
나를 낳아 준 여인을 죽였습니다.
그 사실을 부인하지는 않겠습니다.
사랑하는 아버지를 살해한 원수를
그 여자에게 살인으로 갚아 준 것입니다.
그리고 이 모든 일에는 록시아스께서도
함께 책임이 있사옵니다.
그분은 만약에 제가 죄진 자들에게

---

34 클리타임네스트라가 남편 아가멤논을 욕조에서 살해하기 전에 그에게 다채롭게 수놓은 겉옷을 덮어씌운 것을 말한다.

그렇게 복수를 하지 않으면
가슴을 찌르는 듯한 고통을 당하리라고
신탁을 내려 주셨으니까요.
저의 행동이 정당한지 아닌지,
여신께서 판결해 주소서.
저는 당신의 손에 완전히 저를 맡기겠나이다.
저를 심판해 주소서!

아테나

여기에서 판결을 내리기는 쉽지 않노라.
인간들이 생각하는 것보다 더 어려운 일이다.
또한 살인을 두고 일어난 그러한 극심한 분노를
중재할 권한이 나에게는 주어지지 않았노라.
그러나 그대는 관습에 따라 이미 정화한 몸으로서,
해를 끼치지 않는 탄원자로서
경건하게 내 집을 찾아왔으니,
내 그대를 받아들이겠노라.
이 나라가 그대를 비난할 수는 없으리라.
하지만 저들에게도 권한이 있으며
그것을 거부하기는 어려운 일이다.
그리고 만약 이 일에 대한 판결이
저들에게 승리를 인정해 주지 않는다면,
그들의 노여움은 독액을 이 땅에 뿌려
언젠가 참을 수 없는 무서운 역병이
이 나라에 퍼지게 되리라.
일이 이러하니, 양쪽 다 머물게 하거나

아니면 양쪽 다 내보내거나,
그렇게 할 수 있을 뿐이다.
나로서는 선택할 수가 없노라!
그러나 기왕지사 이리 되었으니
나는 살인에 대해 선서를 시키되,
그 선서를 결코 불의한 마음으로
어기지 않고 충실하게 지켜 판단할
재판관들을 뽑을 것이다.
그리고 이 법규는 영원히 지키도록 할 것이다.
(오레스테스와 복수의 여신들에게)
그대들은 그대들을 도울 증인과
증거를 준비하라.
나는 가서 내 시민들 가운데
가장 훌륭한 이들을 뽑아
이 분쟁을 양심에 맞게 심판하도록 하겠노라.

(아테나 퇴장한다.)

좌측 코러스 1
만약 신을 무시한 저 모친 살해범이
법의 심판에서 승리를 거두게 한다면,
전대미문의 새로운 법이 나와
모든 것을 뒤집을 것이다!
이런 종류의 행위를
가벼운 놀이처럼 저지르는 일은
언제나 인간들로 하여금 거리낌 없이

같은 행위를 저지르도록 유혹하니,
앞으로 부모들은 예상치도 못하게
자식들이 저지르는
파렴치한 폭력을
감당해야 하는 운명이 되리라!

우측 코러스 1
만약 인간들의 죄악을 감독하는
복수의 여신들의 분노마저 이런 죄악 행위의
뒤를 쫓아 원한을 갚지 않는다면,
온갖 살인에 대해 관대해지리라!
그리 되면 다른 데서 다른 사람들을 처벌하고
무엇이 어찌 되었는지 설명하고
그것을 끝내고 막으려 해도
헛된 일이 되리라.
그리하여 어떤 어리석은 자가 온갖 수단을 조언해도
아무 소용이 없어지리라!

좌측 코러스 2
그때 가서 어느 누가
극심한 불행을 당하더라도
이렇게 슬퍼하며 외치지 말지어다.
〈오, 정의의 여신이시여!
오오, 복수의 여신들이시여,
거룩한 여신들이시여!〉
머지않아 어떤 아버지가,

어떤 어머니가 아들에게서
고통을 당하고
정의의 여신의 화로가 무너지면
그때 가서 비탄에 젖어 외치게 되리라.

우측 코러스 2

그렇다. 무서운 것도 적절한 곳에서는
이롭게 작용하는 수가 있다.
그리고 사람의 마음속에는 감시자가
늘 지키고 있어야 한다.
고통의 눈물을 통해
엄한 훈련을 하는 것도 이로울지니.
인간이든, 백성이든, 한 나라든
만약 마음속에
정의에 대한 두려움이 자리하지 않는다면
어찌 스스로 정의를 존중하겠는가?

좌측 코러스 2

그러므로 그대는 지배를 받지 않는 생활도,
노예로 예속된 생활도 찬양하지 마라!
신들의 지배는 무엇이든 중용에 우위를 두셨으나,
각각 그 형편에 따라
보호하는 것도 달라지는 것이다.
내가 하는 말은 정도에 맞도다.
대개 신을 두려워하지 않는 마음은
진실로 교만에서 나오는 것.

그러나 건전한 마음으로부터는
누구나 사랑하고 바라는 행복이 생겨나리라!

우측 코러스 3

그러니 무엇보다도 이렇게 권하노라.
정의의 여신의 제단을 존중하라고.
이익에 눈이 멀어 무례한 발끝으로
정의의 여신의 제단을 밟아 넘어뜨리지 말라고.
그대는 벌을 받게 되리라.
정해진 종말이 그대를 기다리고 있으리라!
그러니 각자 부모를 거룩한 마음으로 존중하고,
집에 찾아오는 손님들을 주인으로서
높이 거룩하게 접대하도록 하여라!

좌측 코러스 4

그러므로 강요당하지 않고도
스스로 정의로움을 보여 주는 자는
복받지 못하는 일이 없으리라.
비참한 일을 당해도
완전히 파멸하는 일은 결코 없을 것이다!
그러나 나는 다음과 같이 큰 소리로 말하노니,
교만하여 정의를 어기고 뻔뻔한 짓을 한 자는
불의로 막대한 재물을 쌓아
부유해진 자신의 배를 띄워도,
머지않아 그 돛을 내리게 되리라.
극심한 고난이 그 배를 붙들고

돛대의 끝을 부러뜨리는 날에는!

우측 코러스 4

무서운 소용돌이에 맞서 아무리 구조를 바라며
소리쳐도 아무도 귀를 기울이지 않으리라.
이러한 인간의 뜨거운 외침을
신들은 그저 비웃을 뿐이다.
언제나 스스로 충언을 한다고 자랑했던 그자가
그렇게 속수무책이 되어
파도를 넘기에는 너무 힘이 없는 것을 보면서 말이다!
마침내 그자는 지난날의 부귀와 더불어
정의의 여신의 암초에 부딪쳐 가라앉고 말리라.
울어 주는 이도 없고, 그를 아쉬워하는 이도 없이!

(아레이오스 파고스의 바위 언덕. 시내에서 전령의 인도를 받으며 아테네의 원로들이 무리를 지어 차례로 걸어 나온다. 그들은 언덕 위로 올라가 바위에 파놓은 그들의 좌석으로 가서 앉는다. 수많은 아테네 시민들이 뒤를 따른다. 오레스테스는 그들과 떨어져 있다. 아테나가 그들 가운데로 나타난다.)

아테나

전령이여, 백성들에게 조용히 하도록 일러라!
하늘 높이 우렁차게
티르레니아[35]의 나팔을

---

35 고대에 존재했던 이탈리아 북서부 에트루리아 지역의 또 다른 이름. 지금의 이탈리아의 토스카나 주, 라치오 주, 움브리아 주에 해당한다.

너의 깊은 숨으로 가득 채워 불어서
백성들에게 요란한 소리로 들려주어라!
여기 이 법정도 이미 다 찼으니,
나의 재판관들과 모든 시민들은
침묵을 지키고, 이제 영원한 미래를 위해
정해진 나의 법규를 듣도록 하여라.
그리하여 이 사건의 심판이 공정하게 이루어지도록.

(전령이 나팔 소리로 신호를 보낸다. 아폴론이 등장하여 오레스테스 옆으로 간다.)

아폴론 왕이여,
그대는 그대의 소임을 하시오!
이 분쟁과 그대는 무슨 상관이 있는지요?

아폴론
나는 증언을 하기 위해 왔소.
왜냐하면 성스러운 법에 따라
이 젊은이는 내가 보호하는 자이며,
내 신전의 화롯가에 찾아온 손님이기 때문이오.
나는 이 사람을 살인죄에서 정화해 주었소.
그리고 스스로 이 사람의 변호를 맡고자 하오.
이 젊은이가 어머니를 살해한 데에는
나도 책임이 있으니까.
그러니 그대는 재판을 진행시켜,
그대가 알고 있는 대로

이 사건의 판결을 내리도록 하시오!

아테나

(복수의 여신들에게)
그대들은 발언을 하도록 하오.
그것으로 재판을 열겠소.
원고가 먼저 이야기하는 것이 옳을 것이오.
우리에게 사건의 전말을 그럭저럭 알려 줄 수 있을 테니.

코러스장

우리는 수는 여럿이지만 말은 간단히 하겠습니다.
(오레스테스에게)
너는 묻는 말에 하나하나 대답하여라!
먼저 말하라, 너는 어머니를 살해했느냐?

오레스테스

살해했습니다.
그것을 부인하지는 않겠습니다!

코러스장

세 판의 물음의 레슬링 승부에서
이것이 첫 번째 판이다![36]

---

36 고대 그리스의 레슬링 경기에서 상대방을 먼저 세 번 내던지는 쪽이 이긴 것에 비유한 것.

오레스테스

아직 내가 진 것도 아닌데
그대는 그렇게 우쭐대는군요!

코러스장

어떻게 살해했는지 계속해서 말해야 한다.

오레스테스

말하지요. 칼을 뽑아 들어 목을 쳤소이다.

코러스장

누구의 유도와 조언을 받아서 그렇게 하였는가?

오레스테스

이분의 거룩한 신탁에 따라서요.
이분도 증언하고 계십니다!

코러스장

이 예언의 신이
어머니를 살해하도록 유도했다는 말이냐?

오레스테스

그렇소. 지금까지도 나는
내 운명을 원망하지 않습니다.

코러스장

곧 판결이 내려지면 다른 말을 하게 될 것이다.

오레스테스

무덤 속의 아버지께서
도움을 보내 주실 것이라 믿소.

코러스장

어머니를 살해한 네가
죽은 자에게 기대를 걸다니,
어디 해볼 테면 해봐라!

오레스테스

자신의 머리 위에 이중의 죄악을 짊어진 것은
어머니였소.

코러스장

어째서 그런가? 그에 대해서
저기 재판관들에게 알려 드려라.

오레스테스

그녀는 자신에게는 남편이고
나에게는 아버지인 분을 죽였소.

코러스장

하지만 너는 아직 살아 있고,

너의 어머니는 죽어서
자유의 몸이 되었다.

오레스테스

그대는 도대체 그녀가 살아 있을 때 왜
복수를 위해 그 뒤를 쫓아다니지 않았습니까?

코러스장

그녀는 자신이 살해한 남자와
같은 핏줄이 아니었기 때문이다.

오레스테스

그대의 말은, 그런데 나는 내 어머니와
같은 핏줄이다 이 말인가요?

코러스장

파렴치한 살인자여, 그녀가 너를 품 안에 넣고
기르지 않았더냐? 너는 어머니가 물려준
소중한 피를 부인하는 것이냐?

오레스테스

이제 저에게 증언을 해주십시오, 아폴론이시여.
제가 그녀를 살해한 것이 정당하다는 것을
이제 그대가 증명해 주십시오.
왜냐하면 저는 이 일을 했다는 것을
부인하지는 않기 때문입니다.

피를 흘린 그 행위가 신이 보시기에
옳은지 아닌지를 해명해 주십시오.
제가 이분들[37]에게 말씀드릴 수 있도록 말입니다.

아폴론

(배심원들에게)
그렇다면 내가 그대들에게,
여기 모인 아테네의 거룩한
법정을 향해 말하겠노라.
그것은 정당한 행위였다.
예언의 신인 나는 결코
그대들에게 거짓을 말하는 법이 없노라.
나는 예언자의 왕좌에 앉아서
남자에 관해서든, 여자에 관해서든,
도시에 관해서든, 올림포스에 군림하시는
제우스께서 명령하시지 않은 것을
예언한 적은 한 번도 없었노라.
이 같은 법이 얼마나 높은 가치를 지니고 있는지를
잘 이해하고, 내 아버지의 영원한 뜻을 따르라.
선서의 신성함조차도 제우스의 권위를
능가하지는 못하느니라.

코러스장

그렇다면 그대의 말씀은, 제우스께서
그대에게 그런 신탁을 주셨다는 것인가요,

---

37 그 자리에 참석한 원로 배심원들을 가리킨다.

그대가 오레스테스에게
아버지의 죽음을 복수하라고 권유하도록?
어머니에 대한 경외심은
아무것도 아니라고 말입니까?

아폴론

제우스께서 내려 주신 신성한 권위를 지니고
왕홀을 부여받은 고귀한 태생의 남자가,
아마조네스족[38] 같은 여인이 멀리서 쏜
화살에 맞아서 죽은 것과,
한낱 여인의 손에 죽는 것은 절대로 같지 않도다.[39]
들으시오, 팔라스여.
그리고 투표로써 이 사건을 재판하기 위해
여신과 함께 참석한 자들도 들을지어다.
아가멤논이 대체로 행복한 결말을 가지고
원정에서 귀향해, 그 여인의 상냥한
인사를 받고 집 안으로 들어가자
그녀는 그에게 목욕하기를 청했노라.
그러고는 목욕 중인 그에게 일부러 망토를 덮어씌워
분간할 수 없는 그 옷의 올가미로

---

38 그리스 신화에 나오는 여인족. 활을 쏘는 데 능숙했으며 소아시아의 흑해 남쪽 지역에 살았다고 한다. 그들은 남자를 증오하여 그들과 수시로 전쟁을 벌였고, 남자 포로를 잡으면 죽였다.
39 남자가 여인의 손에 살해당하는 것은 수치스러운 일이며, 그래도 아마조네스 같은 여인족과 전쟁에서 싸워 죽은 것은 어느 정도 봐줄 수 있으나, 클리타임네스트라 같은 여인의 간악한 음모에 의해 모욕적인 방법으로 살해당한 것이야말로 너무나 수치스러운 일이라는 뜻이다.

그를 옭아매고서 쳐 죽였노라!
내가 이야기했듯이, 누구보다도 뛰어난
함대의 수장이었던 그 영웅은
그렇게 최후를 맞이하였노라.
그의 아내가 그런 여자였다고 설명하는 것은
이 사건을 재판하기 위해 모인 여러분들에게
사실을 알려 주어 분노하게 하려는 것이다!

코러스장

그대의 말에 의하면, 제우스께서는
가장인 아버지의 죽음을 더 중시한다는 뜻인데,
하지만 제우스 자신도 연로한 부친인
크로노스를 결박해 가뒀지요!
그대가 한 이 말이 그 사실과
명백히 모순되지 않는다고 할 수 있나요?
그대들[40]은 이 말을 들었으니,
증인이 되어 줄 것을 나는 요구합니다!

아폴론

너희, 몹시 가증스럽고
신들마저 혐오하는 괴물들이여!
쇠로 만든 올가미는 풀 수 있도다.
그런 것을 푸는 일은 도울 수 있으며,
그것을 풀 수 있는 방법도 많다.
그러나 장부가 한번 살해되어

40 배심원들을 가리킨다.

269

그의 피가 땅을 적시면, 한번 죽고 나면,
다시는 소생할 수 없는 법이다.
내 아버지께서는 이런 일을 해결할
어떤 주문도 방법도
만들어 놓지 못하셨다.
비록 그 밖에 다른 모든 일은
숨 한 번 쉬지 않고도
뜻대로 처리할 수 있으시지만.

코러스장

그대는 이자를 죄가 없다고 풀어 주시려는 건가요?
어디 그렇게 하려면 해보시지요!
자신과 같은 피를 지닌 어머니의 피를
땅에 쏟은 그자가 아르고스에 있는
아버지의 궁성에서 살 수가 있단 말인가요?
도대체 이런 자가 어떤 공공의 제단으로
제물을 바치러 나아갈 수 있을 것이며,[41]
어떤 성수를 뿌려서
백성들이 그를 맞아 줄까요?

아폴론

그에 대해서도 말하겠으니,
내 말이 얼마나 옳은지 그대들은
알게 될 것이다. 대체로 어머니란

---

41 고대 그리스에서는 살인자가 자기 집 밖의 공공 제단이나 성소에 가서 제물을 바치는 일을 금지했다.

자기 자식이라 불리는 자의 생산자가 아니라,
그 태내에 뿌려진 씨를 기르는 자에 불과하다.
진정한 생산자는 아버지이며,
어머니는 마치 주인이 손님을 접대하듯이,
신이 해를 끼치지 않는 한
그의 씨를 보호해 지켜 주는 것이니라.
확실한 증거를 가지고 나는 이것을
입증할 수 있도다. 왜냐하면 어머니가 없이도
아버지가 될 수 있기 때문이다.
저기, 올림포스의 주신인
제우스의 따님[42]이 바로 그 증인이다.
그녀는 어머니의 자궁 안 어둠 속에서
자란 적이 없다. 그렇지만 세상의 어떤 여신도
일찍이 이보다 더 고귀한 아이를 낳은 적이 없도다.
팔라스여, 나는 내가 할 수 있고
또 알고 있는 한, 그대의 백성과 그대의 도시를
영원토록 위대하게 만들 것이오.
그래서 나는 여기 이 사람을
그대의 신전으로 보내 보호하게 하려는 것이니,
오, 여신이여, 나는 그가 영원히 그대에게
신의를 지키게 하려는 것이고,
그대가 그의 동맹자가 되게 하려는 것이오.
그리하여 또 그 이후 자손 대대로 영원히
동맹 관계를 충실히 지키도록 하려는 것이오!

42 아테나가 어머니 없이 제우스의 머리에서 완전 무장한 모습으로 태어난 것을 일컫고 있다.

아테나

그러면 이 사람들에게 양심에 따라
정의의 판결을 하기 위해
투표석을 가져오라고 할까요?
이만하면 변호는 충분히 한 것처럼 보이니 말이오.

코러스장

우리도 이제 갖고 있던 말의 화살을 다 쏘아 보냈습니다.
이제는 이 싸움의 판결이 어떻게 날지
기다리고 있을 뿐이에요!

아테나

(아폴론과 오레스테스에게)
그렇다면 그대들은? 내가 어떻게 처리해야
그대들에게 비난을 받지 않을 수 있겠소?

아폴론

(배심원들에게)
그대들이 들은 바대로이니, 친구들이여,
이제 마음속 깊이 판단을 내리고,
선서한 것을 명심하시오!

아테나

정해진 나의 법규를 들으시오,
남자들이여, 아티카의 백성들이여,
흘린 피에 대해 최초로 재판하는 이들이여!

이 법정은 또 아이게우스의 백성들[43]을 위해
앞으로 영원히 존속할 것이오.
왜냐하면 이 아레스의 언덕은
옛날 아마조네스 여인족이
테세우스를 시기하여 그에 맞서 출정했을 때,
진을 치고 막사를 폈던 곳이기 때문이오.
그들은 여기에 그들의 새로운 성채를,
맞은편 높은 성벽을 둘러서 쌓았고,
이를 아레스에게 바쳤던 것이오.[44]
그리하여 이 바위 언덕은 이제
아레이오스 파고스라고
불리게 되었소.
여기에서 백성들의 외경심과
그것의 형제인 두려움이 시민들을 밤낮으로 지켜
그들이 불의를 저지르지 못하도록 할 것이오.
시민들 스스로 나쁜 것을 끌어들여
나의 율법을 파괴하지 않는다면 말이오.

43 아테네인들을 가리킨다. 아이게우스Aeigeus는 아테네의 왕이며 영웅 테세우스의 아버지이다.
44 이는 헤라클레스와 아마조네스족 사이에 얽힌 사건을 가리킨다. 헤라클레스는 태어나자마자 헤라의 미움을 받아 열두 가지 노역을 하도록 운명 지어진다. 그중 하나가 아마조네스족의 여왕이 차고 있는 허리띠를 가져오는 일이었다. 헤라클레스는 그 나라에 도착하여 여왕의 호의를 얻어 무사히 허리띠를 받기로 약속받았으나, 헤라의 방해로 결국 여왕을 죽이고 만다. 그러고 나서 그는 아테네로 돌아온다. 이후 여왕의 복수를 하기 위해 아마조네스족이 아테네로 쳐들어와 아레스의 언덕 위에 진지를 쌓고 아크로폴리스를 포위했으나 결국 패배하여 퇴각하고 만다. 아마조네스족은 전쟁의 신 아레스를 숭배하였다.

그러나 만약 그대들이 깨끗한 샘물을
진흙으로 더럽힌다면, 갈증을 느끼는 그대들에게
그 샘물은 더 이상 원기를 주지 못할 것이오.
나는 시민들에게 무정부 상태를 원하지 말고
그렇다고 독재의 노예도 되지 말고
고귀하고 가치 있게 살라고 권하오!
그리고 두려운 것을 모두 다 나라 밖으로
추방하지는 말라고! 왜냐하면 더 이상 아무것도
두려워하지 않는 자가 어찌 정의로울 수 있겠는가?
만약 그러한 경건한 마음에서 우러나는 외경심을
그대들이 올바르게 간직한다면,
그대들은 그 누구도 갖지 못했던 나라를,
스키타이족은 물론 가까운 펠롭스의 나라[45]에서도
갖지 못했던 그런 나라를,
위력과 안녕으로 가득한 나라를 갖게 될 것이오.
나는 금전으로 매수되지 않고,
모든 사람들의 존경을 받고,
화를 잘 내고 잠든 이들을 위해 언제나 눈을 뜨고
나라를 감시하도록 이 법정을 세웠소.
이후로 영원히 나의 백성들에게 주어질
명령에 따라 이제 그대들은 일어나,
투표석을 집어 들고 가서 경외하는 마음으로
선서를 생각하면서,
이 사건의 판결을 내리도록 하시오!
이제 그대들은 내 말을 다 들었소.

[45] 그리스의 펠로폰네소스 반도를 가리킨다.

(배심원들이 일어나 한 명씩 차례로 바꿔 가면서 제단 앞으로 가 항아리 안에 투표석을 던져 넣는다.)

코러스장
그대들에게 충고하건대 우리는 당신들의 나라에 온
무서운 손님들이니, 어떤 식으로든
우리를 모욕하는 일은 하지 마시오!

아폴론
나도 그대들에게 명령하노니,
그대들은 제우스와 나의 신탁을 존중하고 두려워하라.
그것이 열매를 맺지 못한 채 끝나지 않도록 하라!

코러스장
신께서는 자신의 담당도 아닌 유혈 사건에 끼어드시는군요!
그대는 더 이상 정결한 신탁을 내려 줄 수 없게 될 것입니다.

아폴론
그렇다면 나의 아버지께서도
익시온을 그가 저지른 첫 번째 살인에서
정화해 주셨을 때 실수를 하셨다는 말이오?

코러스장
그대가 말한 대로입니다. 만약 우리가 여기 재판에서
우리의 정의를 찾지 못한다면,
우리는 앞으로 이 나라에 해를 끼치러 찾아올 것입니다!

아폴론

그러나 나이 든 신이든 젊은 신이든 할 것 없이
그대들은 모두에게서 추방되었소.
그러니 이 재판은 나의 승리가 될 것이오.

코러스장

그대는 페레스의 집에서도 똑같은 수법을 썼지요.
그대가 운명의 여신들을 설득해서
죽게 된 인간들을 죽지 않게 한 일 말입니다.[46]

아폴론

나를 숭배하는 자에게 은혜를 베푸는 것이
옳지 않다는 것이오?
특히 나의 도움이 필요할 때 도와주는 것이?

코러스장

그대는 나이 든 그 여신들을

---

46 이것은 인간의 죽음을 결정하는 올림포스 신들 사이의 갈등을 보여주는 신화이다. 아폴론의 아들이자 의술의 신인 아스클레피오스Asklepios는 아르테미스 여신의 부탁을 받고 죽은 히폴리토스Hippolytos를 다시 살려 낸다. 그러자 올림포스의 최고신인 제우스는 죽은 인간이 다시 살아나는 것은 자연의 질서를 파괴하는 것이라고 염려하여 벼락을 내려 그를 다시 죽인다. 그러나 아들인 아폴론이 이에 화가 나서 제우스에게 벼락을 만들어 준 자를 죽인다. 이에 다시 화가 난 제우스는 아폴론을 페라이의 왕인 페레스Pheres의 집으로 보내 1년 동안 노예로 살게 한다. 그러나 이 왕의 아들 아드메토스Admetos가 그에게 호의를 베풀자 이에 대한 보답으로 아폴론은 운명의 여신들을 속여서 아드메토스가 타고난 수명을 연장해 준다. 여기서는 아폴론이 자연과 최고신의 질서를 어기고 멋대로 인간의 운명을 결정한 일을 언급하고 있다.

술을 먹여서 속이고,
아주 오랜 옛날부터 전해 내려온
질서를 무시해 버렸지요!

아폴론

그대는 틀림없이 이 재판에서 목적을 이루지 못하고
분노를 터뜨리겠지만, 그래 봤자
그대의 적들에게 더 이상 해를 끼치지는 못할 것이오.

코러스장

이런, 젊은 그대가 나이 든 우리들을 짓밟으려 하는군요.
나는 판결이 어떻게 내려질지 듣기 위해
기다리고 있겠습니다.
이 도시를 우리의 분노의 제물로 삼을지 말지
아직은 결정을 유보한 채 말이지요.

아테나

최후의 판결을 내리는 것은 나의 임무요.
나는 오레스테스 쪽에 이 투표석을 던지겠소.
왜냐하면 나에게는 나를 낳아 준 어머니가 없기 때문이오.
아니, 나는 결혼하는 것 말고는 진심으로 모든 일에서
남자들의 편을 들겠소.
나는 전적으로 아버지의 편이기 때문이오.
그러므로 집안의 가장인 자기 남편을 죽인
여인의 운명을 존중하는 일은 결코 없을 것이오.
그러니 만약 투표가 같은 수로 정해지더라도

오레스테스가 이기게 될 것이오!
그러니 어서 항아리에서 돌들을 쏟아 내도록 하시오.
이 재판의 소임을 받은 재판관들이여!

(여신의 말대로 투표석을 쏟아서 표를 센다.)

오레스테스

포이보스 아폴론이시여, 어떻게 판결이 날까요?

코러스장

오, 어두운 밤이여, 어머니시여,
일이 어떻게 될지 보고 계시겠지요?

오레스테스

이제 나는 사형수로서 죽음을 맞이하든지,
아니면 다행히 다시 햇빛을 보게 되겠지요!

코러스장

우리는 그냥 사라져 버리거나,
아니면 앞으로 계속 명예를 유지하게 되겠지!

아폴론

조심스럽게 양쪽의 투표석을 세어 주시오, 친구들이여.
그리고 표를 가르는 데 있어
어떤 부정도 없도록 하시오!
만약 판결이 잘못되면, 심각한 재앙이 발생할 것이오.

그러나 단 한 표만 더해져도
몰락한 집안이 다시 일어날 것이오!

아테나

(오레스테스를 보며)
오레스테스, 그대는 재판에서 무죄로 결정되었노라.
같은 수의 찬성표와 반대표가 나왔기 때문이니라!

(아폴론은 사라진다.)

오레스테스

오, 팔라스여, 내 집의 구원자여!
그대는 고향을 잃은 저를 다시
제 고향으로 돌아가게 해주셨나이다!
이제 헬라스 사람들은 이렇게 말할 것입니다.
〈아르고스 출신의 그 사람은 다시 아르고스인이 되어,
아버지의 유산을 누리며 살고 있다.
이는 팔라스와 포이보스와
만사를 이루게 해주시는
세 번째 구원자[47] 덕분이다.〉
그분은 제 아버지가 겪으신 운명을 동정하셨으며,
저기, 어머니와 한패가 된 자들을 보시고
저를 구해 주셨습니다!
그러나 저는 이제 고향으로 돌아가되,
이 나라와 이 나라의 소중한 백성들에게

---

47 제우스를 가리킨다.

앞으로, 영원무궁한 미래를 위해
다음과 같은 거룩한 맹세를 하겠습니다!
우리 나라의 통치권을 가진 군주는 누구라도
적으로서 예리한 창으로 무장을 하고
이 나라에 쳐들어오는 일이
앞으로 결코 없으리라고 말입니다.
아니, 훗날 제가 죽어서 무덤 속에 누워 있더라도
이 신성한 맹세를 어기는 자가 있다면,
결코 피할 수 없는 무거운 재난으로
그들에게 엄한 벌을 내리겠습니다.
행군하는 병사들을 의기소침하게 만들거나,
그들이 가는 길에 불길한 징조를 보여 주어
결국 그들 스스로 자신들의 노고를
후회하게 만들겠습니다.
그러나 만약 그들이 맹세를 지켜
팔라스의 이 소중한 도시를
언제나 충실한 동맹의 창으로 지원해 준다면,
저도 그들에게 곱절로 더 호의를 갖고
은혜를 베풀 것입니다.
안녕히 계십시오, 아테나여!
이 도시의 백성들인 여러분도 안녕히!
그대들이 지닌 무기가
어떤 적이든 물리치고
그대들 모두를 구원하고
승리를 가져다주기를 빌겠습니다!

(오레스테스 퇴장한다.)

코러스

오, 젊은 신들이여,
오랜 옛날부터 전해 온 법을
그대들은 짓밟고 우리의 손에서 빼앗아 가는구려!
우리는 불행하게도 명예 또한 잃었으니,
모욕을 준 이 나라에
몹시 분개하노라.
아! 우리는 복수하기 위해 이 땅에
우리의 심장에서 나오는 독즙을 쏟아 내겠다.
복수를 위한 혼란이 들판을 지나
마구 뻗어 나가고,
죽음의 독을 품은 역병이 온 나라로
퍼지게 할 것이니라!
한숨만 나오는구나! 이제 어찌한단 말이냐?
주위의 시민들이 우리를 비웃는구나!
견딜 수 없는 고통에 괴롭도다!
아, 우리는 깊이 환멸을 느꼈으니, 슬프다!
아, 우리, 밤의 여신의 불행한 자식들이여,
고통스럽게 명예를 잃었도다!

아테나

그렇게 무거운 한숨을 내쉬지 마시오!
일어난 일에 상심하지 마시오!
그대들은 판결에 진 것이 아니니 말이오.

재판은 찬반이 같은 수로 판결이 났으니,
진실로 그대들에게 치욕은 아니오!
제우스 스스로 분명한 증거를 제시하셨고,
또 오레스테스가 저지른 행위에도 불구하고
그는 처벌을 받지 않으리라고 말씀하신 분이
바로 그분이었기 때문이오.
그런데도 그대들은 이 나라에
극심한 원한을 품겠다는 것이오?
잘 생각해 보시오! 화를 내지 마시오!
독 거품을 내뿜어 자연의 수확물에
죽음을 내리지 말고,
푸른 종자들을 무자비하게 말려 죽이지 마시오.
그대들에게 엄숙히 서약하고
또 약속할 것이니, 나는 앞으로 그대들이
이곳 나의 제단 옆의 밝은 화롯가에
적당한 장소를 얻어 조용히 거주하며
나의 시민들로부터 경건하게 숭배를 받게 해주겠소.

코러스

오, 젊은 신들이여,
오랜 옛날부터 전해 온 법을
그대들은 짓밟고 우리의 손에서 빼앗아 가는구려!
우리는 불행하게도 명예 또한 잃었으니,
모욕을 준 이 나라에
몹시 분개하노라.
아! 우리는 복수하기 위해 이 땅에

우리의 심장에서 나오는 독즙을 쏟아 내겠다.
복수를 위한 혼란이 들판을 지나
마구 뻗어 나가고,
죽음의 독을 품은 역병이 온 나라로
퍼지게 할 것이니라!
한숨만 나오는구나! 이제 어찌한단 말이냐?
주위의 시민들이 우리를 비웃는구나!
견딜 수 없는 고통에 괴롭도다!
아, 우리는 깊이 환멸을 느꼈으니, 슬프다!
아, 우리, 밤의 여신의 불행한 자식들이여,
고통스럽게 명예를 잃었도다!

아테나

그대들은 모욕을 당한 것이 아니오.
그러니 여신들이여, 거칠게 화를 내면서
인간들이 사는 땅을 황폐하게 만들지 마시오.
나는 제우스께 의지하고 있소.
무슨 말이 더 필요하겠소?
제우스의 번개가 봉인되어 보관된 방의 열쇠를
신들 가운데 오직 나만이 알고 있소.
하지만 나는 그것이 필요 없소.
그대들은 오직 내 의지만 따르도록 하시오!
이 나라에 그대들의 입에서 불모의 씨앗을 뿜어내어
모든 것을 망쳐 놓는 일은 하지 마시오.
분노에 찬 검은 물결의 기세를 가라앉히시오.
성스럽고 고귀한 이들이여,

그대들은 나와 함께 있게 될 것이오.
그리고 장차 이 드넓은 국토의 햇곡식을
출산과 성스러운 결혼을 위해
그대들에게 제물로 바치면,
그때 가서 그대들은 내가 한 말에
찬사를 보내게 될 것이오!

코러스

우리보고 그렇게 참으라는 말이오, 오!
연로한 우리가 말이오, 오!
모욕을 당하고 원한을 품은 채
지하에서 살아가야 하다니!
끝없는 원한에 찬 우리의 가슴은 분노로 이글거리는구나!
오오! 치욕이다! 비참하도다!
오, 가혹한 고통이 몸을 찌르는구나!
우리의 외침을 들어 주소서, 오, 밤이여, 어머니시여!
승리에 찬 신들의 속임수가 예로부터 간직해 온
우리의 명예를 돌이킬 수 없이
빼앗아 가버렸습니다!

아테네

그대들의 노여움을 나는 용서하겠소.
그대들은 나보다 더 나이가 많고,
여러모로 나보다 더 지혜롭기 때문이오.
그러나 나에게 올바르게 생각할 지혜를 주신
제우스께 나는 감사드리고 있소.

만약 그대들이 멀리 타국으로 떠나게 된다면,
미리 말하건대, 머지않아
이곳을 그리워하게 될 것이오.
앞으로 다가올 시대의 파도는
내 백성들의 명예를 더욱 드높여 줄 테니 말이오.
그러니 그대들이 에렉테우스의 집[48] 근처에
머물게 된다면, 남자들과 여인들의
축하 행렬로부터, 찬사를 받고 명예를 얻게 될 것이오.
그런 것은 타국 사람들로부터는
결코 받을 수 없는 것이오.
그러니 이 나라에서는 젊은이들의 마음속에
유혈을 자아내는 불화와
증오를 일으키는 혼란을 조장하지 마시오.
술에 취하지도 않고 미쳐 날뛰는 일이 없도록 말이오.
또한 내 시민들의 마음속에 마치 싸움닭처럼
기를 쓰고 서로 원한을 갖고 싸우는 내란을 일으키는
전쟁의 신 아레스가 자리 잡지 못하게 하시오.[49]
전쟁은 이 도시의 경계 밖에 머물러야 할 것이오!
도시 밖에서는 무서운 명예욕을 가진 자들더러
전쟁을 벌이고 싶으면 벌이라 하시오!
하지만 한 우리 안에서 닭싸움을 하는 것을
나는 원치 않소. 이제, 그대들이 선택해야 하오.

48 Erechtheus. 아테네의 왕. 〈에렉테우스의 집〉이란 아테네의 아크로폴리스에 있는 아테나의 신전을 가리킨다. 이 신전에 그 왕도 함께 모셨기 때문에 그렇게 불린다.
49 아레스는 주로 맹목적인 불화와 살육 그리고 파괴를 일으키기 때문에 신들과 인간들 사이에서 별로 환영을 받지 못하는 신이다.

내가 일러두건대, 좋은 일을 하여 기분 좋은 대접을 받고,
기분 좋게 명예를 누리면서
신들이 가장 사랑하시는 이 나라에서
함께 은총을 나누자는 것이오!

코러스

나보고 그렇게 참으라는 말이오, 오!
연로한 내가 말이오, 오!
모욕을 당하고 원한을 품은 채
지하에서 살아야 하다니!
끝없는 원한에 찬 내 가슴은 분노로 이글거리는구나!
오오! 치욕이다! 비참하도다!
오, 가혹한 고통이 내 몸을 찌르는구나!
나의 외침을 들어 주소서, 오, 밤이여, 어머니시여!
승리에 찬 신들의 속임수가 예로부터 간직해 온
내 명예를 돌이킬 수 없이
빼앗아 가버렸습니다!

아테나

나는 그대에게 무엇이 이로운지를
설득하는 일에 싫증을 내지 않겠소.
연로한 여신인 그대들이 젊은 여신인 나와
내 도시의 백성들에게 명예를 잃은 채
푸대접을 받고 이 나라에서
쫓겨났다는 소리를 하지 않도록.
아니, 만약 그대가 숭고한 설득의 여신

페이토를 무시하지 않고, 내 말의 향기가
그대를 어루만져 마음을 녹일 수 있다면,
그대는 기꺼이 여기 머물게 되리라.
그러나 만약 머물기를 원하지 않더라도,
분노와 원한으로 이 도시에
큰 재난을 내리는 것은 옳지 못한 일이오.
여기 우리 나라를 함께 소유하면서
영원토록 높은 영예를 누리고
높이 숭배를 받는 것은 그대의 자유이니 말이오!

코러스장

아테나여, 그대는 내게
어떤 처소를 주겠다는 것이오?

아테나

어떤 고통도 당하지 않는 곳이오. 그곳을 받으시오!

코러스장

그곳을 받아들이면
어떤 명예가 나에게 주어지는 것이오?

아테나

앞으로 어떤 집도 그대의 도움이 없이는
번영하지 못하는 권위를 받을 것이오!

코러스장

내가 그렇게 큰 권한을 갖게 해줄 것이오?

아테나

그렇소. 나는 그대를 공경하는 자에게
행운을 주어 일으킬 것이오.

코러스장

그러면 그대는 영원히 그것을 보증해 주겠소?

아테나

이행할 뜻이 없는 일을
누가 감히 나에게 하라고 명령하겠소?

코러스장

그대의 설득이 통했소.
나의 분노가 가라앉고 있으니.

아테나

이곳에 머문다면 친구들을 얻게 될 것이오.

코러스장

그렇다면 이제, 말해 주시오.
내가 이 나라에 어떤 축복을 내려야 할지.

아테나

이를테면 반가운 승리의 축복을,
대지로부터 나오는 모든 축복을,
바다로부터의 은총을,
높은 하늘로부터 오는 축복을,
화창하고도 서늘한 바람의 은총을
이 나라에 내려 주시오.
그리고 모든 가축 떼와 모든 들판의 풍요로움이
항상 백성들을 찾아와
그들의 노고를 축복하게 해주시오.
또한 자식을 낳는 어미의 자궁도 탈이 없도록
축복을 내려 주시오.
그러나 불경한 자들은 지체 없이 뿌리 뽑아 주시오.
왜냐하면 나는 충실한 정원사처럼,
정의로운 자들이 걱정 없이 번성하는 것을
즐겨 보기 때문이오.
이것이 그대가 마음 써줄 일이오.
나는 전투에서 쉬지 않고
용맹한 빛나는 군대와 함께할 것이며,
승리에 찬 나의 이 도시를 온 세상 앞에
영광으로 장식할 것이오!

좌측 코러스 1

팔라스 곁의 거처와 제단의 화로를 받아들이겠소.
나는 이 도시를 모욕하지 않으리라.
이 도시는 숭고하고 전능하신 제우스와

아레스도 신들의 성채로 존중하는 곳이며,
헬라스 신들의 제단을 지키는
신들이 소중히 여기는 집이로다.
이 도시에 나는 기꺼이 축복을 내리고
상냥한 마음으로 예언하겠노라,
끊임없이 복된 삶이 번성하고,
어두운 대지로부터 태양의 찬란한 빛이
대지를 어루만져 풍요로움이 넘치게 되리라고.

아테나

나는 이 도시의 백성들을 위하는 마음으로
위대하지만 달래기 힘든 여신들을
이 도시에 머물게 하는 일을
드디어 해냈노라.
이 여신들에게는 인간의 안녕과
슬픔 모두를 관장할 권한이 주어졌다.
이 여신들을 공경하지 않는 자들은
살아가는 동안
어디서 재앙이 올지 알지 못하리라.
선조들로부터 물려받은 죄가
그들을 복수의 여신들의 수중으로
몰고 가기 때문이니라.
그리하여 큰소리치는 자라도 파멸이 그를
소리 없는 분노 속에서 으스러뜨려 버리고 말리라.

우측 코러스 1

숲을 망가뜨리는 폭풍은 절대로 불지 않을 것이라.
이것이 내가 이 나라에 주는 선물이로다.
타는 듯한 더위가 이 나라의 들판에
휘몰아쳐 식물의 싹을 태워 버리는 일 또한
결코 없을 것이다.
흉작이 일어나 열매의 싹을 처참하게 망치는 일도
결코 일어나지 않을 것이다.
양 떼는 번성하고,
그 주위로 뛰어다니는 쌍둥이 양들이
때가 되면 들판에서 스스로 자라리라.
새끼들이 태어날 것이다.
노동의 산물로 산속에는
넘쳐 나는 광석이 있을 것이니,[50]
이는 신들이 내리는 축복이요,
기쁜 수확물이리라!

아테나

도시의 수호자들[51]이여,
그대들은 복수의 여신들이 그대들에게
주겠다고 약속한 것을 들었도다!
왜냐하면 숭고한 여신들의 위력은
천상의 신들 사이에서도,
그리고 지하의 왕국에서도 큰 힘을 발휘하며,

---

50 아티카 지방 남부의 은광을 염두에 두고 하는 말인 듯하다.
51 오레스테스를 재판하기 위해 참석한 배심원들을 가리키고 있다.

인간사에 있어서도 단호한 손으로
분명하게 다스리며 머물 것이기 때문이다.
어떤 인간은 즐거운 노래를 부르게 해주고,
어떤 인간은 일생을
눈물에 젖어 보내게 해주리라!

좌측 코러스 2

인간의 힘을 약화시켜, 삶의 화려함을 꺾는
급작스러운 죽음이 찾아오는 일이 결코 없기를.
그리고 인간들에게는 애정과 호의를 베풀어
신부를 갖는 기쁨을 부여하기를.
그럴 권능을 우리들처럼 태초의 밤의 자식들로서
세상의 질서를 잡는 힘인 그대
운명의 여신들은 갖고 있소.
오 자매들이여, 모든 결속의 자리에 늘 함께하고,[52]
경건한 화합을 언제나 축복 속에서 유지시켜 주는,
신들 가운데서
가장 존귀한 분들이여!

아테나

이 나라가 그토록 은혜로 가득한
모든 것을 받게 되다니,
매우 기쁘구나.

---

52 운명의 여신들은 특히 결혼으로 남녀를 화합하게 하고 출산과 같은 가정사를 결정하는 데 있어 중요한 역할을 하기 때문에 여기서 그들을 존중하는 표현을 하고 있다.

그리고 설득의 여신 페이토의 눈길이
거칠게 나를 거부하던 그 여신들의 마음을 녹이도록
내 혀를 이끌어 말하게 해주었으니,
의당 나는 그분을 찬양하노라.
그러나 역시 승리자는
회담을 수호하시는 제우스이시니.
언제나 선(善)을 위해 열심히 노력하는 우리에게는
승리가 있을지어다.

우측 코러스 2

온갖 재난에도 지치지 않고
맹위를 떨치는 내란이
이 도시에서는 결코 일어나는 일이 없기를.
이 도시의 흙먼지가
시민들의 검은 피를 빨아 마시고
복수심에서 보복 살인으로 피를 뿌리며
이 도시를 파멸시키는 일이 없기를.
바라건대, 모두를 사랑하는 마음에서
하나가 되어 기쁨을 서로 나누고,
미워하는 데서도 한마음이 되기를.
그리하면 인간들의 많은 슬픔이 치유되리라!

아테나

지혜로운 말은 언제나 그 말을
이해시키는 길을 찾게 되리라.
무서운 형상을 한 여신들의 얼굴에서

이곳 시민들에게 이로운 일이
많이 생기리라는 희망을 보게 되는구나!
만약 그대들이 기뻐하는 자들을
앞으로 호의적인 마음으로 존중한다면
이 나라와 도시는 굽힐 수 없는 정의의
보호 아래 영원히 번성하리라!

좌측 코러스 3

축복받은 부유함 속에서 편안하기를!
아티카의 백성들이여,
제우스의 제단 가까이에[53] 거주하는 이들이여,
안녕히, 사랑스러운 처녀 신[54]에게서 사랑받는,
마음을 다스리는 현명한 이들이여,
아테나가 날개로 덮어 주는 사람에게는
그녀의 아버지 역시 호의를 보이시리라.

아테나

(그사이 모여든 축제 행렬의 선두에 서서, 복수의 여신들에게)
그대들도 편안히 지내기를!
나는 앞장서서 그대들에게 성스러운 방으로
가는 길을 보여 주겠소.
여기 수행원들의 신성한 불빛을 받으며 가시오.
횃불의 수행을 받으며
이 나라로부터 모든 재난을 멀리하고

---

53 과거에는 아테네에 제우스의 신전도 있었기 때문에 이렇게 말하고 있다.
54 아테나를 가리킨다.

지하로 내려가시오. 그리고 도움이 되는 것은
승리를 위해 이 도시에 올려 보내시오!
(수행원들에게)
그리고 너희, 크라나오스[55]의 자손들이여,
너희 도시의 백성들과 함께할
손님들을 수행하여라.
정의를 위한 올바른 분별심이 이 백성들에게
언제나 유지되기를 바라노라!

우측 코러스 3

그대들은 편안히 지내기를.
내 여기 이 도시의 모든 이들에게
다시 한 번 말하노라.
팔라스의 도시에 거주하는
신들과 인간들이여!
만약 그대들이 그대들과 함께 거주하는
나를 존중하고 돌봐 준다면,
결코 그대들의 인생에서 운명을
탓하게 되지 않으리라!

(코러스가 이렇게 노래하는 가운데, 무대 뒤에서는 성탑과 도시로부터 여자들과 아이들이 화려한 축제 의상을 입고 햇불을 들

---

55 Kranaos. 고대 아테네의 네 번째 왕. 케크롭스Cecrops 1세를 계승하였는데, 일설에 그는 케크롭스 1세와 함께 이집트에서 건너왔다고 하기도 하고, 신화에 의하면 땅에서 나왔다고도 한다. 그의 세 명의 딸 가운데 아티스라는 여인이 있었는데, 아티카라는 명칭은 그녀의 이름에서 온 것이라고 한다.

고 모여든다.)

아테나

그대들의 축복을 기원하는 경건한 말에 감사하오.
불꽃이 활활 타오르는 횃불의 빛 속에서
나는 그대를 저 아래 하데스에게로,
죽은 이들이 누워 있는 어두운 세계로 호송하겠소.
내 신상을 성스럽게 지키는 신전의 여사제들과 함께.
오라, 그대 테세우스 나라의
가장 사랑스러운 눈[眼]이여,
고귀하게 태어난 이들이여,
품위 있는 소녀들과 여인들과 노모들의 행렬이여,
자줏빛 축제의 옷으로 화려하게 치장을 하고서.
환히 빛나는 횃불 앞에서 경건하게
이분들을 공경하라,
그대들의 조국을 함께 지배하는 이분들이
백성들의 안녕 속에서 영원히 호의를 보여 주도록!

(아래의 노래를 부르는 가운데 아레이오스 파고스의 사람들과 신전을 지키는 여사제들 등의 모든 축제 행렬이 걸어간다. 그리고 그들의 한가운데로 아테나의 인도를 받으면서 복수의 여신들이 걸어 나간다.)

수행원들의 코러스 가운데 좌측 코러스 1

성스러운 호송을 받으며
축제의 가락에 맞춰 걸음을 옮기소서,

강력한 분들이여,
밤의 여신의 자식으로서
자식을 두지 않은 분들이여!
모든 백성들은 경건하게 침묵을 지키시오!

수행원들의 코러스 가운데 우측 코러스 1

숭고한 분들이여, 자비롭게
우리의 고향을 돌봐 주시고,
둘러서 있는 횃불의 찬란한 빛을 받으며
즐겁게 지하로 내려가소서.
함께 축제의 노래에 환호합시다!

(무리들이 예배 의식에 따라 환호성을 지른다.)

수행원들의 코러스 가운데 좌측 코러스 2

우리 시민들과 함께 그대들은
한마음이 되어 이 나라에 살게 되었습니다!
그리하도록 운명의 여신들이,
만물을 내려다보시는 제우스께서 섭리하셨나이다.
함께 축제의 노래에 환호합시다!

(무리들이 예배 의식에 따라 환호성을 지른다.)

역자 해설
원죄의 사슬로 얽힌 한 왕가의 비극

　고대 그리스의 비극 작가 아이스킬로스Aeschylus는 기원전 525년 무렵 그리스의 아테네에서 북서쪽으로 20킬로미터쯤 떨어진 아티카의 엘레시우스에서 귀족인 에우포리온Euphorion의 아들로 태어났다. 아이스킬로스는 기원전 499년 26세의 나이로 아테네에서 열린 디오니소스 축제의 비극 경연 대회에 처음으로 참가하였으나, 첫 승리를 거둔 것은 41세가 된 기원전 484년이었다. 그 후 그는 평생 13회에 걸쳐 우승하였으며, 그리스의 3대 비극 작가 가운데 한 사람으로서 온 그리스에 명성을 떨쳤다. 아이스킬로스는 기원전 490년 무렵 페르시아 전쟁에 참전하여 마라톤 전투에서 감격적인 승리를 맛보았으며, 이를 평생 자랑으로 삼았다. 그리고 기원전 480년 45세 때는 또다시 페르시아인들과 벌어진 살라미스 해전에 참전하였다. 여기서도 그리스가 승리를 거두었으며, 아이스킬로스도 이 승리의 기쁨을 만끽하였다. 살라미스 해전이 끝나고 10년 가까이 지난 후 기원전 471년에서 기원전 469년 사이에 그는 시칠리아 섬 시라쿠사 시의 참주(僭主)였던 히에론Hieron의 초청을 받아 시칠리아로 갔다. 당시 이 지방에는 그리스인들이 많이 옮겨 와 번영을 누리며 살고 있었다. 그곳에서 그는 자신이 쓴 비극 「페르시아인들Persai」을 공연하였다. 이 극은 기원전 472년 아테네의 비극 경연 대회에서 그에게 우승의 영광을 안겨 준 작품이다. 아이스킬로스는 그 뒤 곧 아테네로 돌아왔고, 기원전 468년에 열린 비극 경연 대회에서는 처음으로 대회에 참가한 28세의 소포클레스Sophocles에게 우승을 넘겨주었다. 하지만 기원전 458년, 67세 때 그의 가장 위대한 작품인 비극 「오레스테이아The Oresteia」를 공연하여 열세 번째이자 마지막 우승을 차지하였다. 그 후에 그는 또다시 아테네를 떠나 시칠리아의 겔라로 건너가 살다가 그곳에서 기원전 456년경 70세의 나이로 세상을 떠났다. 아이스킬로스가 왜 그런 고령에 자신이 사랑하고 아끼던 아테네를 다시 떠났는지 그 이유는 밝혀지지 않고 있다. 그는 생전에 90여 편의 비극을 쓴 것으로 전해지고 있으나 현재 남아 있는 것은 「페르시아인들」, 「테바이를 공격한 일곱 장수Hepta epi Thebas」, 「탄원하는 여인들Hiketides」, 「결박된 프로메테우스Prometheus Desmotes」, 「아가멤논 Agamemnon」, 「제주를 바치는 여인들Choephoroi」, 「자비로운 여신들Eumenides」 일곱 편뿐이다. 그중 가장 오래된 것은 기원전 472년에 페르시아 군대의 패배를 묘사한 「페르시아인들」이며, 마지막 세 작품은 〈오레스테이아 3부작〉으로 연결되어 있다. 그는 사후에 그리스 비극의 수준을 그리스 민족 전체의 예술로 높인 인물로서 존경을 받게 되었고, 그의 무덤은 많은 시인들의 경건한 발길이 끊이지 않는 명소가 되었다.

그리스 비극 탄생의 역사를 알고자 할 때 아테네가 어떻게 비극 예술을 발전시키는 무대가 되었는지 그 배경을 살펴 보면 도움이 된다. 아이스킬로스는 아테네의 참주 정치가 붕괴하고 이어 새로운 민주 정치가 확립되어 가는 격동기에 청년 시절을 보내며 그 분위기 속에서 자신의 비극 예술의 정신을 구축해 나갔기 때문이다. 인접한 아시아의 다른 국가들이 모두 엄격한 전제 군주 정치를 시행하고 있던 반면에, 아테네에서는 이미 기원전 8세기 중엽부터 왕권이 크게 제한되고 대신 귀족들이 다스리고 있었다. 그러다가 기원전 7세기경에는 평민들 가운데서 부유한 상인들이 등장하면서 평민들의 정치적 발언권도 점차 커졌으며, 도시의 중산층은 점차 민주 정책을 요구하였다. 마침내 기원전 6세기 초에 솔론Solon이 등장하여 개혁을 주도하였다. 그러나 이 개혁도 사회 각 계층의 불만을 모두 해소하지는 못해 아테네는 정치적인 안정을 유지하지 못하고 혼란이 계속되고 있었다. 그러다가 기원전 6세기 중엽에 참주 페이시스트라토스Peisistratos가 나타나 다시 민주 정치는 후퇴하고 독재 정치가 시행되었다. 그는 기원전 560년부터 527년까지 아테네의 독재자로 군림했으나 계몽 군주의 성격을 띠고 있어서, 쇠퇴한 아테네를 경제적으로, 그리고 문화적으로 부흥시키고자 노력을 기울였다. 그의 업적 가운데 기억할 만한 중요한 것으로 기원전 539년에 디오니소스제를 연중행사로 삼은 것을 들 수 있다. 이것은 디오니소스를 새로운 제례의 주신(主神)으로 삼은 것으로서 제례에 따르는 행사의 하나로 비극을 상연하게 하였으니, 이 행사에서 처음으로 비극 경연 대회가 개최되었다. 그 뒤에 참주정이 붕괴하고 이어서 내란과 혼란이 일어났으나 클레이스테네스Kleisthenes가 등장하여 평민의 지지에 힘입어 정권을 잡고 이를 수습해 민주화를 추진하였다. 아테네가 그러한 격동의 시기를 보내는 동안, 당시 강대국이던 페르시아는 호시탐탐 그리스 본토를 공격할 기회를 엿보다가 결국 침공해 와 기원전 490년경 페르시아 전쟁이 일어났다. 약소국이었던 그리스는 두 차례의 전쟁에서 모두 힘겹게 승리를 거두었다. 특히 기원전 480년 당시 강력했던 페르시아 해군이 아티카 지방 서쪽 바다에 있는 섬인 살라미스 근처에서 아테네의 장군 테미스토클레스Themistokles가 이끄는 아테네 해군에 패배함으로써 페르시아 전쟁이 종식하고 더불어 그리스인들의 사기를 높이는 계기가 되었다. 이 전쟁으로 당시 아테네인들은 자유와 독립을 수호한다는 자신들의 의지가 관철된 것을 보고 자신감을 얻었다. 이들은 페르시아에 대한 그리스의 승리를 무력에 대한 정의의 승리로 보았으며, 그 정의를 실현한 것은 다름 아닌 자신들이 섬기는 신들이었다고 믿었다. 신들의 위력과 정의에 대한 이 같은 당시 그리스인들의 시각을 아이스킬로스는 자신의 작품 속에 충실히 받아들이고 있다.

페르시아 전쟁에서 승리를 거둠으로써 솔론의 개혁과 참주 페이시스트라토스의 경제 및 문예 진흥책, 그리고 클레이스테네스의 민주화 등 서서히 내적인 힘을 축적해 온 아테네는 그때까지 문화의 불모지나 다름없던 환경에서 벗어나 민주주의와 문화 예술 활동의 중심지가 됨으로써 그리스의 위대한 고전 문화를 꽃피우게 되었다. 아테네의 디오니소스 극장에서는 대화와 노래, 춤 등이 한데 어우러진 종합 예술로서 아이스킬로스와 소포클레스, 에우리피데스Euripides의 비극 등이 수시로 공연되어 국민의 사랑을 받았다. 이처럼 그리스 비극은 기원전 5세기 이후로 약 1백여 년 동안 아테네에서 전성기를 누리면서 인간에 대한 깊은 성찰을 바탕으로 그리스 정신의 위대한 한 부분을 이루었다. 그리스 철학자 아리스토텔레스Aristoteles는 『시학Poetics』에서 비극이 서사시보다 더 우수한 예술 형식이라고 주장하고 있는데, 그 이유로 비극은 서사시에 비해 더 짧은 시간에 압축된 시적 효과를 산출하면서 통일성이 더 강하고 더 큰 쾌감을 주기 때문이라고 보았다. 그러나 이후 아테네가 펠로폰네소스 전쟁을 거쳐 쇠퇴해 가면서 그리스 비극도 점차 그 영향력을 잃어 갔다. 아테네의 아크로폴리스 남동쪽 바로 아래에는 기원전 6세기부터 디오니소스Dionysos에게 바쳐진 종교 제전에서 비극 공연이 이루어지던 디오니소스 극장의 폐허가 오늘날에도 남아 있다. 지금은 쓸쓸하게 잔해만 널려 있지만 과거에는 수만 명의 아테네 시민들이 모여 무대에서 벌이는 공연에 심취했던 곳이다. 그러나 그리스 비극은 쇠퇴해 간 이후에도 근대에 이르기까지 그 소재를 다시 수많은 예술가들이 채택함으로써 서양 문학 전체에 뚜렷한 자취를 남겼다.

그리스어로 비극을 〈트라고이디아tragoidia〉라고 한다. 고대 그리스의 도시 국가 아테네에서 열리는 디오니소스 축제에서 공연된 연극은 일반적으로 대화 부분과 코러스가 노래하며 춤추는 부분으로 이루어져 있다. 그리고 코러스는 노래에 알맞은 몸짓을 덧붙여 춤을 추면서 스스로 이야기 속의 인물이 되며, 주로 작가 자신이나 당시 보통 사람들의 사고방식을 대변하는 인물로서 등장인물을 비판하거나 그들에게 동조하는 형식을 취한다. 코러스는 고대의 연극에서는 매우 큰 부분을 차지하고 있다. 무대 위에서 배우와 직접 대화를 나누

기도 하고, 분위기가 고조되어 있을 때에 배우와 번갈아 노래를 부르기도 했다. 그러나 필요한 경우에는 코러스가 무대 위에 나와 있더라도 작가가 잠시 그들의 존재를 무시한 채 다른 배우들로 하여금 극을 계속 진행하게 하기도 했다.

아이스킬로스의 비극 작품집 『오레스테이아』는 〈오레스테스의 이야기〉란 뜻으로, 그것은 내용상 서로 긴밀하게 연결되는 「아가멤논」, 「제주를 바치는 여인들」, 「자비로운 여신들」의 세 부로 구성되어 있다. 내용상 제1부의 결과로 제2부가 전개되고, 또 그 필연적인 결과로 제3부가 진행되고 있다. 이 비극은 기원전 1300년 무렵으로 추정되는 트로이 전쟁 당시, 그리스 반도의 맹주였던 아가멤논Agamemnon이 왕비 클리타임네스트라Klytaimnestra와 그 정부 아이기스토스Aegisthus의 음모에 의해 살해되고, 그 뒤 아들 오레스테스가 귀국하여 어머니와 정부 두 사람을 칼로 찔러 죽여 아버지의 원수를 갚는다는 그리스 신화에서 소재를 따온 것이다.

오레스테스Orestes는 그리스 신화에 나오는 인물이다. 영웅 아가멤논과 클리타임네스트라 사이에서 난 아들이며 그의 누이로는 엘렉트라Electra, 이피게네이아Iphigeneia, 크리소테미스Chrisothemis가 있다. 아가멤논이 클리타임네스트라와 아이기스토스에 의해 암살당한 후 엘렉트라는 자신의 남동생 오레스테스를 아가멤논의 매형에게 데려가 그곳에서 자라게 한다. 8년 후에 오레스테스는 아폴론Apollon의 명령을 받아 아르고스로 돌아와 아버지의 복수를 하고 아버지가 지녔던 왕권을 이어받는다. 오레스테스에 관한 고대 그리스의 비극으로는 아이스킬로스가 쓴 「오레스테이아」 외에도 소포클레스가 쓴 「엘렉트라」, 에우리피데스가 쓴 「엘렉트라」, 「오레스테이아」, 「타우리스의 이피게네이아」가 있다. 그만큼 이 신화는 그리스인들에게는 비극 작품으로 다루기에 매력적인 소재였다. 그 후 중세 기독교 시대에 들어와서는 그리스 신화의 매력이 쇠퇴한 데다가 모친에 대한 복수의 정당성을 배제하였기 때문에 이 신화의 소재는 사라진 듯하였다. 그러다가 16세기 르네상스에 와서 다시 그리스 문화에 대한 각성이 일어나면서 이 소재의 내용도 다시 살아나 유럽의 여러 작가들에 의해 문학 작품으로 쓰였다. 원래 그리스 비극 작품들은 완전히 새로운 내용을 보여 주기보다는, 이미 관중이 알고 있는 그리스 신화 등에서 소재를 따와 그 내용을 저자가 자신의 사상에 따라 각색하곤 했다. 그리하여 아리스토텔레스가 『시학』에서 말하듯이 새로운 해석을 통해 관객을 공포에 놀라게 하고 감동시킨 다음 감정을 해방시켜 정화된 쾌감, 즉 카타르시스를 일으키는 것을 목표로 하였다.

그러므로 먼저 3부작의 첫 번째 작품인 「아가멤논」을 이해하기 위해서는 아가멤논의 아버지인 아트레우스Atreus 가문에 전해 내려오는 저주에 관한 신화를 알아야 한다. 아트레우스 가문의 시조는 제우스Zeus의 아들인 탄탈로스Tantalus이다. 그는 여러 신들의 총애를 받았기 때문에 올림포스에 있는 신들의 거처에까지 초대받았지만, 오만하여 내심 신들에 대해 불경한 생각을 품고 있었다. 그는 과연 신들이 모든 것을 꿰뚫어 보는 능력이 있는지 시험해 보려고 자기 아들 펠롭스를 죽여 그 살로 음식을 만들어 신들에게 내밀었다. 이것을 알게 된 신들은 분노하여 죽은 펠롭스Pelops를 도로 살려낸 다음 이 가문에 대대로 저주를 내렸다. 그리하여 탄탈로스의 자손들에게는 하나같이 불행한 일들이 일어난다. 먼저 펠롭스는 결혼하기 위해 장인이 될 사람을 죽이며, 아트레우스와 티에스테스Thyestes라는 두 아들을 두었는데 동생 티에스테스가 형수와 간통을 저지른다. 이를 알게 된 형 아트레우스는 이에 복수하기 위해 조카들을 죽여 요리한 다음 동생을 속여 그것을 먹도록 만든다. 뒤에 이를 알게 된 티에스테스는 다시 형에게 복수하기 위해 자기 친딸과 결혼해 아들 아이기스토스를 낳았다. 이렇게 낳은 아들이 복수해 주리라는 신탁을 받았기 때문이다. 아이기스토스는 아무것도 모른 채 어려서 삼촌인 아트레우스의 손에 자라지만 나중에 자신을 친자식처럼 키워 준 삼촌이 사실은 친부의 원수라는 사실을 알게 되자 그를 죽인다. 이처럼 이 가문의 과거사를 돌이켜 보면 여기에는 어떤 윤리적인 질서나 도덕, 정의는 물론 부자나 형제 간의 사랑도 존재하지 않는다. 오로지 광포한 무질서, 탐욕, 근친상간, 간통, 복수심만이 있을 뿐이다. 이러한 것이 과연 신화에서나 이야기한 것인지, 아니면 문명화하기 이전의 고대 그리스인들에게 정말로 다분히 있었던 성향인지는 분명하지 않다. 아트레우스 가문의 비극은 계속해서 다음 세대인 아가멤논 대에도 이어진다. 아트레우스는 아가멤논과 메넬라오스Menelaus라는 두 아들을 두었는데, 이 두 사람은 각각 클리타임네스트라와 헬레네Helene라는 두 자매와 결혼했다. 이 헬레네는 바로 트로이 전쟁의 원인이 된 최고의 미녀다. 그 전쟁의 발단이 된 것은 소위 파리스Paris의 심판 이야기이다. 가장 아름다운 여신임을 자처하는 세 여신 사이에서 트로이의 왕자 파리스는 누가 가장 아름다운지 판결해 달라는 요청을 받는다. 아테나Athena는 그에게 지혜를 주겠다고 약속했고 헤라Hera는 세계의 지배권을 주겠다고 약속했지만, 그는 이를 물리치고 자신에게 세계 최고의 미녀를 아내로 주겠다고 약속한 아프로디테Aphrodite를 가장 아름다운 여신으로 지목한다. 이에 아프로디테는 약속대로 이미 남편이 있는 스파르타의 왕비 헬레네를 그에게 주었고, 결과적으로 트로이의 왕자가 스파르타의 왕비를 납치해 가는 사건이 벌어진다. 그리고 자기 아우의 아내를 납치해 간 트로이 왕자에게 복수하기 위해 아르고스의 왕 아가멤논은 그리스 각국의 군대를 동원하고 스스로 그 군대의 총사령관이 되어 대규모 원정을 떠나게 된다. 그런데 이 원정군은 출발 때부터 큰 난관에 부딪친다. 아가멤논이 사냥에 나갔다가 그만 아르테미스Artemis가 신성하게 여기는 사슴을 쏘아 죽이자 분노한 여신이 바람을 잠재워 원정군을 태운 배들이 트로이를 향해 출항하지 못하도록 한 것이다. 여신의 분노를 가라앉히기 위해서 아가멤논은 딸 이피게네이아를 희생양으로 바쳐야만 했고, 결국 그는 불쌍한 이피게네이아가 아버지에게 저주를 하지 못하도록 입에 재갈을 물린 채 제단에 희생물로 바친다. 이렇게 해서 어렵사리 여신의 분노를 가라앉힌 원정군은 트로이로 떠난다. 그러나 아가멤논의 왕비 클리타임네스트라는 남편이 그런 식으로 딸을 죽인 데 대해 분노를 참지 못하고 그에 대한 반감을 품고 있다가, 아가멤논이 전장에 나가 있는 동안 그에게 적대적인 아이기스토스를 정부로 삼아 간통을 하고 결국 그와 공모하여 자기 남편을 살해한다.

이런 신화적 배경을 가진 3부작의 첫 번째 작품 「아가멤논」은 그리스군이 트로이를 함락하였다는 봉화 신호를 파수병이 발견하는 것으로 시작한다. 이어서 아르고스의 노인들로

구성된 코러스가 등장하지만 이들은 그리스군의 승리에 대해 기쁨의 환성을 올리지 않고 오히려 불안한 기색을 띠고 트로이 전쟁의 발단이 된 저주에 관해서, 그리고 여신 아르테미스의 노여움을 달래고 순풍을 불러오기 위해 이피게네이아 공주를 제물로 바치고 함대를 출범시켰던 일에 관해서 노래한다. 코러스에 뒤이어 왕비 클리타임네스트라가 등장한다. 그녀는 자신이 오랫동안 남편에 대해 간직해 온 증오를 교묘히 감춘 채 은밀한 움직임을 보인다. 이처럼 트로이 함락을 알리는 봉화가 오른 후 전령이 나타나 개선을 알리고 왕이 등장하기까지 무대에는 깊은 불안과 긴장이 조성된다. 마침내 아가멤논이 승리의 귀환을 하지만, 그는 일종의 전리품으로 왕의 노예이자 첩이 된 트로이의 공주 카산드라Cassandra와 함께 등장한다. 이 광경을 본 클리타임네스트라는 속으로 왕에 대해 더욱 분노하면서도 겉으로는 그를 열렬히 환영하는 것처럼 가장하여 남편으로 하여금 자신이 펴놓은 자줏빛 융단을 밟고 궁전 안으로 들어가도록 한다. 그리고 그가 긴장을 풀고 목욕을 하는 동안에 아이기스토스와 함께 흉계를 꾸며 욕조에서 그를 무참하게 살해하고 이어 카산드라도 죽이고 만다. 클리타임네스트라는 자신이 아가멤논을 살해한 것은 정당했다고 주장하지만, 그러면서도 과거로부터 이 가문에 끝없이 이어져 온 죄와 벌의 사슬에 자신도 묶이게 된 것을 두려워하면서 더 이상 재앙이 일어나지 않기를 바란다. 「아가멤논」의 뒷부분에서 또 하나 극적인 장면은 원래 트로이의 왕비였으나 그리스군의 포로로 끌려와 굴욕을 당하는 카산드라의 절규이다. 카산드라는 트로이의 왕 프리아모스Priamos의 딸, 아폴론이 그녀를 사랑하게 되자 그녀를 유혹하려고 예언 능력을 주었다. 그러나 카산드라는 예언 능력을 받고 난 후에 아폴론의 유혹을 거절한다. 이에 화가 난 아폴론은 그녀를 저주하여 비록 미래를 예견하지만 아무도 그녀의 말을 믿지 못하게 만든다. 트로이 전쟁 때 그녀는 성 앞에 서 있는 목마를 도시 안으로 들일 경우 재앙이 닥칠 것을 알고 이를 경고하지만, 트로이 사람들이 그녀의 말을 믿지 않아 결국 전쟁에서 패하고 만다. 이후 카산드라는 그리스군의 사령관인 아가멤논에게 전리품으로 붙잡혀 그와 함께 아르고스의 아가멤논 왕궁까지 끌려온 것이다. 그녀는 자신과 아가멤논 가문의 불행한 미래를 예감하자 발작적으로 울부짖지만, 예언자인 자신도 죽음을 피할 수 없다는 것을 깨닫자 결국은 침착하게 죽음을 향해 궁전 안으로 걸어간다. 카산드라의 운명과 죽음은 한마디로 신 앞에서 인간의 무력함을 말해 준다. 그녀의 뛰어난 예언 능력도 신이 그녀에게서 등을 돌리는 순간 아무런 쓸모가 없어진 것이다.

제2부 「제주를 바치는 여인들」에서는 아버지 아가멤논이 원정을 떠난 동안 어머니와 그 정부의 흉계에 의해 부친의 궁성에서 쫓겨나 방랑하던 아들 오레스테스가 청년이 되어 돌아온다. 오레스테스는 친구 필라데스Pylades와 함께 아버지의 무덤을 찾아가는데, 그곳에서 집에 남아 어머니로부터 온갖 박해를 받던 누이 엘렉트라를 만난다. 그녀는 코러스를 구성하는 상복을 입은 여인들을 데리고 아버지의 무덤에 제주를 바치러 왔다가 오레스테스와 재회한 것이다. 누이로부터 아버지가 받은 모욕과 누이가 받은 수모의 전모를 전해 들은 오레스테스는 슬퍼한다. 그리하여 두 남매와 뒤따라온 코러스 여인들이 무덤가에서 화답하며 긴 애탄가를 부른 다음, 오

레스테스는 누이 엘렉트라와 힘을 모아 궁전 안으로 들어가 어머니와 그녀의 정부 아이기스토스를 죽여 아버지의 원수를 갚을 계획을 세운다. 그리하여 오레스테스는 나그네로 변장하고 궁으로 찾아가 자신이 죽었다는 거짓 소식을 전한다. 그로써 일단 클리타임네스트라를 안심시켜 궁 안으로 들어가는 데 성공하자 그는 어머니와 그녀의 정부를 함께 죽인다. 오레스테스는 자신이 아폴론으로부터 아버지의 원수를 갚으라는 명령을 받고 왔다고 말하면서 자신의 정당성을 주장한다. 원래 호메로스가 묘사한 그리스 신화에서 오레스테스는 복수를 한 뒤에 더 이상 아무런 저주나 복수의 대상이 되지 않는다. 그러나 아이스킬로스는 이 부분을 독창적으로 각색하여, 오레스테스로 하여금 아들로서 아버지의 원수를 갚았지만 한편으로는 자신을 낳아 준 모친을 살해한 자로서 그 자신도 오랫동안 그의 가문을 옭아매고 있는 저주의 굴레 속으로 휘말려 들어가도록 하고 있다. 곧이어 서서히 공포의 검은 그림자가 그의 의식을 덮치기 시작하고 죽은 어머니의 혼백이 불러낸 복수의 여신들의 끔찍한 모습이 눈앞에 나타나 그를 괴롭히자 그는 정신 착란을 일으키면서 무대에서 뛰쳐나간다.

제3부 「자비로운 여신들」은 오레스테스가 복수의 여신들에게 쫓겨 찾아간 델포이의 아폴론 신탁소에서 시작된다. 오레스테스가 자신에게 아버지의 복수를 명령했던 아폴론에게 도움을 청하자, 아폴론이 나타나 그에게 아테나 신전에서 재판을 받도록 지시한다. 오레스테스는 이 명령에 따라 아크로폴리스에 있는 아테나 신전으로 들어가 신상을 붙잡고 호소한다. 그러나 곧 복수의 여신들이 그를 쫓아 들어와 에워싸고

윤무를 추고 노래하면서 그를 위협한다. 이윽고 아테나가 나타나 상황을 묻고 그 여신의 주재로 아테네의 아크로폴리스 언덕 기슭에 있는 가장 오래된 법정인 아레이오스 파고스 법정에서 고소인인 복수의 여신들과 변호인인 아폴론이 참석한 가운데 오레스테스가 저지른 죄에 대한 심문이 진행된다. 밤의 여신의 딸인 복수의 여신들은 한번 흘린 피에 대해서는 무슨 일이 있어도 속죄해야 한다고 집요하게 주장한다. 그리스어로 〈복수의 여신들〉인 〈*eumenídes*〉라는 이름은 〈좋은 의도를 지닌 자들〉이라는 뜻이다. 그러나 여기서는 그 여신들에게 일반적으로 거칠고 야만적인 성격을 부여하고 있다. 왜냐하면 그들의 본질적인 권리는 누군가의 뒤를 쫓는 데 있고, 따라서 그들이 누군가를 괴롭힐 때에는 추하면서도 거칠고 잔인한 모습으로 나타나기 때문이다. 그들이 오레스테스에 맞서 주장하는 것은 오직 혈연에 근거를 둔 권리이다. 즉, 그 복수의 여신들이 옹호하는 것은 바로 오레스테스에 의해 파괴된 어머니와 자식 간의 내적이고 본질적인 관계인 것이다. 특히 그들은 어머니의 존재를 중요하게 여기던 구(舊)세계를 대변하는 존재들이기 때문에 어머니를 죽인 자는 결코 용서할 수 없다고 말한다. 그러나 새로운 젊은 부계 사회의 세계를 지배하는 제우스의 아들인 아폴론은 남편 아가멤논을 살해한 죄가 모친을 살해한 죄보다 더 중죄에 해당한다고 주장한다. 클리타임네스트라의 아들이자 아가멤논의 아들이기도 한 오레스테스는 한편으로는 어머니를 존중하지만, 아버지이자 왕인 아가멤논을 대신할 권리를 지니고 있으므로 자기를 낳아 준 어머니에게 아버지에 대한 복수를 한 것이라고 아폴론은 그를 옹호한다. 아폴론은 피[血]라는 감성적인 것에 근거하는 자연적인 도덕성에 대항하면서, 그보다 더 심오한 권리인 남편이자 왕의 권리가 침해당하는 것을 방어하고 있는 것이다. 이처럼 양쪽의 권리가 다르게 보이지만, 사실은 양쪽 다 가족이라는 영역에 들어 있으면서 서로 다른 윤리를 두고 맞서 싸우고 있는 것이다.

그러자 복수의 여신들은 자신들도 제우스가 다스리는, 소위 정의로운 세계의 구도 안에 당당히 포함된다고 말한다. 양편의 진술이 모두 끝나자 이 재판의 주도권을 쥐고 있는 아테나는 투표에 들어가기에 앞서 지금 창설된 법정이 〈아레스의 언덕〉이라는 뜻의 〈아레이오스 파고스〉라는 이름 아래 앞으로는 피의 복수를 대신하여 정의의 이름으로 사건을 재판하게 될 것이라고 알린다. 이어서 아테네의 원로 시민들로 구성된 배심원들의 투표가 진행된다. 유죄와 무죄 양쪽의 투표가 동수로 나오자 아테나는 자신의 권한을 행사하여 오레스테스에게 무죄를 선언한다. 그리고 그 이유는 부친의 권한이 모친의 권한보다 더 크기 때문이라고 말한다. 이에 오레스테스를 처벌하려 했던 복수의 여신들은 격분하여 아테네에 재앙을 내리겠다고 위협한다. 그러자 아테나는 복수의 여신들에게 우아한 매력을 발휘하여 새로운 질서 속에 그들이 적응하도록 명쾌하게 설득하여 그들이 더 이상 복수를 벼르지 않고 〈자비로운 여신들〉로 마음을 바꾸도록 한다. 그리고 그들이 마음을 바꾸는 대가로 아테나는 그들이 〈자비로운 여신들〉로서 아테네에 자신들의 성역을 갖고 숭배를 받도록 해주며, 이에 대한 보답으로 여신들은 앞으로 그 도시에 아낌없이 복을 가져다주겠다고 약속한다. 주인공 오레스테스는 자신이 지은 죄에 대해 벌을 받지 않고 정화될 수 있게 된 것은 신의 은총 덕분이었으므로 감사의 눈물을 흘리며 자신을 구원해 준 아테네에 영원한 우정을 맹세하면서, 앞으로 자신의 왕국인 아르고스가 아테네가 있는 아티카 땅에 군대를 동원해 공격하는 일은 결코 없을 것이라고 약속한다.

작가 아이스킬로스가 이 3부작 속에서 가장 중요하게 제시하고 있는 것은 〈과연 정의란 무엇인가〉이다. 얼핏 보기에 아가멤논은 특별한 죄를 짓지 않았으면서도 부당하게 무참히 살해되는 불행을 겪는다. 그러나 거슬러 올라가 보면 그의 조상들이 지은 〈원죄〉의 사슬에 그 역시 묶여 있어서 저주를 벗어나지 못하고 있다. 그리고 아가멤논이 트로이 원정을 감행한 것은 그가 아폴론의 보호를 받고 있다는 점에서 정당화되지만, 엄격히 보면 그 자신도 원래 유부녀였던 클리타임네스트라의 남편을 죽이고 그녀를 빼앗아 자기 아내로 삼았으니 그것 또한 현대의 시각에서 보면 비도덕적이다. 결국 그도 후에 똑같은 방법으로 살해당한다.

또한 아가멤논을 죽인 아내와 그녀의 정부 아이기스토스는 얼핏 보기에 참담한 불의를 저지른 것 같으나, 과거로 거슬러 가보면 그들에게도 역시 〈나름대로 정당한〉 이유가 있다. 그들의 불의도 이를테면 자신들이 겪은 불행에 대한 일종의 복수 행위였던 것이다. 또 이들에게 복수를 한 오레스테스 역시 자신의 부친에 대한 복수를 한 자신이 정당하다고 본다. 근대 독일의 철학자 헤겔Hegel은 그의 『미학 강의 *Vorlesungen über die Ästhetik*』에서 아이스킬로스의 「오레스테이아」에 등장하는 인물들에 대한 상세한 분석을 하면서, 이 신화를 자세히 살펴보면 〈그리스의 다른 신화들에서도 종종 그렇지만 법이 지배하기 이전의 시대, 즉 법에 대한 의식이 아주 희박했던 시대의 혈연 관계나 간통에 대한 개개인의 도덕적인 반응을 엿볼 수 있다〉라고 언급하고 있다. 그리고 그리스 신화에서는 오늘날 우리의 기준으로 보는 도덕성 자체가 별로 문제가 되지 않았다고 덧붙이고 있다.

그렇다면 이처럼 얽히고설킨 죄와 벌의 사슬 속에서 과연 누가 정의롭고 누가 불의인 것일까? 과거 시대 같으면 〈눈에는 눈, 이에는 이〉라는 식으로 피가 피를 부르는 복수로 해결이 가능했겠지만, 이 3부작을 통해 아이스킬로스는 그 복수의 고리를 끊을 방식을 제시하고 있다. 무자비하게 피를 피로 씻는 보복만을 되풀이한다면 정상적이고 평화로운 사회의 정의는 영원히 실현될 수 없기 때문이다. 아마도 이 극은 당시 새로운 문화와 경제의 중심지가 된 폴리스[1] 아테네를 중심으로 하는 신관(神觀)의 정착과 연관해서 신의 〈정의(正義)〉라는 것을 새로이 정의(定義)하기 위해 쓴 작품으로 보인다. 즉, 아이스킬로스는 과거 그리스의 구제도인 참주제를 벗어나 민주제가 성립되어 가는 폴리스 세계 내에서의 신과 인간의 관계를 다시 정립하고 있으며, 이 관계 속에서 〈정의〉의 문제도 해결하려고 하고 있는 것이다. 과거에 인간의 파멸, 분노, 응보, 복수 같은 감정을 지배한 것이 옛 신들, 즉 어두운 밤의 여신과 그 후예인 복수의 여신들이었다면, 이제는 인간의 삶에 새로운 질서와 새로운 정의를 세우는 신을 따르게 되는데 그 새로운 신은 바로 제우스를 중심으로 하는 새로운 올림포스 신들이다. 아이스킬로스가 바라보는 제우스는 신들의 신이며 정의로운 세계 질서를 지켜 주는 자이다. 그리고 그 새로운

[1] 고대 그리스의 도시 국가.

정의의 세계란 지금까지 구세계를 어느 정도 지배했던 모권 중심에서 벗어나 부권을 중심으로 질서가 잡힌 세계이다. 그리고 이러한 질서를 추구하고 지키는 것이 작가 아이스킬로스의 눈에는 선한 세계인 것이다. 그리하여 세계의 정의로운 조종자로서의 제우스에 대한 믿음을 가지고 보았을 때 부권을 중심으로 한 가정과 국가가 온전히 존재해야만 그 안에서 순리적인 사랑과 이해가 뿌리를 내릴 수 있는 것이다. 원한과 증오, 근친상간, 간통 등에 의해 사랑의 질서가 어긋나 버린 집은 곧 통치 질서가 뒤집힌 국가를 상징한다. 그렇기 때문에 제우스는 폴리스의 질서를 지켜 주기 위해서, 한 나라의 왕비를 유혹해 달아난 파리스의 나라 트로이를 치도록 아가멤논에게 함선을 이끌고 가라고 명령한다. 그 이유로 아가멤논이 아르테미스에게 죄를 지어 함선의 출항이 막혔을 때 결국 그의 딸 이피게네이아를 제물로 바쳐 죽게 하는 죄를 저지르는 것도 묵인하고 만다. 클리타임네스트라와 아이기스토스는 자신들의 복수를 위해 아가멤논을 살해하지만, 이러한 행위는 부권을 지키는 제우스의 눈으로 볼 때 용서할 수 없는 것이었다. 그래서 제우스의 그러한 의지는 지상에서 여러 신들의 중재를 통해서 실행된다. 그들 중 중요한 위치를 차지하는 신이 제우스의 아들인 아폴론과 딸 아테나이다. 오레스테스가 어머니와 그녀의 정부를 죽인 것은 제우스의 분부에 따라 아폴론이 명령한 것이다. 특히 아이스킬로스의 탁월한 독창성이 엿보이는 제3부 「자비로운 여신들」에서는 아테나가 중요한 역할을 한다. 도시 국가 아테네의 수호신이기도 한 지혜의 여신 아테나의 설득이 과거에서부터 얽히고설켜 피의 복수를 되풀이해 왔던 아트레우스 가문의 비극의 고리에 종지부를 찍을 방식을 제시한다. 그녀가 제시하는 것은 복수를 〈자비〉로 바꾸어 저주를 멈추게 하는 일종의 화해이다.

그러나 아이스킬로스는 오레스테스의 재판 장면을 통해 다른 한편으로는 인간이 내리는 판결의 한계성도 보여 주었다. 표가 찬반 동수로 나온 것은 인간의 지혜로 판단할 때는 아내의 남편 살해와 아들의 모친 살해가 똑같은 비중의 죄라는 뜻이 된다. 결국 오레스테스가 벌을 받지 않고 구원될 수 있었던 것은 신의 은총 덕분이었다. 그런 점에서 아이스킬로스는 인간의 삶과 행불행을 결정하는 기준은 인간의 지혜에 있는 것이 아니라 신들의 의지와 정의에 달려 있다는 것을 보여 주고 있다. 헤겔은 이처럼 개인적인 정의와 신들의 의지에 따른 정의의 관계를 인간의 내면 깊은 곳에 깃든 심정을 움직이는 보편적인 위력들, 즉 고대 그리스인들이 〈파토스〉[2]라고 불렀던 감정의 차원에서 해석하고 있다.

따라서 아이스킬로스의 비극 3부작은 인간이라면 살아가면서 누구나 부딪치게 될 수많은 애증과 원한, 복수에 얽힌 비극의 문제를 다루고 있지만, 이것이 한편으로는 인간적인 정의로는 해결할 수 없고 신들의 정의의 영역으로 넘길 수밖에 없다는 종교적인 성찰을 보여 주기도 한다. 이러한 작가의 판단은 현대적인 관점에서 본다면 온전히 수용할 수는 없는 것일지 몰라도, 그가 살았던 시대에 그리스인들의 종교관을 보면 이해할 수 있을 것이다. 아이스킬로스는 인간의 내면에 놓여 있는 근본적인 갈등들에 대해서 깊은 성찰을 하고 인간으로서는 해결하기 어려운 이러한 문제들을 신의 영역으로 옮겨 놓음으로써, 그들이 경건하게 숭배했던 신과 인간 사이

2 *pathos*. 일시적인 열정이나 격정.

의 깊은 관계를 바탕으로 새로운 인간관계와 국가관을 설정하려고 했던 것으로 보인다.

이 3부작을 번역하는 데는 요한 구스타프 드로이센Johann Gustar Droysen(1808~1884)이 번역한 독어본 『*Aischylos. Die Tragödien und Fragmente*』(1841)를 참고하였다. 드로이센은 베를린 대학에서 고전 철학 교수로 재직하면서 고대 그리스에 대한 해박한 지식과 이해를 갖고 알렉산드로스 대왕에 관한 글을 썼다. 기원전 4세기에서 기원전 1세기에 지중해 동부와 중동에 퍼진 그리스 문화를 일컫는 〈헬레니즘〉이란 말을 처음으로 사용한 학자이기도 하다.

두행숙

아이스킬로스 연보

기원전 594년 솔론Solon이 아테네의 개혁을 주도함. 그는 중산층의 정치 참여를 허용하고 배심원 제도를 채택하는 등 정치적인 개혁과 더불어 경제적으로도 가난한 농민의 채무를 면제해 주고 채무 노예제를 금지하고 토지 소유의 상한선을 정하는 등 주목할 만한 개혁을 단행함. 이때까지만 해도 그리스 문화의 중심지는 소아시아의 이오니아 지방이었음. 이 지방의 중심 도시 밀레토스에서 그리스 철학이 발생함.

기원전 560년 개혁에도 불구하고 아테네는 정치적인 안정을 유지하지 못하고 혼란을 거듭하다가, 마침내 페이시스트라토스Peisistratos의 독재 정치를 초래함. 그는 기원전 527년까지 33년 동안 아테네의 독재자로서 화려한 궁정을 유지함과 동시에, 그 이전에는 일시 쇠미해 있던 아테네의 문화를 크게 발전시킴. 그의 가장 기억할 만한 업적은 기원전 539년 디오니소스제(祭)를 연중행사로 만든 것. 이 행사에서 처음으로 비극 경연 대회가 개최됨.

기원전 525년경 출생 그리스 아테네에서 북서쪽으로 20킬로미터쯤 떨어진 아티카의 엘레시우스에서 귀족인 에우포리온Euphorion의 아들로 아이스킬로스Aeschylus 태어남. 그는 시인 핀다로스Pindaros와 같은 나이이며, 소포클레스Sophocles보다는 서른 살쯤 위이고, 에우리피데스Euripides와는 40년의 차이가 있음.

기원전 510년 15세 독재자 히피아스Hippias가 아테네에서 쫓겨나는 것을 목격함.

기원전 508년 17세 클레이스테네스Cleisthenes에 의해 아테네에 민주정(民主政)이 설립됨.

기원전 499년 26세 아테네에서 열린 디오니소스제의 비극 경연 대회에 처음으로 참가함.

기원전 490년경 35세 무렵 페르시아 전쟁에 출전하여 마라톤 전투에서 감격적인 승리를 맛봄.

기원전 484년 41세 디오니소스제의 비극 경연 대회에서 우승을 거둠. 파로스 섬의 대리석 연대기에 이 사실이 기록되어 있음. 그에 따르면, 아이스킬로스는 그 뒤 열두 차례 연속으로 승리를 거두었음. 생전에 모두 90여 편의 비극을 쓴 것으로 전해지고 있으나 현재 완전하게 남아 있는 것은 7편뿐임.

기원전 480년 45세 또다시 페르시아와 벌어진 해전에 참가함. 여기서도 그리스가 승리를 거둠. 그러나 그의 형 키네이게로스Kyneigeros는 이 전투에서 전사함. 이 당시 강력했던 페르시아 해군이 아티카 지방 서쪽 바다에 있는 섬인 살라미스 근처에서 아테네의 장군 테미스토클레스Themistokles가 이끄는 해군에 패배함으로써 페르시아 전쟁이 종식되고, 더불어 그리스인들의 사기를 높이는 계기가 됨.

기원전 472년 53세 아테네의 비극 경연 대회에서 페르시아 군대의 패배를 묘사한 「페르시아인들Persai」을 공연하여 우승함.

기원전 471년경 54세 무렵 시칠리아 시라쿠사 시의 참주였던 히에론Hieron의 초청을 받아 시칠리아로 가서, 새로 건설한 그리스의 식민시 아이토나 시를 위해 축하 공연을 했는데, 여기에서 「페르시아인들」을 공연함. 아이스킬로스는 그 뒤 곧 아테네로 돌아옴.

기원전 470년경 55세 무렵 「결박된 프로메테우스Prometheus Desmotes」를 발표함.

기원전 468년 57세 또 다른 비극 작가인 소포클레스가 등장하여, 그

때까지 비극 경연에서 줄곧 우승을 해오던 아이스킬로스가 처음으로 패배를 맛봄.

기원전 467년 58세 비극 작품「테바이를 공격한 일곱 장수Hepta epi Thebas」를 발표함. 이것은 3부작 〈테바이*Thebai* 3부작〉 가운데 제3부였을 것으로 추측됨. 이 작품으로 아이스킬로스는 다시 우승을 차지함.

기원전 464~463년 61~62세 「탄원하는 여인들Hiketides」을 발표함.

기원전 458년 67세 그의 가장 위대한 작품인「오레스테이아Oresteia」를 공연하여 13번째이자 마지막 우승을 거둠. 이해에 마지막으로 다시 시칠리아 섬으로 돌아감.

기원전 456년~455년경 69~70세 시칠리아의 겔라에서 70세의 나이로 세상을 떠나 그곳에 묻힘. 사후에 그는 아티카의 지방 연극 〈트라고이디아*tragoidia*〉를 그리스 민족 전체의 예술 수준으로 높인 인물로서 존경을 받았으며, 그의 무덤에는 많은 시인들의 발길이 이어짐. 묘비명은 아이스킬로스 자신이 지은 것으로 추정되는데, 거기에는 그의 작품에 관한 언급은 없고 마라톤 전투 때 페르시아인들과 싸운 사실만 다음과 같이 언급됨. 〈이 묘비 아래에 아테네 사람 아이스킬로스가 묻혀 있다. 에우포리온의 아들인 그는 겔라의 밀밭에서 사망했다. 마라톤 전투에서의 그의 용기를 영광스럽게 말할 것이니, 긴 머리의 페르시아인들 역시 그것을 기억하고 말할 것이다.〉

열린책들 세계문학 197 오레스테이아

옮긴이 두행숙 전북 군산 출신으로, 서강대학교 독어독문학과를 졸업한 후 독일 뒤셀도르프 대학교로 유학하여 독일 문학으로 박사 학위를 취득했다. 그 후 서강대, 명지전문대학교, 한국교원대학교, 충북대학교, 중앙대학교 등에서 독일 문학과 철학을 강의했다. 현재는 서강대학교에서 독일 문학, 독일 문화사와 독일어를 강의하면서 번역 활동을 하고 있다. 주요 번역서로는 『시간이란 무엇인가』, 『꿈꾸는 책들의 도시』, 『멸종 ― 사라진 것들. 종과 민족 그리고 언어』, 『타이타닉의 침몰』, 『디지털 보헤미안』, 『거대한 도박』, 『의사결정의 함정』, 『레아』, 『은하수를 여행했던 천재들의 역사』, 『신의 반지』, 『여름의 마지막 장미』, 『헤겔의 미학강의』, 『젊은 베르테르의 슬픔』 등이 있다.

지은이 아이스킬로스 **옮긴이** 두행숙 **발행인** 홍지웅·홍예빈
발행처 주식회사 열린책들 **주소** 경기도 파주시 문발로 253 파주출판도시
전화 031-955-4000 **팩스** 031-955-4004 **홈페이지** www.openbooks.co.kr
Copyright (C) 주식회사 열린책들, 2012, *Printed in Korea*.
ISBN 978-89-329-1197-7 04890 **ISBN** 978-89-329-1499-2 (세트)
발행일 2012년 1월 20일 세계문학판 1쇄 2019년 12월 5일 세계문학판 3쇄

이 도서의 국립중앙도서관 출판예정도서목록(CIP)은 서지정보유통지원시스템 홈페이지(http://seoji.nl.go.kr)와 국가자료공동목록시스템(http://www.nl.go.kr/kolisnet)에서 이용하실 수 있습니다. (CIP제어번호: CIP2012000095)

열린책들 세계문학
Open Books World Literature

001 죄와 벌 전2권
표도르 도스또예프스끼 장편소설 | 홍대화 옮김 | 각 408, 504면
죄와 벌의 심리 과정을 따라가며 혁명 사상의 실제적 문제를 제시하는 명작
- 고려대학교 선정 〈교양 명저 60선〉
- 미국 대학 위원회 선정 SAT 추천 도서

003 최초의 인간
알베르 카뮈 장편소설 | 김화영 옮김 | 392면
20세기 문학의 정점을 이룬 알베르 카뮈 최후의 육성
- 1957년 노벨 문학상 수상 작가

004 소설 전2권
제임스 미치너 장편소설 | 윤희기 옮김 | 각 280, 368면
〈소설이란 무엇인가〉라는 주제를 작가, 편집자, 비평가, 독자의 입장에서 풀어 나간 작품
- 〈이달의 청소년도서〉 선정
- 한국 간행물 윤리 위원회 선정 〈청소년 권장 도서〉

006 개를 데리고 다니는 부인
안똔 체호프 소설선집 | 오종우 옮김 | 368면
삶의 진실과 인간의 참모습을 웃음과 울음으로 드러내는 위대한 작품
- 1993년 서울대학교 선정 〈동서 고전 200선〉
- 2002년 노벨 연구소가 선정한 〈세계문학 100선〉

007 우주 만화
이탈로 칼비노 단편집 | 김운찬 옮김 | 416면
25편 단편 속 신비로운 존재 〈크푸우프크〉를 통해 환상적으로 창조된 우스꽝스러운 우주

008 댈러웨이 부인
버지니아 울프 장편소설 | 최애리 옮김 | 296면
난해한 〈의식의 흐름〉 기법과 〈내적 독백〉을 시도한 영국 모더니즘 소설의 고전
- 2005년 『타임』지 선정 〈100대 영문 소설〉, 〈20세기 100선〉
- 2009년 『뉴스위크』 선정 〈세계 100대 명저〉

009 어머니
막심 고리끼 장편소설 | 최윤락 옮김 | 544면
혁명의 교과서이자 인간다운 삶의 권리를 일깨우는 영원한 고전
- 1912년 그리보예도프상
- 2006년 이고르 수히흐 교수 〈러시아 문학 20세기의 책 20권〉
- 서울대학교 권장 도서 100선

010 변신
프란츠 카프카 중단편집 | 홍성광 옮김 | 464면
어디에도 안주하지 못하는 인간의 모습을 초현실적으로 그려 낸 카프카의 주옥같은 단편들
- 서울대학교 권장 도서 100선

011 전도서에 바치는 장미
로저 젤라즈니 중단편집 | 김상훈 옮김 | 432면
신화와 SF의 융합, 흥미롭고 지적인 중단편 소설집

012 대위의 딸
알렉산드르 뿌쉬낀 장편소설 | 석영중 옮김 | 240면
역사적 대사건을 가정 소설과 연애 소설의 형식에 녹여 내어 조망한 산문 예술의 정점
- 2000년 한국 백상 출판 문화상 번역상

013 바다의 침묵
베르코르 소설선집 | 이상해 옮김 | 256면
전쟁과 이데올로기에 가려진 인간성에 대하여 고찰한 레지스탕스 문학의 백미

014 원수들, 사랑 이야기
아이작 싱어 장편소설 | 김진준 옮김 | 320면
유대인 학살에서 살아남은 네 남녀의 사랑과 상처를 그린 소설
- 1978년 노벨 문학상 수상 작가

015 백치 전2권
표도르 도스또예프스끼 장편소설 | 김근식 옮김 | 각 500, 528면
백치 미쉬낀을 통해 구현하는 완전한 아름다움과 순수한 인간의 형상
- 피터 박스올 〈죽기 전에 읽어야 할 1001권의 책〉

017 1984년
조지 오웰 장편소설 | 박경서 옮김 | 392면
감시하고 통제하는 전체주의의 권력 앞에 무력해지는 인간의 삶
- 2009년 『뉴스위크』 선정 〈세계 100대 명저〉
- 『타임』지가 뽑은 〈20세기 100선〉

018 수용소군도
알렉산드르 솔제니찐 기록문학 | 김학수 옮김 | 480면
20세기 최고의 고발 문학이자 세계적인 휴먼 다큐멘터리
- 1970년 노벨 문학상
- 『타임』지가 뽑은 〈20세기 100선〉

019 이상한 나라의 앨리스
루이스 캐럴 환상동화 | 머빈 피크 그림 | 최용준 옮김 | 336면

시공을 초월하며 상상력과 호기심의 한계를 허무는 루이스 캐럴의 환상 동화

- 2003년 BBC 「빅리드」 조사 〈영국인들이 가장 사랑하는 소설 100권〉
- 2004년 〈한국 문인이 선호하는 세계 명작 소설 100선〉

020 베네치아에서의 죽음
토마스 만 중단편집 | 홍성광 옮김 | 432면

삶과 죽음, 예술과 일상이라는 양극의 주제를 다룬 걸작

- 1929년 노벨 문학상 수상 작가
- 피터 박스올 〈죽기 전에 읽어야 할 1001권의 책〉

021 그리스인 조르바
니코스 카잔차키스 장편소설 | 이윤기 옮김 | 488면

카잔차키스가 그려 낸 자유인 조르바의 영혼의 투쟁

- 2002년 노벨 연구소가 선정한 〈세계문학 100선〉
- 2004년 〈한국 문인이 선호하는 세계 명작 소설 100선〉
- 2005년 동아일보 선정 〈21세기 신고전 50선〉
- 피터 박스올 〈죽기 전에 읽어야 할 1001권의 책〉

022 벚꽃 동산
안똔 체호프 희곡선집 | 오종우 옮김 | 336면

거창한 사상보다는 삶의 사소함을 객관적인 문체로 그린, 가장 완숙한 체호프의 작품

- 2006년 이고르 수히흐 교수 〈러시아 문학 20세기의 책 20권〉
- 미국 대학 위원회 선정 SAT 추천 도서
- 서울대학교 권장 도서 100선

023 연애 소설 읽는 노인
루이스 세풀베다 장편소설 | 정창 옮김 | 192면

담백하고 섬세한 문체와 간결한 내용에 인간의 탐욕과 자연의 거대함을 담은 환경 소설

- 1989년 티그레 후안상
- 1998년 전 세계 베스트셀러 8위

024 젊은 사자들 전2권
어윈 쇼 장편소설 | 정영문 옮김 | 각 416, 408면

인간의 어리석음, 광기, 우스꽝스러움을 탁월하게 포착한 전쟁 소설이자 심리 소설

- 1945년 오 헨리 문학상
- 1970년 플레이보이상

026 젊은 베르테르의 슬픔
요한 볼프강 폰 괴테 장편소설 | 김인순 옮김 | 240면

사랑의 열병을 앓는 전 세계 젊은이들의 영혼을 울린 감성 문학의 고전

- 2003년 크리스티아네 취른트 〈사람이 읽어야 할 모든 것, 책〉
- 피터 박스올 〈죽기 전에 읽어야 할 1001권의 책〉

027 시라노
에드몽 로스탕 희곡 | 이상해 옮김 | 256면

명랑한 영웅주의, 감미로운 연애 감정, 기발하고 화려한 시구들이 돋보이는 명작

- 미국 대학 위원회 선정 SAT 추천 도서

028 전망 좋은 방
E. M. 포스터 장편소설 | 고정아 옮김 | 352면

영국 사회의 계층 간 갈등과 가치관의 충돌을 날카롭게 포착한 걸작

- 1998년 랜덤하우스 모던 라이브러리 선정 〈최고의 영문 소설 100〉
- 피터 박스올 〈죽기 전에 읽어야 할 1001권의 책〉

029 까라마조프 씨네 형제들 전3권
표도르 도스또예프스끼 장편소설 | 이대우 옮김 | 각 496, 496, 460면

많은 인물군과 에피소드를 통해 심오한 사상과 예술적 깊이를 보여 주는 도스또예프스끼 40년 창작의 결산

- 국립중앙도서관 선정 청소년 권장 도서 50선
- 서울대학교 권장 도서 100선

032 프랑스 중위의 여자 전2권
존 파울즈 장편소설 | 김석희 옮김 | 각 344면

자유에 대한 정열이 고갈된 20세기에 대한 탁월한 우화

- 1969년 실버팬상
- 2005년 「타임」지 선정 〈100대 영문 소설〉

034 소립자
미셸 우엘벡 장편소설 | 이세욱 옮김 | 448면

성(性) 풍속의 변천 과정을 중심으로 전개되는 두 형제의 쓸쓸한 삶을 다룬 작품

- 1998년 「타임스 리터러리 서플리먼트」 선정 〈올해의 책〉
- 2002년 국제 IMPAC 더블린 문학상

035 영혼의 자서전 전2권
니코스 카잔차키스 자서전 | 안정효 옮김 | 각 352, 408면

카잔차키스 자신의 삶의 여정을 아름답게 묘사한 자전적 소설

037 우리들
예브게니 자먀찐 장편소설 | 석영중 옮김 | 320면

인간이 인간일 수 있음을 방해하는 모든 제도를 거부하는, 디스토피아 소설의 효시

- 2006년 이고르 수히흐 교수 〈러시아 문학 20세기의 책 20권〉
- 피터 박스올 〈죽기 전에 읽어야 할 1001권의 책〉

038 뉴욕 3부작
폴 오스터 장편소설 | 황보석 옮김 | 480면

추리 소설의 형식을 빌려 장르의 관습을 뒤엎어 버린, 가장 미국적인 소설

- 피터 박스올 〈죽기 전에 읽어야 할 1001권의 책〉

039 닥터 지바고 전2권
보리스 빠스쩨르나끄 장편소설 | 박형규 옮김 | 각 400, 512면

장엄한 시대의 증언으로 러시아 문학의 지평을 넓힌 해빙기 문학의 정수

- 1958년 노벨 문학상
- 미국 대학 위원회 선정 SAT 추천 도서
- 『타임』지가 뽑은 〈20세기 100선〉

041 고리오 영감
오노레 드 발자크 장편소설 | 임희근 옮김 | 456면

〈인간 희극〉 시리즈의 으뜸으로, 이후 방대한 소설 세계를 열어 주는 발자크의 대표작

- 2002년 노벨 연구소가 선정한 〈세계문학 100선〉
- 연세대학교 권장 도서 200권

042 뿌리 전2권
알렉스 헤일리 장편소설 | 안정효 옮김 | 각 400, 448면

10여 년간의 철저한 자료 조사로 재구성된 르포르타주 문학의 걸작

- 1977년 퓰리처상
- 1977년 전미 도서상
- 2004년 〈한국 문인이 선호하는 세계 명작 소설 100선〉
- 2005년 헨리 포드사 선정 〈75년간 미국을 뒤바꾼 75가지〉

044 백년보다 긴 하루
친기즈 아이뜨마또프 장편소설 | 황보석 옮김 | 560면

꿈꾸는 듯한 현실과 현실 같은 상상이 절묘하게 어우러진, 소비에트 문화권 최고의 스테디셀러

- 1983년 소비에트 문학상
- 1994년 오스트리아 유럽 문학상

045 최후의 세계
크리스토프 란스마이어 장편소설 | 장희권 옮김 | 264면

신화적 인물과 모티프를 현대적 관심사들과 결합시킨 지적 신화 소설

- 1988년 프랑크푸르트 도서전 선정 〈올해의 책〉
- 1988년 안톤 빌트간스상
- 1992년 독일 바이에른 주 학술원 대문학상
- 피터 박스올 〈죽기 전에 읽어야 할 1001권의 책〉

046 추운 나라에서 돌아온 스파이
존 르카레 장편소설 | 김석희 옮김 | 368면

20세기 냉전이 낳은 존 르카레 최고의 스릴러

- 1963년 서머싯 몸상
- 1963년 영국 추리작가 협회상
- 1963년 미국 추리작가 협회상
- 2005년 『타임』지 선정 〈100대 영문 소설〉

047 산도칸 – 몸프라쳄의 호랑이
에밀리오 살가리 장편소설 | 유향란 옮김 | 428면

말레이시아 해를 배경으로 펼쳐지는 해적 산도칸과 그의 친구 야네스의 활약상

- 피터 박스올 〈죽기 전에 읽어야 할 1001권의 책〉

048 기적의 시대
보리슬라프 페키치 장편소설 | 이윤기 옮김 | 560면

예수가 행한 기적의 이면을 인간의 입장에서 조명한 기막힌 패러디

- 1965년 유고슬라비아 문학상

049 그리고 죽음
짐 크레이스 장편소설 | 김석희 옮김 | 224면

성장과 소멸, 삶과 죽음이 자연과 인간에게 주는 의미를 성찰하게 하는 걸작

- 1999년 전미 비평가 협회상
- 1999년 『가디언』 선정 〈올해의 책〉

050 세설 전2권
다니자키 준이치로 장편소설 | 송태욱 옮김 | 각 480면

몰락한 오사카 상류층의 네 자매의 결혼 이야기를 통해 당시의 풍속을 잔잔하게 그린 작품

052 세상이 끝날 때까지 아직 10억 년
스뜨루가츠끼 형제 장편소설 | 석영중 옮김 | 224면

반유토피아 문학의 전통을 계승하는 정치 풍자로 판금 조치를 당하기도 한 문제작

- 1988년 〈이달의 청소년 도서〉 선정

053 동물 농장
조지 오웰 장편소설 | 박경서 옮김 | 208면

스딸린 통치의 역사를 동물 우화에 빗댄 정치 알레고리 소설의 고전

- 2008년 영국 플래닛닷컴 선정 〈역사상 가장 위대한 소설 10〉
- 2009년 『뉴스위크』 선정 〈세계 100대 명자〉

054 캉디드 혹은 낙관주의
볼테르 장편소설 | 이봉지 옮김 | 232면

해학과 풍자를 통해 작가 자신의 철학을 고스란히 담아 낸 철학적 콩트의 정수

- 1993년 서울대학교 선정 〈동서 고전 200선〉
- 미국 대학 위원회 선정 SAT 추천 도서

055 도적 떼
프리드리히 폰 실러 희곡 | 김인순 옮김 | 264면

〈형제의 반목〉이라는 모티프를 이용하여 자유와 반항을 설득력 있게 묘사한 비극

- 1993년 서울대학교 선정 〈동서 고전 200선〉
- 고려대학교 선정 〈교양 명저 60선〉

056 플로베르의 앵무새
줄리언 반스 장편소설 | 신재실 옮김 | 320면

예술 작품을 둘러싸고 벌어지는 인간 사회의 다양한 양상을 날카롭게 통찰한 작품

- 1986년 메디치상
- 1986년 E. M. 포스터상
- 1987년 구텐베르크상

057 악령 전3권
표도르 도스또예프스끼 장편소설 | 김연경 옮김 | 각 324, 396, 496면

실제 사건에 심리적, 형이상학적 색채를 가미한 위대한 비극

- 1966년 동아일보 선정 〈한국 명사들의 추천 도서〉
- 피터 박스올 《죽기 전에 읽어야 할 1001권의 책》

060 의심스러운 싸움
존 스타인벡 장편소설 | 윤희기 옮김 | 340면

1930년대 대공황기 캘리포니아 농장 지대의 파업을 극적으로 그린 소설

- 1937년 캘리포니아 커먼웰스 클럽 금상
- 1962년 노벨 문학상 수상 작가

061 몽유병자들 전2권
헤르만 브로흐 장편소설 | 김경연 옮김 | 각 568, 544면

현대 문명의 병폐와 가치의 붕괴를 상징적, 비판적으로 해석한 박물 소설이자 모든 문학적 표현 수단의 총체

063 몰타의 매
대실 해밋 장편소설 | 고정아 옮김 | 304면

하드보일드 소설의 창시자 대실 해밋의 세계 최초 탐정 소설

- 2009년 『뉴스위크』 선정 〈세계 100대 명저〉
- 뉴욕 추리 전문 서점 블랙 오키드 선정 〈최고의 추리 소설 10〉

064 마야꼬프스끼 선집
블라지미르 마야꼬프스끼 선집 | 석영중 옮김 | 384면

20세기 러시아의 위대한 혁명 시인 마야꼬프스끼의 대표적인 시와 산문 모음집

065 드라큘라 전2권
브램 스토커 장편소설 | 이세욱 옮김 | 각 340, 344면

공포와 성(性)을 결합시킨 환상 문학의 고전

- 2003년 크리스티아네 취른 《사람이 읽어야 할 모든 것》
- 피터 박스올 《죽기 전에 읽어야 할 1001권의 책》

067 서부 전선 이상 없다
에리히 마리아 레마르크 장편소설 | 홍성광 옮김 | 336면

지극히 평범하던 한 인간을 통해 전쟁의 본질을 보여 주는, 가장 위대한 전쟁 소설

- 미국 대학 위원회 선정 SAT 추천 도서
- 『타임』지가 뽑은 〈20세기 100선〉
- 피터 박스올 《죽기 전에 읽어야 할 1001권의 책》

068 적과 흑 전2권
스탕달 장편소설 | 임미경 옮김 | 각 376, 368면

〈출세〉를 향한 젊은이의 성공과 좌절을 통해 부조리한 사회 구조를 고발한 작품

- 2002년 노벨 연구소가 선정한 〈세계문학 100선〉
- 국립중앙도서관 선정 청소년 권장 도서 50선
- 서울대학교 권장 도서 100선

070 지상에서 영원으로 전3권
제임스 존스 장편소설 | 이종인 옮김 | 각 396, 380, 388면

제2차 세계 대전을 배경으로 두 쌍의 연인을 통해 하와이 주둔 미군 부대의 실상을 폭로한 자연주의 소설

- 1952년 전미 도서상
- 1998년 랜덤하우스 모던 라이브러리 선정 〈최고의 영문 소설 100〉

073 파우스트
요한 볼프강 폰 괴테 희곡 | 김인순 옮김 | 568면

진리를 찾는 파우스트를 통해 인간사의 모든 문제를 상징적으로 표현한 고전 중의 고전

- 2002년 노벨 연구소가 선정한 〈세계문학 100선〉
- 2003년 국립중앙도서관 선정 〈고전 100선〉
- 미국 대학 위원회 선정 SAT 추천 도서
- 서울대학교 권장 도서 100선
- 『뉴스위크』 선정 〈세상을 움직인 100권의 책〉

074 쾌걸 조로
존스턴 매컬리 장편소설 | 김훈 옮김 | 316면

마스크 뒤에 정체를 감추고 폭압에 맞서 싸우는 쾌걸 조로의 가슴 시원한 활약

075 거장과 마르가리따 전2권
미하일 불가꼬프 장편소설 | 홍대화 옮김 | 각 364, 328면

스딸린 치하의 소비에트 사회를 풍자하는 서늘한 공포와 유쾌한 웃음의 묘미

- 2006년 이그로 수히호 교수 〈러시아 문학 20세기의 책 20권〉
- 피터 박스올 《죽기 전에 읽어야 할 1001권의 책》

077 순수의 시대
이디스 워튼 장편소설 | 고정아 옮김 | 448면

사랑과 결혼의 의미를 찾는 세 남녀의 이야기를 세밀하게 그려 낸 연애 소설의 고전

- 1998년 랜덤하우스 모던 라이브러리 선정 〈최고의 영문 소설 100〉
- 2009년 『뉴스위크』 선정 〈세계 100대 명저〉

078 검의 대가
아르투로 페레스 레베르테 장편소설 | 김수진 옮김 | 376면

1868년 마드리드, 역사적인 음모와 계략 그리고 화려한 검술이 엮어 내는 지적 미스터리

- 1993년 『리르』지 선정 〈10대 외국 소설가〉
- 1997년 코레오 그룹상
- 2000년 『뉴욕 타임스』 선정 〈올해의 포켓북〉

079 예브게니 오네긴
알렉산드르 뿌쉬낀 운문소설 | 석영중 옮김 | 328면

패러디의 소설이자 소설의 패러디. 러시아가 낳은 위대한 시인 뿌쉬낀의 장편 운문 소설

- 고려대학교 선정 〈교양 명저 60선〉
- 연세대학교 권장 도서 200권

080 장미의 이름 전2권
움베르토 에코 장편소설 | 이윤기 옮김 | 각 440, 448면

에코의 해박한 인류학적 지식과 기호학 이론이 녹아 있는 중세 추리 소설

- 1981년 스트레가상
- 1982년 메디치상
- 『타임』지가 뽑은 〈20세기 100선〉

082 향수
파트리크 쥐스킨트 장편소설 | 강명순 옮김 | 384면

지상 최고의 향수를 만들려는 한 악마적 천재의 기상천외한 이야기

- 2003년 BBC 「빅리드」 조사 〈영국인들이 가장 사랑하는 소설 100편〉
- 2008년 서울대학교 대출 도서 순위 20

083 여자를 안다는 것
아모스 오즈 장편소설 | 최창모 옮김 | 280면

현대 히브리 문학의 대표적 작가이자 평화 운동가인 아모스 오즈의 대표작

084 나는 고양이로소이다
나쓰메 소세키 장편소설 | 김난주 옮김 | 544면

고양이의 눈에 비친 인간들의 우스꽝스럽고도 서글픈 초상

085 웃는 남자 전2권
빅토르 위고 장편소설 | 이형식 옮김 | 각 472, 496면

17세기 영국 사회에 대한 묘사와 역사에 대한 통찰력이 돋보이는 위고 최고 걸작

087 아웃 오브 아프리카
카렌 블릭센 장편소설 | 민승남 옮김 | 480면

아프리카에 바치는, 아프리카인과 나눈 사랑과 교감 그리고 우정과 깨달음의 기록

- 피터 박스올 〈죽기 전에 읽어야 할 1001권의 책〉

088 무엇을 할 것인가 전2권
니꼴라이 체르니셰프스끼 장편소설 | 서정록 옮김 | 각 360, 404면

젊은 지식인들에게 〈혁명의 교과서〉로 추앙받은 사회주의 이상 소설

090 도나 플로르와 그녀의 두 남편 전2권
조르지 아마두 장편소설 | 오숙은 옮김 | 각 328, 308면

브라질의 국민 작가 아마두의 관능적이고도 익살이 넘치는 대표작

092 미사고의 숲
로버트 홀드스탁 장편소설 | 김상훈 옮김 | 416면

신화의 원형과 〈숲〉으로 상징되는 집단 무의식의 본질을 유려한 문체로 형상화한 걸작

- 1985년 세계 환상 문학상 대상
- 2003년 프랑스 환상 문학상 특별상

093 신곡 전3권
단테 알리기에리 장편서사시 | 김운찬 옮김 | 각 292, 296, 328면

총 1만 4233행으로 기록된, 단테의 일주일 동안의 저승 여행 이야기

- 2009년 『뉴스위크』 선정 〈세계 100대 명저〉
- 서울대학교 권장 도서 100선

096 교수
샬럿 브론테 장편소설 | 배미영 옮김 | 368면

권위와 위선을 거부하고 자립해 가는 인간들의 모순된 내면 심리에 대한 탁월한 묘사

097 노름꾼
표도르 도스또예프스끼 장편소설 | 이재필 옮김 | 320면

잡지의 실패, 형과 아내의 죽음, 빚……. 파국으로 치닫는 악몽 같은 이야기로 승화한 작가의 회상

098 하워즈 엔드
E. M. 포스터 장편소설 | 고정아 옮김 | 512면

정교한 플롯과 다채로운 인물 묘사가 돋보이는 E. M. 포스터의 역작

- 1998년 랜덤하우스 모던 라이브러리 선정 〈최고의 영문 소설 100〉
- 2004년 〈한국 문인이 선호하는 세계 명작 소설 100선〉

099 최후의 유혹 전2권
니코스 카잔차키스 장편소설 | 안정효 옮김 | 각 408면

예수뿐 아니라 그의 주변 인물들에게까지 생생한 살과 영혼을 부여한 소설

- 피터 박스올 〈죽기 전에 읽어야 할 1001권의 책〉

101 키리냐가
마이크 레스닉 장편소설 | 최용준 옮김 | 464면

모든 문제에 대한 해답이 존재했던, 잃어버린 유토피아에 관한 우화

- 1989년 휴고상

102 바스커빌가의 개
아서 코난 도일 장편소설 | 조영학 옮김 | 264면

가장 매력적인 탐정 〈셜록 홈스〉를 창조해 낸 코넌 도일 최고의 장편소설

- 『히치콕 매거진』 선정 〈세계 10대 추리 소설〉
- 피터 박스올 〈죽기 전에 읽어야 할 1001권의 책〉

103 버마 시절
조지 오웰 장편소설 | 박경서 옮김 | 400면

〈인도 제국주의 경찰〉이라는 실제 경험을 바탕으로 완성한 조지 오웰의 첫 장편, 그 식민지의 기록

104 10 1/2장으로 쓴 세계 역사
줄리언 반스 장편소설 | 신재실 옮김 | 464면

패러디, 다큐멘터리, 에세이 등 다양한 형식을 통한 세계 역사의 포스트모더니즘적 전복

105 죽음의 집의 기록
표도르 도스또예프스끼 장편소설 | 이덕형 옮김 | 528면

도스또예프스끼의 실제 경험이 가장 많이 반영된 다큐멘터리적 소설

- 1955년 시카고 대학 그레이트 북스
- 피터 박스올 《죽기 전에 읽어야 할 1001권의 책》

106 소유 전2권
수전 바이어트 장편소설 | 윤희기 옮김 | 각 440, 480면

우연히 발견된 편지의 비밀을 좇으며 알아 가는 빅토리아 시대의 사랑, 그리고 현실의 사랑

- 1990년 부커상
- 1990년 영국 최고 영예 지도자상인 커맨더(CBE) 훈장
- 2005년 『타임』지 선정 《100대 영문 소설》

108 미성년 전2권
표도르 도스또예프스끼 장편소설 | 이상룡 옮김 | 각 512, 544면

불행한 운명을 타고난 한 청년이 이상과 현실 사이에서 방황하는 모습을 그린 성장 소설

110 성 앙투안느의 유혹
귀스타브 플로베르 희곡소설 | 김용은 옮김 | 584면

〈낭만주의적 구도자〉 귀스타브 플로베르가 스스로 밝힌 〈평생의 작품〉

111 밤으로의 긴 여로
유진 오닐 희곡 | 강유나 옮김 | 240면

치솟는 애증과 한없는 연민의 다른 이름, 〈가족〉에 대한 유진 오닐의 자전적 고백

- 1936년 노벨 문학상 수상 작가
- 1957년 퓰리처상
- 미국 대학 위원회 선정 SAT 추천 도서
- 『타임』지가 뽑은 《20세기 100선》

112 마법사 전2권
존 파울즈 장편소설 | 정영문 옮김 | 각 512, 552면

중층적 책략과 거미줄처럼 깔린 복선, 다양한 상징이 어우러진 거대한 환상의 숲

- 2003년 BBC 「빅리드」 조사 《영국인들이 가장 사랑하는 소설 100편》
- 『타임』지 선정 《100대 영문 소설》

114 스쩨빤치꼬보 마을 사람들
표도르 도스또예프스끼 장편소설 | 변현태 옮김 | 416면

작가의 시베리아 유형 직후에 발표된 작품. 유쾌한 희극적 기법과 언어의 기막힌 패러디

115 플랑드르 거장의 그림
아르투로 페레스 레베르테 장편소설 | 정창 옮김 | 512면

그림에 감추어진 문장으로 과거를 추적해 가는 미스터리이자 역사 추리 소설

- 1993년 프랑스 추리 소설 대상
- 1993년 『리르』지 선정 《10대 외국어 소설가》

116 분신
표도르 도스또예프스끼 장편소설 | 석영중 옮김 | 288면

〈의식의 분열〉이라는 도스또예프스끼 창작의 가장 중요한 테마를 예고한 작품

117 가난한 사람들
표도르 도스또예프스끼 장편소설 | 석영중 옮김 | 256면

보잘것없는 하급 관리와 욕심 많은 지주의 아내가 되는 가엾은 처녀가 주고받은 편지

118 인형의 집
헨리크 입센 희곡 | 김창화 옮김 | 272면

누군가의 아내 혹은 어머니가 아닌, 한 〈인간〉으로서의 여성의 깨달음을 그린 화제작

- 미국 대학 위원회 선정 SAT 추천 도서
- 『뉴스위크』 선정 《세상을 움직인 100권의 책》

119 영원한 남편
표도르 도스또예프스끼 장편소설 | 정명자 외 옮김 | 448면

도스또예프스끼의 심화된 예술 세계를 보여 주는 단편 모음집

120 알코올
기욤 아폴리네르 시집 | 황현산 옮김 | 352면

파격적인 시풍과 유려한 내재율을 자랑하는 기욤 아폴리네르의 첫 시집

121 지하로부터의 수기
표도르 도스또예프스끼 장편소설 | 계동준 옮김 | 256면

선악의 충돌, 환경과 윤리의 갈등, 인간의 번민과 그리스도를 통한 구원에 관한 이야기들

122 어느 작가의 오후
페터 한트케 중편소설 | 홍성광 옮김 | 160면

세계적 작가 페터 한트케가 소설의 형식으로 써 내려간 독특한 〈작가론〉, 한트케식 글쓰기의 표본

123 아저씨의 꿈
표도르 도스또예프스끼 장편소설 | 박종소 옮김 | 304면

과장의 기법과 희화적 색채를 드러낸 도스또예프스끼의 풍자 드라마 혹은 사회 비판적 소설

124 네또츠까 네즈바노바
표도르 도스또예프스끼 장편소설 | 박재만 옮김 | 316면

네또츠까 네즈바노바라는 한 여성의 일대기를 다룬 도스또예프스끼 최초의 장편이자 미완성작

125 곤두박질
마이클 프레인 장편소설 | 최용준 옮김 | 528면

해박한 미술사적 지식을 토대로 한 예술 소설이자 역사적 배경 속에서 벌어지는 사회심리 코미디

- 1999년 「타임스 리터러리 서플리먼트」 선정 《올해의 책》
- 1999년 휫브레드상

126 백야 외
표도르 도스또예프스끼 소설선집 | 석영중 외 옮김 | 408면

도스또예프스끼의 유토피아적 사회주의 사상이 나타난 단편 모음으로, 뻬뜨로빠블로프스끼 감옥에 수감된 동안의 삶의 환희 등이 엿보이는 작품

127 살라미나의 병사들
하비에르 세르카스 장편소설 | 김창민 옮김 | 304면

1939년 프랑스 국경 숲 집단 총살에서 살아남은 작가이자 팔랑헤당의 핵심 멤버였던 산체스 마사스를 추적하는, 탐정 소설 형식을 띤 이야기

- 2001년 스페인 살람보상, 『케 레에르』지 독자상, 바르셀로나 시의 상
- 2004년 영국 〈인디펜던트〉 외국 소설상

128 뻬쩨르부르그 연대기 외
표도르 도스또예프스끼 소설선집 | 이항재 옮김 | 296면

새로운 테마와 방법으로 고심한 흔적이 나타나는, 당대 사회에 대한 날카로운 관찰자적 시각을 가지고 간결하고 세련된 문체를 사용한 작품

129 상처받은 사람들 전2권
표도르 도스또예프스끼 장편소설 | 윤우섭 옮김 | 각 296, 392면

19세기 중엽 뻬쩨르부르그 상류 사회의 이중적 삶과 하층민의 고통, 그로 인한 비극적 갈등과 모순을 그린 작품

131 악어 외
표도르 도스또예프스끼 소설선집 | 박혜경 외 옮김 | 312면

도스또예프스끼의 중기 단편, 점차 완숙해져 가는 작가의 예술적·사상적 세계관이 돋보이는 작품

132 허클베리 핀의 모험
마크 트웨인 장편소설 | 윤교찬 옮김 | 416면

모험 소설의 대가, 미국의 셰익스피어라 불리는 마크 트웨인의 대표작

- 미국 대학 위원회 선정 SAT 추천 도서
- 서울대학교 권장 도서 100선

133 부활 전2권
레프 톨스토이 장편소설 | 이대우 옮김 | 각 308, 416면

똘스또이의 세계관이 담긴 거대한 사상서, 끝없는 용서와 사랑으로 부활하는 인간성에 대한 이야기

- 2003년 국립중앙도서관 선정 〈고전 100선〉
- 2004년 〈한국 문인이 선호하는 세계 명작 소설 100선〉

135 보물섬
로버트 루이스 스티븐슨 장편소설 | 최용준 옮김 | 360면

백 년이 넘게 전 세계 독자들의 사랑을 받아 온 해양 모험 소설의 고전

- 2003년 BBC 「빅리드」 조사 〈영국인들이 가장 사랑하는 소설 100편〉
- 미국 대학 위원회 선정 SAT 추천 도서

136 천일야화 전6권
앙투안 갈랑 | 임호경 옮김 | 각 336, 328, 372, 392, 344, 320면

마법과 흥미진진한 모험 속에서 아랍의 문화와 관습은 물론 아랍인들의 세계관과 기질을 재미있게 전하는 앙투안 갈랑의 〈천일야화〉 완역판

- 2003년 국립중앙도서관 선정 〈고전 100선〉

142 아버지와 아들
이반 뚜르게네프 장편소설 | 이상원 옮김 | 328면

격변기 러시아의 세대 갈등, 〈보수〉와 〈진보〉가 대립하는 시대상을 묘사하여 논쟁을 불러일으킨 작품

- 1993년 서울대학교 선정 〈동서 고전 200선〉
- 미국 대학 위원회 선정 SAT 추천 도서

143 오만과 편견
제인 오스틴 장편소설 | 원유경 옮김 | 480면

오만과 편견에서 비롯된 모든 갈등과 모순은 결혼으로 해결된다. 셰익스피어에 버금가는 작가 제인 오스틴의 대표작

- 1954년 서머싯 몸이 추천한 세계 10대 소설
- 2002년 노벨 연구소가 선정한 〈세계 문학 100선〉
- 미국 대학 위원회 선정 SAT 추천 도서

144 천로 역정
존 버니언 우화소설 | 이동일 옮김 | 432면

좁은 문을 지나 천국에 이르는 순례자의 여정, 침례교 설교자 존 버니언의 대표작인 종교적 우화소설

- 1945년 호레이스 십 선정 〈세계를 움직인 책 10권〉
- 2003년 국립중앙도서관 선정 〈고전 100선〉
- 2004년 〈한국 문인이 선호하는 세계 명작 소설 100선〉

145 대주교에게 죽음이 오다
윌라 캐더 장편소설 | 윤명옥 옮김 | 352면

웅대한 자연환경과 함께 뉴멕시코 선교사들의 삶을 그린, 퓰리처상 수상 작가 윌라 캐더의 아름다운 신화적 소설

- 2005년 『타임』지 선정 〈100대 영문 소설〉
- 2009년 『뉴스위크』 선정 〈세계 100대 명자〉
- 미국 대학 위원회 선정 SAT 추천 도서

146 권력과 영광
그레이엄 그린 장편소설 | 김연수 옮김 | 384면

군사 혁명 시절의 멕시코, 범법자이자 도망자를 자처한 어느 사제의 이야기, 불구가 된 세상이 신의 대리인에게 내리는 가혹한 형벌, 혹은 놀라운 축복!

- 2005년 『타임』지 선정 〈100대 영문 소설〉

147 80일간의 세계 일주
쥘 베른 장편소설 | 고정아 옮김 | 352면

공상 과학 소설의 고전 지금까지 전 세계에 가장 많은 번역 작품을 남긴 쥘 베른. 그가 그려 낸 80일 동안의 세계 일주

- 미국 대학 위원회 선정 SAT 추천 도서

148 바람과 함께 사라지다 전3권
마거릿 미첼 장편소설 | 안정효 옮김 | 각 616, 640, 640면

미국 문학사상 최고의 이야기꾼 마거릿 미첼의 대표작. 전쟁의 폐허 속에서 살아가는 여성의 이야기
- 1937년 퓰리처상
- 2009년 「뉴스위크」 선정 〈세계 100대 명저〉

151 기탄잘리
라빈드라나트 타고르 시집 | 장경렬 옮김 | 224면

먼 곳을 가깝게 하고 낯선 이를 형제로 만드는 타고르 시의 힘 나그네, 연인…… 〈님〉을 그리는 가난한 마음들이 바치는 노래의 화환
- 1913년 노벨 문학상
- 2003년 국립중앙도서관 선정 〈고전 100선〉

152 도리언 그레이의 초상
오스카 와일드 장편소설 | 윤희기 옮김 | 384면

예술과 삶의 관계를 해명한 오스카 와일드의 유일한 장편소설
- 1996년 동아일보 선정 〈한국 명사들의 추천 도서〉
- 미국 대학 위원회 선정 SAT 추천 도서

153 레우코와의 대화
체사레 파베세 희곡소설 | 김운찬 옮김 | 280면

이탈리아 신사실주의 문학을 대표하는 파베세의 급진적인 신화 해석

154 햄릿
윌리엄 셰익스피어 희곡 | 박우수 옮김 | 256면

삶과 죽음, 도덕과 양심, 의지와 운명 등 다양한 문제를 동반한 존재 탐구의 여정
- 2002년 노벨 연구소가 선정한 〈세계문학 100선〉
- 미국 대학 위원회 선정 SAT 추천 도서

155 맥베스
윌리엄 셰익스피어 희곡 | 권오숙 옮김 | 176면

모순과 역설을 통해 인간 내면의 온갖 가치 충돌을 그려 낸, 셰익스피어 4대 비극의 마지막 작품
- 2002년 노벨 연구소가 선정한 〈세계문학 100선〉
- 미국 대학 위원회 선정 SAT 추천 도서

156 아들과 연인 전2권
D. H. 로런스 장편소설 | 최희섭 옮김 | 각 464, 432면

19세기 말에서 20세기 초 영국 사회 하층 계급의 삶을 생생하게 묘사한 로런스의 자전적 소설
- 2002년 노벨 연구소가 선정한 〈세계문학 100선〉
- 2009년 「뉴스위크」 선정 〈세계 100대 명저〉

158 그리고 아무 말도 하지 않았다
하인리히 뵐 장편소설 | 홍성광 옮김 | 272면

〈전후 독일에서 쓰인 최고의 책〉이라고 극찬받은 작품. 섬세하게 묘사된 전후의 내면 풍경
- 1972년 노벨 문학상 수상 작가

159 미덕의 불운
싸드 장편소설 | 이형식 옮김 | 248면

신앙 깊고 정숙한 미덕의 화신 쥐스띤느에게 가해지는 잔혹한 운명. 〈싸디즘〉의 유래가 된 문제작

160 프랑켄슈타인
메리 W. 셸리 장편소설 | 오숙은 옮김 | 320면

공포 소설, 공상 과학 소설의 고전. 과학의 발전과 실험이 불러올지도 모를 끔찍한 재앙에 대한 경고
- 2009년 「뉴스위크」 선정 〈세계 100대 명저〉
- 미국 대학 위원회 선정 SAT 추천 도서

161 위대한 개츠비
프랜시스 스콧 피츠제럴드 장편소설 | 한애경 옮김 | 280면

개츠비, 닉, 톰이라는 세 캐릭터를 통해 시대적 불안을 뛰어나게 묘사한 고전
- 2005년 「타임」지 선정 〈100대 영문 소설〉
- 미국 대학 위원회 선정 SAT 추천 도서

162 아Q정전
루쉰 중단편집 | 김태성 옮김 | 320면

현대 중국의 문학과 인문 정신의 출발을 상징하는 루쉰의 소설집
- 1996년 「뉴욕 타임스」 선정 〈20세기에 가장 큰 영향을 끼친 그레이트 북스〉

163 로빈슨 크루소
대니얼 디포 장편소설 | 류경희 옮김 | 456면

최초의 본격 소설이자 근대 소설의 효시. 국적과 시대와 세대를 불문한 여행기 문학의 대표작
- 2003년 국립중앙도서관 선정 〈고전 100선〉
- 미국 대학 위원회 선정 SAT 추천 도서

164 타임머신
허버트 조지 웰스 소설선집 | 김석희 옮김 | 304면

SF의 거인 허버트 조지 웰스가 그려 낸 인류의 미래 그 잔혹한 기적
- 2003년 크리스테아네 취른트 〈사람이 읽어야 할 모든 것, 책〉
- 피터 박스올 〈죽기 전에 읽어야 할 1001권의 책〉

165 제인 에어 전2권
샬럿 브론테 장편소설 | 이미선 옮김 | 각 392, 384면

가난한 고아 가정 교사 제인 에어와 부유하지만 불행한 로체스터의 사랑을 주제로 한 연애 소설
- 미국 대학 위원회 선정 SAT 추천 도서
- 피터 박스올 〈죽기 전에 읽어야 할 1001권의 책〉

167 풀잎
월트 휘트먼 시집 | 허현숙 옮김 | 280면

자유시의 선구자 월트 휘트먼. 40년간 수정과 증보를 거듭한 시집 『풀잎』의 초판 완역본
- 2002년 노벨 연구소가 선정한 〈세계문학 100선〉
- 2009년 「뉴스위크」 선정 〈세계 100대 명저〉

168 표류자들의 집
기예르모 로살레스 장편소설 | 최유정 옮김 | 216면

쿠바와 미국, 그 어느 땅에도 뿌리박기를 거부한 작가 기예르모 로살레스. 그가 생전에 남긴 단 한 권의 책
- 1987년 황금 문학상

169 배빗
싱클레어 루이스 장편소설 | 이종인 옮김 | 520면

일반 명사가 된 한 남자의 이야기. 미국의 중산 계급에 대한 풍자와 뛰어난 환경 묘사에 성공한 루이스의 최고 걸작!
- 1930년 노벨 문학상

170 이토록 긴 편지
마리아마 바 장편소설 | 백선희 옮김 | 192면

50대 여성 라마툴라이가 친구 아이사투에게 쓴 편지. 일부다처제를 둘러싼 두 여인의 고통과 선택, 새로운 삶에서의 번민을 담아낸 작품
- 1980년 노마상

171 느릅나무 아래 욕망
유진 오닐 희곡 | 손동호 옮김 | 168면

욕정과 물욕, 근친상간과 유아 살해, 욕망에서 비롯된 인간사 갈등의 극단점. 그러나 그 속에서도 아직 꺾이지 않는 사랑에 대한 이야기
- 1936년 노벨 문학상 수상 작가

172 이방인
알베르 카뮈 장편소설 | 김예령 옮김 | 208면

인간의 부조리를 성찰한 작가 알베르 카뮈의 처녀작. 죽음, 자유, 반항, 진실의 심연을 들여다본다
- 1957년 노벨 문학상 수상 작가
- 2002년 노벨 연구소가 선정한 〈세계 문학 100대 작품〉

173 미라마르
나기브 마푸즈 장편소설 | 허진 옮김 | 288면

아랍 문학계의 큰 별, 나기브 마푸즈가 파고든 두 차례의 혁명, 그 이후
- 1988년 노벨 문학상 수상 작가
- 피터 박스올 《죽기 전에 읽어야 할 1001권의 책》

174 지킬 박사와 하이드 씨
로버트 루이스 스티븐슨 소설선집 | 조영학 옮김 | 320면

인간 내면의 근원을 탐구한 탁월한 심리 묘사가 스티븐슨. 그가 선사하는 다섯 가지 기이한 이야기
- 2004년 〈한국 문인이 선호하는 세계 명작 소설 100선〉

175 루진
이반 뚜르게네프 장편소설 | 이항재 옮김 | 264면

한 〈잉여 인간〉의 삶과 죽음을 러시아 문단의 거인 뚜르게네프의 사실적 시선을 통해 엿본다

176 피그말리온
조지 버나드 쇼 희곡 | 김소임 옮김 | 256면

20세기 영국 사회의 허위와 모순에 대한 신랄한 풍자. 셰익스피어 이후 가장 위대한 극작가 조지 버나드 쇼의 대표작
- 1925년 노벨 문학상 수상 작가

177 목로주점 전2권
에밀 졸라 장편소설 | 유기환 옮김 | 각 336면

노동자의 언어로 쓰인 최초의 노동 소설. 19세기를 살아간 노동자의 고달픈 삶, 그 몰락의 연대기
- 피터 박스올 《죽기 전에 읽어야 할 1001권의 책》

179 엠마 전2권
제인 오스틴 장편소설 | 이미애 옮김 | 각 336, 360면

호기심과 오해가 빚어낸 사건들 속에서 완성되는 철부지 엠마의 좌충우돌 성장기
- 2007년 데브라 G. 펠티 《여성의 삶을 바꾼 책 50권》

181 비숍 살인 사건
S. S. 밴 다인 장편소설 | 최인자 옮김 | 464면

추리 소설의 황금시대를 장식한 S. S. 밴 다인의, 시와 문학을 접목시킨 연쇄 살인 사건

182 우신예찬
에라스무스 풍자문 | 김남우 옮김 | 296면

자유로운 세계주의자 에라스무스, 그의 눈에 비친 〈웃지 않을 수 없는〉 시대의 모습

183 하자르 사전
밀로라드 파비치 장편소설 | 신현철 옮김 | 488면

지중해에 실제로 존재했던 하자르 제국에 대한, 역사와 환상이 교묘하게 뒤섞인 역사 미스터리 사전 소설

184 테스 전2권
토머스 하디 장편소설 | 김문숙 옮김 | 각 392, 336면

옹졸한 인습 속에서도 강인한 생명력과 자연의 회복력을 지닌 순수한 대지의 딸 테스의 삶과 죽음
- 미국 대학 위원회 선정 SAT 추천 도서

186 투명 인간
허버트 조지 웰스 장편소설 | 김석희 옮김 | 288면

SF의 거장 허버트 조지 웰스의 빛나는 상상력. 보이지 않는 인간이 보여 주는, 소외된 인간의 고독
- 미국 대학 위원회 선정 SAT 추천 도서

187 93년 전2권
빅토르 위고 장편소설 | 이형식 옮김 | 각 288, 360면

프랑스 대혁명 당시 가장 치열했던 방데 전투의 종말. 그리고 그곳에서, 사상과 인간성 간의 전쟁이 다시 시작된다

189 젊은 예술가의 초상
제임스 조이스 장편소설 | 성은애 옮김 | 384면
20세기 가장 혁명적인 문학가 제임스 조이스의 자전적 소설. 감수성을 억압하는 사회를 거부하고 예술의 길을 택한 한 소년의 성장기

190 소네트집
윌리엄 셰익스피어 연작시집 | 박우수 옮김 | 200면
아름다운 언어로 사랑과 고통을 그려 낸 소네트 문학의 최고 걸작
- 2009년 『뉴스위크』 선정 〈세계 100대 명저〉

191 메뚜기의 날
너새니얼 웨스트 장편소설 | 김진준 옮김 | 280면
할리우드 뒷골목의 허류 인생들! 그들의 적나라한 모습에서 헛된 꿈에 부푼 인간들의 모습을 본다
- 2009년 『뉴스위크』 선정 〈세계 100대 명저〉

192 나사의 회전
헨리 제임스 중편소설 | 이승은 옮김 | 256면
모호한 암시와 뒤에 숨겨진 반전. 현대 심리 소설의 아버지 헨리 제임스의 대표작
- 미국 대학 위원회 선정 SAT 추천 도서
- 1955년 시카고 대학 〈그레이트 북스〉

193 오셀로
윌리엄 셰익스피어 희곡 | 권오숙 옮김 | 216면
인간의 사랑과 질투, 그리고 의심이라는 감정이 빚어내는 비극

194 소송
프란츠 카프카 장편소설 | 김재혁 옮김 | 376면
난데없는 소송과 운명적 소용돌이에 희생당하는 한 인간을 통해 카프카의 문학적 천재성을 본다
- 2002년 노벨 연구소가 선정한 〈세계 문학 100선〉
- 2005년 『타임』지 선정 〈100대 영문 소설〉

195 나의 안토니아
윌라 캐더 장편소설 | 전경자 옮김 | 368면
유토피아를 꿈꾸며 고향을 떠나온 이민자들의 삶. 황량한 초원에서 펼쳐진 그들의 아름다운 순간들
- 2007년 데보라 G. 펠더 〈여성의 삶을 바꾼 책 50권〉

196 자성록
마르쿠스 아우렐리우스 명상록 | 박민수 옮김 | 240면
로마 황제라는 화려함 뒤에 권력보다는 철학과 인간을 사랑했던 고독한 영웅이 있었다. 그의 성찰의 시간들을 엿본다

197 오레스테이아
아이스킬로스 비극 | 두행숙 옮김 | 336면
오레스테스를 중심으로 벌어지는 잔혹한 복수극을 통해 정의란 무엇인지에 대한 질문을 던진다

198 노인과 바다
어니스트 헤밍웨이 소설선집 | 이종인 옮김 | 320면
한 노인과 거대한 물고기의 사투를 통해 삶과 죽음에 대한 고민과 패배하지 않는 인간의 굳건한 의지를 그려 낸다
- 1952년 퓰리처상 수상작
- 1952년 노벨 문학상 수상 작가

199 무기여 잘 있거라
어니스트 헤밍웨이 장편소설 | 이종인 옮김 | 464면
체험에 뿌리를 내린 크나큰 비극. 미국 문학의 거장 헤밍웨이가 〈잃어버린 세대〉의 모습을 담는다
- 『타임』지가 뽑은 〈20세기 100선〉
- 미국 대학 위원회 선정 SAT 추천 도서

200 서푼짜리 오페라
베르톨트 브레히트 희곡선집 | 이은희 옮김 | 320면
이데올로기 속에 갇힌 인간의 모습을 그려 낸 「서푼짜리 오페라」와 「억척어멈과 자식들」을 만난다
- 『뉴욕 타임스』 선정 〈20세기 최고의 책 100선〉

201 리어 왕
윌리엄 셰익스피어 희곡 | 박우수 옮김 | 224면
자신의 정체성을 아는 자 누구인가? 오이디푸스의 후예 리어, 눈 있으되 보지 못하는 자의 고통
- 미국 대학 위원회 선정 SAT 추천 도서
- 2002년 노벨 연구소가 선정한 〈세계문학 100선〉

202 주홍 글자
너대니얼 호손 장편소설 | 곽영미 옮김 | 360면
미국 문학의 시대를 연 호손의 대표작. 가장 통속적인 곳에서 피어난 가장 숭고한 이야기
- 미국 대학 위원회 선정 SAT 추천 도서
- 서울대학교 선정 〈동서 고전 200선〉

203 모히칸족의 최후
제임스 페니모어 쿠퍼 장편소설 | 이나경 옮김 | 512면
자연과 문명, 인디언과 백인, 신화와 역사의 경계를 넘나드는 모히칸 전사의 최후 전투 기록
- 미국 대학 위원회 선정 SAT 추천 도서

204 곤충 극장
카렐 차페크 희곡선집 | 김선형 옮김 | 360면
양차 대전 사이 유럽을 살아간 휴머니스트 카렐 차페크의 치열한 고민, 그러나 위트 넘치는 기록들

205 누구를 위하여 종은 울리나 전2권
어니스트 헤밍웨이 장편소설 | 이종인 옮김 | 각 416, 400면
허무주의에서 평화를 위한 필사의 투쟁으로. 연대를 통한 실천 의식을 역설한 헤밍웨이의 역작
- 1953년 노벨 문학상 수상 작가
- 뉴스위크 선정 세계 100대 명저
- 르몽드 선정 〈20세기 최고의 책〉

207 타르튀프
몰리에르 희곡선집 | 신은영 옮김 | 416면

최고의 극작 배우이자 가장 위대한 극작가 몰리에르. 조롱과 웃음기로 무장한 투쟁의 궤적

- 1955년 시카고 대학 〈그레이트 북스〉
- 서울대학교 선정 〈동서 고전 200선〉

208 유토피아
토머스 모어 소설 | 전경자 옮김 | 288면

르네상스 시대의 휴머니즘과 종교적 관용, 성 평등을 주장한 근대 소설의 효시이자 사회사상서적 명저

- 『뉴스위크』 선정 세상을 움직인 100권의 책
- 스탠포드 대학 선정 〈세계의 결정적 책 15권〉

209 인간과 초인
조지 버나드 쇼 희곡 | 이후지 옮김 | 320면

니체의 사상에 큰 영향을 받은 버나드 쇼의 인생관과 예술론이 흥미로운 설정과 희극적인 요소와 함께 펼쳐진다

- 1925년 노벨 문학상 수상
- 시카고 대학 그레이트 북스

210 페드르와 이폴리트
장 라신 희곡 | 신정아 옮김 | 200면

프랑스 신고전주의 희곡의 대가 라신의 대표작이자 정념을 다룬 비극의 정수

- 서울대학교 선정 〈동서 고전 200선〉
- 시카고 대학 그레이트 북스

211 말테의 수기
라이너 마리아 릴케 장편소설 | 안문영 옮김 | 320면

고독과 고난에 대한 기록. 20세기 초 독일어로 발표된 최초의 현대 소설이자 릴케의 유일한 장편소설

- 국립중앙도서관 선정 청소년 권장도서 50선
- 서울대학교 선정 〈동서 고전 200선〉

212 등대로
버지니아 울프 장편소설 | 최애리 옮김 | 328면

삶과 죽음, 세월을 바라보는 깊은 눈. 무수한 인상의 단면들을 아름답게 이어 간 울프의 자전적 소설

- 2002년 노벨 연구소가 선정한 〈세계문학 100선〉
- 2005년 『타임』지 선정 〈100대 영문 소설〉

213 개의 심장
미하일 불가코프 중편소설집 | 정연호 옮김 | 352면

혁명의 모순과 과학의 맹점을 파고든 〈불가꼬프적〉 상상력의 정수

214 모비 딕 전2권
허먼 멜빌 장편소설 | 강수정 옮김 | 각 464, 488면

고래에 관한 모든 것. 전율적인 모험, 자연과 인간에 대한 심오한 통찰을 담은 멜빌의 독보적 걸작

- 1954년 서머싯 몸이 추천한 〈세계 10대 소설〉
- 2002년 노벨 연구소가 선정한 〈세계문학 100선〉

216 더블린 사람들
제임스 조이스 단편소설집 | 이강훈 옮김 | 336면

마비된 도시 더블린에 갇힌 욕망과 환멸. 20세기 문학사를 새롭게 쓴 선구적 작가 제임스 조이스 문학의 출발점

- 2008년 〈하버드 서점이 뽑은 잘 팔리는 책 20〉
- 2004년 〈한국 문인이 선호하는 세계 명작 소설 100선〉

217 마의 산 전3권
토마스 만 장편소설 | 윤순식 옮김 | 각 496, 488, 512면

20세기 독일 문학의 거장 토마스 만 작품의 정수! 죽음이 지배하는 알프스의 호화 요양원 〈베르크호프〉에서 생(生)의 아름다움과 환희를 되묻다

220 비극의 탄생
프리드리히 니체 | 김남우 옮김 | 304면

아폴론과 디오뉘소스라는 두 가지 원리로 희랍 비극의 근원을 분석하고 서양 문화의 심층 구조를 드러낸다. 20세기 문학, 철학, 예술에 심대한 영향을 끼친 책

221 위대한 유산 전2권
찰스 디킨스 장편소설 | 류경희 옮김 | 각 432, 448면

세상만사를 꿰뚫어보는 깊은 통찰과 풍부한 서사, 유쾌한 해학이 담긴 19세기 대문호 찰스 디킨스의 작품

- 2002년 노벨 연구소가 선정한 〈세계문학 100선〉
- 2007년 영국 독자들이 뽑은 가장 귀중한 책

223 사람은 무엇으로 사는가
레프 톨스또이 소설집 | 윤새라 옮김 | 464면

1852년부터 1907년까지, 13편을 선정해 60년에 이르는 똘스또이 작품 세계의 궤적을 담아낸 단편선

224 자살 클럽
로버트 루이스 스티븐슨 소설집 | 임종기 옮김 | 272면

인간 내면에 도사린 본질적 탐욕과 이중성, 죄의식과 두려움을 다룬 기묘하고 환상적인 단편선

225 채털리 부인의 연인 전2권
데이비드 허버트 로런스 장편소설 | 이미선 옮김 | 각 336, 328면

20세기 문학계를 뒤흔든 D. H. 로런스의 문제작. 현대 산업 사회에 대한 비판과 인간성 회복에의 염원이 담긴 작품

- 르몽드 선정 〈20세기 최고의 책〉
- 피터 박스올 《죽기 전에 읽어야 할 1001권의 책》
- 2004년 〈한국 문인이 선호하는 세계 명작 소설 100선〉

227 데미안
헤르만 헤세 장편소설 | 김인순 옮김 | 272면

혼돈과 자아 상실의 시대를 살아가는 젊은이들에게 시대의 지성 헤르만 헤세가 바치는 작품

- 1946년 노벨 문학상 수상 작가
- 2004년 〈한국 문인이 선호하는 세계 명작 소설 100선〉

228 두이노의 비가
라이너 마리아 릴케 시 선집 | 손재준 옮김 | 504면

삶 속에서 죽음을 노래한 시인 릴케의 대표 시집 중 엄선한 170여 편의 주요 작품을 소개한 시 선집
- 동아일보 선정 《세계를 움직인 100권의 책》
- 고려대학교 선정 《교양 명저 60선》

229 페스트
알베르 카뮈 장편소설 | 최윤주 옮김 | 432면

죽음 앞에 선 인간의 고뇌와 역할에 대한 진지한 성찰이 담긴 《제2차 세계 대전 이후 최대의 걸작》
- 1957년 노벨 문학상 수상 작가
- 서울대학교 선정 권장 도서 100선
- 국립중앙도서관 선정 청소년 권장 도서 50선

230 여인의 초상 전2권
헨리 제임스 장편소설 | 정상준 옮김 | 각 520, 544면

자유로운 이상을 가진 한 여인의 이야기, 헨리 제임스의 심리적 사실주의를 대표하는 걸작
- 2004년 〈한국 문인이 선호하는 세계 명작 소설 100선〉
- 미국 대학 위원회 선정 SAT 추천 도서
- 서울대학교 선정 〈동서 고전 200선〉

232 성
프란츠 카프카 장편소설 | 이재황 옮김 | 560면

독일인이 뽑은 20세기 최고의 작가 카프카의 3대 장편소설 중 하나
- 2002년 노벨 연구소가 선정한 〈세계 문학 100선〉
- 피터 박스올 《죽기 전에 읽어야 할 1001권의 책》

233 차라투스트라는 이렇게 말했다
프리드리히 니체 산문시 | 김인순 옮김 | 464면

니체 철학의 가장 중심적인 사상들을 생동하는 문학적 언어로 녹여 낸 작품
- 국립중앙도서관 선정 고전 100선
- 동아일보 선정 〈세계를 움직이는 100권의 책〉

234 노래의 책
하인리히 하이네 시집 | 이재영 옮김 | 384면

독일을 대표하는 서정 시인이자 혁명적 저널리스트인 하이네의 시집. 실패한 사랑의 슬픔과 인습의 굴레에서 벗어나고자 했던 고아한 시성의 노래.

235 변신 이야기
오비디우스 서사시 | 이종인 옮김 | 632면

라틴 문학의 전성기를 대표하는 시인 오비디우스가 그리스 로마 신화를 응집한 역작
- 2002년 노벨 연구소가 선정한 〈세계문학 100선〉
- 서울대학교 권장 도서 100선
- 연세대학교 권장 도서 200선

236 안나 까레니나 전2권
레프 똘스또이 장편소설 | 이명현 옮김 | 각 800면, 736면

사랑과 결혼, 가정 등 일상적인 소재를 통해 당대 러시아의 혼란한 사회상과 개인의 내면을 생생하게 묘사한, 똘스또이의 모든 고민을 집대성한 대표작
- 『가디언』 선정 역대 최고의 소설 100선
- 서울대학교 권장 도서 100선

238 이반 일리치의 죽음·광인의 수기
레프 똘스또이 장편소설 | 석영중·정지원 옮김 | 232면

죽음 앞에 선 인간 실존에 대한 똘스또이의 깊은 성찰이 담긴 걸작
- 시카고 대학 그레이트 북스
- 피터 박스올 《죽기 전에 읽어야 할 1001권의 책》

239 수레바퀴 아래서
헤르만 헤세 장편소설 | 강명순 옮김 | 232면

모순적인 교육 제도에 짓눌린 안타까운 청춘의 이야기, 헤세의 사춘기 시절 체험이 담긴 자전적 성장 소설
- 1946년 노벨 문학상 수상 작가
- 서울대학교 선정 동서 고전 200선

240 피터 팬
J. M. 배리 장편소설 | 최용준 옮김 | 272면

영원히 어른이 되고 싶지 않은 소년 피터팬. 신비의 섬 네버랜드에서 펼쳐지는 짜릿한 대모험
- 『가디언』 선정 〈모두가 읽어야 할 소설 1000선〉

241 정글 북
러디어드 키플링 중단편집 | 오숙은 옮김 | 272면

늑대 품에서 자란 소년 모글리, 대지가 살아 숨 쉬는 일곱 개의 빛나는 중단편들
- 1907년 노벨 문학상 수상 작가
- BBC 선정 아동 고전 소설

242 한여름 밤의 꿈
윌리엄 셰익스피어 희곡 | 박우수 옮김 | 160면

셰익스피어의 대표 낭만 희곡. 꿈과 현실을 넘나드는 한바탕의 마법 같은 이야기
- 미국 대학 위원회 선정 SAT 추천 도서

243 좁은 문
앙드레 지드 | 김화영 옮김 | 264면

지상보다 천상의 행복을 사랑한 여인과, 그 여인을 사랑한 한 남자의 이야기, 현대 프랑스 문학의 거장 앙드레 지드의 대표작
- 1947년 노벨 문학상 수상 작가
- 2003년 국립중앙도서관 선정 〈고전 100선〉

244 모리스

E. M. 포스터 장편소설 | 고정아 옮김 | 408면

케임브리지에 입학한 모리스는 1년 선배 클라이브를 만난다. 두 사람은 친구 이상의 감정을 느끼며 서로에게 완전히 빠져든다. 어느날 모리스는 클라이브의 석연치 않은 편지를 받게 되는데…… 위선적인 영국에서 금기시된 소재를 다루며 작가 사후에야 발표될 수 있었던 문제작.

245 브라운 신부의 순진

길버트 키스 체스터턴 단편집 | 이상원 옮김 | 336면

추리 문학계의 전설로 손꼽히는 매력적인 성직자 탐정 브라운 신부의 놀라운 활약상. 추리 문학의 거장 체스터턴의 대표 단편집.

각 권 8,800~15,800원